漫時光

衙門之下

上卷

天如玉 著

高寶書版集團

目錄
CONTENTS

第一章　初入北地

冬日裡長途跋涉可真是個苦差事。

棲遲坐在馬車裡，腳邊的炭盆中還泛著紅，卻感覺不到絲毫熱氣，車上簾子掖得嚴實，仍總是有冷風鑽進來。她將兩手攏在袖中交握著，等到細細搓熱，才捨得伸出兩根手指，挑開簾子往外看。

昨日一場大雪剛停，積雪未化，四處都是一片茫茫皓白。沿途樹木凋敝，葉落枝枯，伸展出來，挑著一線蜿蜒的白，隨風顫抖時，雪末子便簌簌地打著旋飛落下來。

這裡是北地，不比她以往待過的任何一個地方，印象裡她還從未見過這麼厚的雪。給她拉車的都是西域引入的高頭大馬，竟也一蹄下去便被雪埋半腿，走得分外艱難。

厚厚的門簾忽然動了一下，緊接著傳入一道人聲，是先前出去看路的侍女新露，她隔著簾子小聲地問：「家主，可是小睡醒了？」

棲遲望著車外說：「沒睡，有事便說吧。」

「是世子……」新露停頓了一下，才道：「他早就托奴婢傳話，說想與您同車。」

棲遲轉頭看了緊隨在後的馬車一眼，放下簾子，沒有發話。

後面的馬車裡坐著的是她的姪子，光王世子李硯。

車門外的新露豎著耳朵，好一會兒也沒得到回覆。她是棲遲的貼身侍女，知根知底，世子年紀還小，已沒了父母，孤苦伶仃地養在家主膝下。以往家主什麼都顧著他，寶貝得很，這次長途勞頓，反而放他一個人獨處，想來還是因為前陣子的事。

前陣子世子從學塾回來，身上竟帶了傷，全府驚動，據說是與人生了是非。之後家主忽然就下令遷居，草草準備，輕裝簡從，千里迢迢來到這蒼茫北地，也不知是不是要效仿三遷的孟母……

剛琢磨到此處，卻聽車內棲遲又開口了：「他身上不是還有傷嗎，叫他好好待著，別折騰了。」

那就是不允。新露嘆息著道了聲「是」，想著待會兒要如何去跟世子回覆，那孩子一路不知在她這說了多少好話了，剛才好不容易找到機會開了口，卻沒辦成。

過了一會兒，棲遲問了句：「還有多遠？」

新露答：「已不足十里。」就再沒說過其他的了。

一時無話，只剩下車轍碾過深雪的轆轆聲。

棲遲端坐著，其實心裡也是記掛姪子的。

那是個可憐的孩子，是她哥哥光王的獨苗。當初她嫂嫂光王妃生他時難產，甚至沒來得及看孩子一眼就撒手人寰。

她哥哥衝進房裡，懷抱孩子，對著王妃屍體泣淚下拜，發下重誓，一定會好好撫養他們的骨血。此後多年，她哥哥不曾再娶妻。

直到前年，父子二人去光王妃墓地祭掃，回程路上遇上山洪爆發，隨行無一倖免。她哥哥將孩子死死護在身下，才保全了兒子，自己被救出來時卻泥漿遍身，早已不省人事，回府後人雖救了回來，卻常年綿延臥榻。

自父母故去，棲遲就由哥哥撫養長大。哥哥一向寵她，即使她常年在外行走，哥哥也從不干涉她在外做了什麼。

怎麼也沒想到，那次她離家，哥哥竟遭了這樣的厄劫。等她匆忙趕回時，光王府的頂梁柱已倒，榮耀一落千丈。

藥石無醫，只能耗日子。在最後那段時光裡，她哥哥記掛的事只有兩件：兒子，還有妹妹的婚事。

那日，他很鄭重地告訴棲遲，他已經修書給河洛侯，催河洛侯府的人過來。

棲遲與洛陽河洛侯府的世子早在多年前就訂下婚約，是她父母俱在時就定下的。說是有次河洛侯登門來訪，見著驚為天人的她後，當即使開口為兒子提了親。

當然那是河洛侯的說法，棲遲那會兒還小得很，對此毫無印象，也不知道他怎麼能把她誇成那樣。

光王府的書信是送去了，河洛侯府卻遲遲無人前來。等了三個多月，才終於來了人，卻是來退婚的。據說是那位侯府世子看上了旁人，河洛侯也沒有辦法。

侯府的人過來千萬遍地告罪，賠了一堆禮財，但還是把她哥哥氣得嘔了血。他甚至強撐著下了床，不顧左右勸阻，擬文上奏當今聖人，請求給妹妹賜婚，要出一口惡氣。

也許是聖人仁慈，很快便為棲遲擇定了人選，乃是當朝安北大都護伏廷。

安北都護府手握重兵，可伏廷此人不過是寒門之後，論出身怎麼也配不上皇族宗室出身的棲遲。收到消息時她就明白，自己不是承了恩德，反而成了天家拉攏一方軍閥的籌碼。

然而旨意已下，不得不從。

或許也有好處，至少那位大都護並未插手婚事，自稱軍務繁忙和疏於「宗室禮節」，將一切交給光王府。

於是婚事是在光州舉辦的，選定的吉日也是在光王氣色好轉的時候，為了讓她哥哥親眼瞧著安心。

可惜這場婚事並未帶來喜氣，成婚當晚，光王就到了彌留時刻，所謂的氣色好轉不過是迴光返照而已。

棲遲匆匆跑出新婚的青廬帳，趕去他房內，他已仰面躺著，面白如紙。

「阿遲……」他摸索著抓到棲遲的手，「也不知……我這樣……安排……是不是……害了妳……」年輕的光王從未被命運壓彎傲骨，那時卻垂眉盡顯頹唐。

「怎麼會，這樁婚事，我很滿意的。」她小心地握住哥哥冰涼的手，想給他焐熱些。

「以後……光王府……就靠妳了。」

「我知道的哥哥，我知道。」

「阿硯……」話到此突然斷了，此時她哥哥氣若游絲，再也說不出話來。

那天將近子時，有人來報，大都護接到軍報，已經連夜返回北地。

至天明，棲遲脫去嫁衣，穿上麻服，開始撐起整個光王府。

轟隆一聲巨響，來得突然，棲遲陡然從回憶裡轉回神來。

「世子！」車外響起新露的尖叫。馬嘶鳴著，許多人慌忙呼喊。

棲遲一手掀開門簾，探身而出。

車夫和新露早已朝後方馬車跑了過去。

雪地裡被人們踩出雜亂的坑窪，雙馬拉著的車傾斜在雪地裡，兩匹馬正不安地刨著雪，馬車頂上壓著一截粗壯的樹幹。是道旁一棵大樹連根倒了，正好砸在車頂上。

木製車廂的小半邊被砸碎了，本該坐在車門邊的世子乳母王嬷嬷被摔在一邊。此時驚魂未定的王嬷嬷正一手捂著額頭，一手不斷地拍著胸口喊著「老天爺」。

光王世子還在車裡。眾人手忙腳亂地趕過去營救，棲遲卻怔住了。

那晚哥哥彌留之際的臉又浮現在她的腦海裡，他最後說話的力氣都沒有了，只說出兩個字——「阿硯……」

她緊緊抓著他的手接過話：「我會照顧好他的，一定會照顧好他的。」

聽到這句保證，哥哥才閉了眼。但現在，人竟在她眼皮子底下出了事。

她一手提起衣擺，抬腳便要下車，卻瞥見那車廂裡鑽出一個人來，王嬤嬤頓時撲上去：「世子！嚇壞奴婢了！」

李硯捂著鼻子咳了兩聲，拍了拍衣上沾上的雪末子，安撫她兩句，轉頭朝棲遲看了過去，喊道：「姑姑別擔心，我沒事的！」

棲遲停住下車的動作，再三看過他，懸著的心才算放下，鬆開衣擺，又緩緩回了車內。

剛坐定，有人跟著進來，不是李硯又是誰。

他雖然年歲不大，卻已束了髮髻，罩了金冠，身上批著厚厚的大氅，脖子縮著，鼻頭通紅，額角邊還帶著一塊結了痂的傷，在她身邊坐下來，一邊看她，一邊搓了搓手：「姑姑……」

棲遲垂眼，輕輕揉著手指，還在緩解後怕，剛才揪衣擺揪得太緊了。她將落在炭盆上的目光一偏，掃到姪子腳上的錦面罩靴，這還是她當初在外行走時帶回來送給他的。

李硯問：「姑姑，您冷嗎？」說完他又接一句，「我好冷呀。」

棲遲沒作聲，卻動了動腳，將炭盆往他那裡挪了寸許。

李硯知道她心疼自己，逮著機會就賣起乖來：「姑姑，都怪我，那日不該在學塾裡與人生是非，您就理一理我吧。」

棲遲往後靠了靠，斜倚著車廂：「那怎麼能叫生是非呢？」

「我落了傷回來，已是大大的是非了。」李硯慚愧地說道。

「明明是你被打了，怎麼能算你生是非？」棲遲給他顏面，怕下人聽見，輕聲細語地說著，「你在光州刺史府上的那間學塾裡一共有七個同窗，以邕王世子為首，裡面有四個都敢欺負你。被欺負了大半年，居然一聲不吭！這次若不是他們動了手叫你落了傷，你恐怕還要繼續瞞下去。」

李硯低下頭，不作聲了。

那些人總是在背後罵他是掃把星，克死了母親，又連累得父王也死了，天生晦氣。他一再忍讓，他們反而變本加厲，到後來甚至毫不遮掩，當面也敢欺凌。

那日下學後，他們又攔住他對他冷嘲熱諷，最後竟說到他姑姑。

說他姑姑好歹也是被正式詔封過的縣主，竟然沒男人要，只能由天家做主嫁給一個出身低微的武夫，一定也是被他這個掃把星禍害的。

他沒忍住，瞪了他們一眼，就被推搡著摔在桌角，額角磕破了，站起來想要還手，最後一刻還是忍住了。

只可惜這傷太顯眼，沒藏住，回府就被發現了。

其實剛剛馬車被樹砸中時，他甚至在想他們的嘲諷是不是真的，自己果真是倒楣得很，也許他真是個禍害。可這只能想想，若是被姑姑知道他有這樣頹喪的想法，定然是要被數落的。

他沒抬頭，囁嚅道：「算了姑姑，本來就不是什麼大事，姪兒也沒什麼事。」

棲遲說：「你倒是會息事寧人。」

「姪兒知道的，」李硯將頭垂得更低了，「如今父王不在了，我們不比以前風光了。我不能給姑姑惹麻煩……」

棲遲吃驚地看著他。才十一歲的孩子，卻被她哥哥教得懂事得惹人憐惜，身上沒有半點嬌氣，可正因為這樣，更叫她不好受。

就因為邕王與當今聖人血緣更親近些，他的兒子即使寄居在他們的地盤上讀書，氣焰竟也這麼囂張。

邕王之子是皇族之後暫且不提，那跟著後面做他爪牙的幾個又算得上什麼東西，也敢對一個親王世子欺侮到這個份上。

不過就因為他還是世子。明明她哥哥去世後就該子承父爵，天家卻至今沒有下詔冊封，只宣宦官來弔唁，賞賜了一番以作安撫。說是聖人久恙，待世子長成些再冊封不遲。可當初她哥哥襲爵時也不過十三歲而已。

如此不公，一副光王府朝不保夕的架勢，又怎麼會不讓人欺負上門來？以往是逞口舌之快，如今是動了手，那往後呢？

棲遲心中悲涼，嘆息道：「我叫你一路獨坐車內，竟沒想明白我在氣你什麼。」

李硯悄悄地看了她一眼：「姑姑放心，姪兒以後決不再與別人生事了。」

「哐」的一聲輕響，他將腳一縮，是棲遲踢了炭盆一腳，翻出點點紅星，差點燎到他的衣擺上。

他睜大雙眼，不明所以地看著姑姑。

「愚鈍，我氣的是你沒有還手！」棲遲低聲道：「你本就處在年少輕狂的年紀，以後誰欺負你，你就欺負回去，有什麼好顧忌的，就算真出什麼事，你還有姑姑頂著呢！」

李硯愣了好一會兒，鼻頭更紅了，也不知是凍的，還是委屈的：「姑姑是心疼我，但若真能這樣，您又何必領著我離開光州呢？」

他想一定是為了避開邕王世子那些人才遷居的。怕姑姑難受，他一直不敢直說出來。

棲遲還沒說話，車外新露來報，說是後方馬匹已卸下來了，東西都挪到別的車駕上，稍後清理完便可接著上路了。她看了看姪子的臉，到底還是心疼，什麼多餘的話也不想說了，朝他招了招手：「罷了，你只要聽我的就是了。」

李硯過來挨著她坐好，還不忘先彎腰用兩手把炭盆扶正，隨後將臉枕在她膝頭，可憐巴巴地吸了吸鼻子：「姪兒當然聽姑姑的。」

姑姪二人又和好如初了。

棲遲攬著姪兒，他身上原本冰冰涼涼的，到這會兒才總算是有些熱乎氣了。過了片刻，再低頭一瞧，這孩子竟然睡著了。她既好笑又憐惜，這一路人疲馬乏的，剛才他又受了驚，不累才怪呢。

休整妥當，再次上路。

新露掀了門簾要進來，瞧見這幕，抿唇忍了笑，又退了出去。她就知道，他們家主是最心軟的。

北疆廣袤，雄關漫道，號稱「八府十四州」。

好不容易要到地方了，不想遇上這一番事故。再啟程，趕到城下已是暮色四合，城門早早就關上了。

外面有些吵鬧，李硯被吵醒了，揉著眼睛坐起來，一時分不清身在何處，訥訥地問：「怎麼了？」

車外坐著的新露將門簾掖緊了些，小聲道：「世子莫出聲，在外行走還是要小心為上。」

棲遲揭簾看了一眼，城門下的雪地裡聚著不少人，大多穿得單薄，在漸漸暗下的天光裡像是一道道飄忽的影子。

「沒什麼，只是些流民罷了，並非什麼惡徒。」

李硯好奇：「什麼叫『流民』？」

「從別的地方過來的，要流入這北地的八府十四州裡，自然就叫流民。」

李硯砸舌：「這裡天寒地凍的，還有人願意過來，想必這裡一定是治理得不錯了。」

棲遲道：「治理得好不好不清楚，我只知道這裡常年徵兵，流民來這裡可以墾荒種地，也可以當兵混口飯吃，何苦不來？」

李硯好學好問，聽了什麼都能記下來，心裡更加佩服姑姑，難怪父王還在時總說她四處行走，閱歷不輸男子，這些事情不親眼出去瞧一瞧，又如何能清楚。

「北地的事情果真與光州不同。」他邊回想著學到的知識，邊說道：「我記得這裡應當是歸安北都護府管的。」

話陡然一頓。安北都護府。怎麼覺得那麼熟悉呢？

「啊！」他猛地一驚，轉頭看著姑姑。

棲遲聽到他說「安北都護府」的時候就猜他會是這個反應，一點也不意外。

李硯見她不說話，又勾起一些傷懷：「都是我拖累了姑姑，叫姑姑成婚後還要留在光州。」

「莫說癡話，大人的事，你不懂。」

雖說她對這位夫君沒什麼瞭解，但他著實算得上大度，至少這麼久都沒有發過話要她到都護府來，逢年過節還會派人送些東西去光州，說兩句忙碌無法脫身而至的客氣話。反倒是她，向來表示得很少，關心的只有姪子。

他在北，她在南，相安無事，互不干擾。這種夫妻也算是這天底下獨一對了，如何能叫他一個孩子懂？有時候連她自己都不太懂。

新露在外問：「家主，是否找城頭的將士通融一下？」

棲遲想了想，也不是不可，只是頗為麻煩。儘管他們有身分，但沒什麼急切的事由，容易落下話柄。何況城門一開，萬一這些流民跟著一起擠入，出了什麼岔子她要負責。

她乾脆發話道：「轉道，去客舍。」

城外有旅舍供往來行人落腳，是為客舍。一行車馬到了客舍，天完全黑透了。

主家是女子，也不能叫小世子去拋頭露面，新露便叫車夫進店裡安排。

車夫也是凍壞了，扔了馬鞭就小跑著進了門，不多時，又跑回來，跟新露說，店家放話說客住滿了，容不下他們這麼多人。

新露搓著手哈著氣，凍得直哆嗦，正準備著要進去喝口熱湯呢，聞言頓時急了，連忙鑽入車內回話。

李硯已澈底醒了，忍不住嘀咕：「怎麼會呢？我們一路行來也沒瞧見多少人，一間城外的客舍如何就住滿了？」

棲遲一面撫了下他的頭：「說得很對。」一面吩咐新露：「取我的帷帽來。」

新露一怔：「家主要親自去安排嗎？」

「嗯。」

帷帽在後方馬車拉著的行李中，新露麻利地取了來，伺候棲遲戴上，又給李硯將大氅攏緊了。

外面車夫已經打起簾子，放好墩子。

院牆上挑出兩盞燈火，雪擁舍門，瓦下懸著三尺冰凌。

棲遲牽著李硯進了門。正如他所言，沒見有幾個人，她迅速一掃，那一間廳堂連著後方的灶間，也不見有煙火氣傳出來。

「如何勞動夫人親自過問，真是罪過罪過……」掌櫃的已被車夫引來了，一見棲遲衣著綾羅錦緞，帷帽垂紗下若隱若現的烏髮如雲，肯定不是什麼尋常人家的女子，再看她身旁還跟著個金冠玉面的小郎君，心中更有數了，嘴巴很乖巧，拱手見禮。

「聽聞客滿了？」棲遲問。

「也不是滿了，」掌櫃的支支吾吾地道：「只是這冬日裡天氣不好，流民又多，不敢胡亂做生意。」

倒也無可厚非。

棲遲伸手入袖，拿出樣東西遞給新露，示意她給掌櫃的看。

新露將東西送過去，掌櫃的接了，貼著眼細細端詳。

那是塊雕成魚形的青玉，除了成色好之外，倒沒什麼特別之處。然而掌櫃的看了後卻變了臉色，忙不迭地將東西還給新露，再看棲遲時恭恭敬敬：「有眼不識泰山，夫人莫怪，這便安排，宿飲俱全。」說完匆忙往後方招呼人手去了。

新露緩了口氣，轉身出去將人都叫了下來，拴馬卸車，忙忙碌碌。

李硯瞧得詫異，悄悄地問：「姑姑您剛才給他看的是什麼？」

棲遲將玉納回袖中，食指掩了下唇，道：「是個信物，這客舍算起來，是在我名下的。」

「什麼？」李硯愣了。

新露正好過來，聽到這句，心情一好，便想打趣，剛要叫世子，想起這裡不便，改了口：「郎君當家主以前四處行走是去玩兒的不成？」

李硯很快回過味來，不可思議地看著姑姑，嘴巴張了張，瞥見掌櫃的又領著人到了，要帶他們去客房，只好把一肚子的話先忍回去了。

其他人忙著備飯燒水，他們姑姪倆先進房休息。

進了門，棲遲剛摘下帷帽，李硯就扯住她的衣袖，湊過來，眼睛睜得圓溜溜的，嘴巴一開一合，簡直是用氣息在說話：「姑姑，行商可是下等人才做的事呀。」

棲遲存心逗他，也學著他的語氣，將聲音壓得低低地道：「是呀，可如何是好呢？」

李硯低著頭，腳底蹭來蹭去，不作聲。

棲遲起初以為他在糾結，仔細一看，發現他嘴角竟是在笑，反而奇怪了：「你笑什麼？」

李硯抬頭看著她：「我笑果真是我親姑姑，連暗中經商的事也敢做。」

棲遲拿手指在他腦門上戳了一下。他捂著腦袋躲開了。

晚飯二人也是一同吃的，只因李硯來了興趣，非要賴在姑姑房裡，要她說那些在外的經歷。飯吃完了，李硯還是不肯走。

「父王知道嗎？」

棲遲漱過口，淨了手，站在燈前挑燈芯，火苗躥起來，將她的眉目照得明豔豔的：「知道的，你父王跟你差不多的反應。」

李硯又忍不住要笑了，額頭上傷口發癢，笑著笑著就想伸手去碰，被棲遲看見，一手拍開。

「錢可是個好東西，很快你就會更想笑了。」她說。

李硯眨眨眼，琢磨著姑姑話裡的意思。

沒想明白。倒是忽然明白為何父王當初提過多次姑姑在外行走的事，就是怎麼都不提她做什麼。原來是賺錢去了。

其實他又如何知道，當年會暗中做這一手，也是出於無奈。

從棲遲父親做光王時起，天家便對當初分封外放的藩王漸漸苛刻起來，一邊打壓世家大族，一邊大力提拔寒門，到了她哥哥這一代，更加明顯，納貢翻了好幾倍。

光州尚算富庶，可時間久了也難，她哥哥又不願學別的藩王多徵稅，那就要用田地去抵。

這正是天家所願的，等於把賞賜的封地一點一點地還回去了，而後便可去長安、洛陽圈養起來，仰仗著聖人的心情過活。

雖說天家政令多變，如今又溫和起來，但那幾年委實不好過。

棲遲封號為清流縣主，那年藉口要去她的采邑清流縣看看，出去一趟，回來後交給哥哥一筆款項，幫襯他完成了當年的納貢。

哥哥問她哪來的錢，她如實相告，是拿自己名下的宅邸做抵押，從民間的質庫裡換來的。

彼時光王著實被嚇了一跳，質庫利滾利，萬一還不上怎麼辦，豈不是要叫天下看盡笑話？

棲遲咬著牙說：「賺錢再贖回來就是了。」

光王沉臉半晌，最後卻是掩面大笑，指著她搖頭：「妳膽子可真大啊！」

此後她再外出，他只當不知道，從不過問。

被逼到那份上，也只能硬著頭皮去做了。誰承想，一來二往的，竟然越做越大，反倒停不下來了。

畢竟錢真是個好東西。

客舍裡住的大多還是商旅，奔波勞碌只為了討生活，一般天還沒亮就要離店出發，繼續奔波。

幾個住客離店，又有幾個新客投宿。

朝光透過窗戶照進來，新露正在為棲遲梳妝打扮。

棲遲撚了支金釵在手裡看了看，有些嫌重，但還是遞給新露。

「家主要簪這支？」新露詫異，她不是一向不喜歡這種沉重炫目的裝飾嗎？

昨晚被李硯那小子纏著說了太久的話，沒睡好覺，棲遲眼還閉著，懶洋洋地點了個頭。

新露乖乖給她簪上了。

剛剛妝成，門就被敲響了。不等應答，對方推門而入。

新露剛轉頭要呵斥，看見來人，轉怒為喜：「是秋霜趕來了。」

棲遲睜了眼，轉頭瞧見自己跟前的另一個侍女秋霜，著圓領袍，作男裝打扮，是為了行走方便。

「家主萬安。」秋霜見了禮，顧不上一身風塵僕僕，滿臉的笑：「您交代的事都辦好了，邕王府的人追著我過來的，一心要見您呢。」

棲遲笑笑，起身道：「好在我走得慢，否則入了城，他未必還追得上了。」

雖在客舍，李硯起身後仍不忘來給姑姑問安。

至門口，卻看見新露和秋霜一左一右站在門口守著，裡面隱隱有說話聲。他也機靈，沒多問，轉頭回了房。

這客舍是回字形，他住的房間恰與他姑姑那間相折而鄰，推開窗勉強可瞧見她房裡的情形。

運氣算好，姑姑那邊沒關窗，他瞧見有個人跪在地上，面前是一架屏風，應當是他姑姑在那後面，擋得嚴實，瞧不清楚身形。再仔細一瞧，那跪著的人很熟悉，居然是邕王世子跟前的老奴。

「求縣主開恩，是我家世子不對，不該對光王世子不敬，萬望恕罪，萬望恕罪啊。」廂房內，老奴將頭磕得砰砰作響。

屏風後，棲遲正襟危坐，在等案上茶湯頭沸，不動聲色。

邕王世子寄居光州求學，卻敗家得很，嫌家中給的花銷不夠，竟將他母親的首飾偷出來去質庫裡換金銀。

不巧，那質庫是她的。

她自然不能光明正大地說出來，只吩咐質庫的掌櫃將東西清點發賣，去邕王的封地上賣最好，也好讓他們邕王府臉上漲漲光。

邕王世子收到消息忙派人去阻攔，可掌櫃的揚言因為光王世子於他有恩，而邕王世子數次欺侮光王世子，便是一死他也要為光王世子出氣。

邕王世子一個毛頭小子，如何鬥得過這種不怕死的刁民，當即慌了神，忙叫身邊老奴帶重禮到光王府謝罪。然而光王府掌家的清流縣主竟帶著世子出遊了，只留下侍女秋霜還在半道。

顧不上許多，只得一路追來。

待到茶湯沸了，老奴的頭也磕破了。

棲遲終於開了口，未語先嘆：「我一介深閨女流，就算有心諒解貴府世子，也愛莫能助啊，那質庫是何等地方，利滾利，可斷人頭顱。不如你回邕王那裡求個饒，讓他出錢將東西贖回去也罷了。」

老奴一聽，呆了。

「新露，送客。」

門打開，新露和秋霜齊齊走了進來。

老奴被帶出去前還想再說幾句好話，討個手信什麼的給那質庫的掌櫃拖延幾天也好啊，抬頭時無意間一瞥，見屏風上映出縣主髮間一根金釵，眼熟得很，似乎也是邕王世子當初典當出去的，手抖了兩下，再無顏面說什麼了。

人走了，屏風撤去。棲遲朝窗外看了一眼，李硯扭著頭正望著那老奴離去的方向，雙唇抿得緊緊的。

其實這是個剛毅的孩子，她是知道的。

李硯現在總算是明白了，他姑姑之前說的那句「很快你就會更想笑了」，原來是這個意思。他早該想到的，以姑姑對他的疼愛，怎麼可能容得下他被人欺負，肯定是要替他討回來的。正是因為這樣，之前被人欺負了才沒說，他是真不想給姑姑添麻煩。但姑姑可比他想得要厲害得多。

兩聲輕咳傳來，他循聲望過去，他姑姑靠坐在桌邊，長衣曳地，正隔著扇窗看著他呢。敢情剛才偷看她屋內的情況，全被她看到了。

他一下縮到窗後，用一隻手扒著窗框，露出半張臉，眨眨眼，嘴巴一開一合，比畫出要說的話，瞧見那頭的姑姑笑了。

棲遲還端著那盞沒喝完的茶湯，看得清楚，李硯用嘴巴比畫著，是在說她昨晚說過的那句話：錢可是個好東西。

白給他報仇了，還會揶揄他姑姑了。剛要白他一眼，那小子已經關上窗，躲著不露面了。

她笑著放下茶盞，抬頭，新露和秋霜已經返回來了。

二人不僅送走了那老奴，還把邕王世子托他帶來賠罪的禮品清點了一番，一一報給她聽。

以邕王世子那氣度，他送的東西棲遲根本瞧不上眼，帶著也是累贅，於是棲遲發話說：「拿去叫客舍掌櫃的折合成錢銀吧，城外流民這麼多，散給他們好了，也算做件好事。」

秋霜應下，心裡卻是不忿，真是好人沒好報，他們家主和世子多好的人啊，卻要到這邊陲受罪，那張牙舞爪的小人真是活該被教訓。

棲遲動了下脖子，覺得頭上沉，終於想起頭上那支沉甸甸的金釵。她抬手拔下金釵，遞給新露：「這個做見面禮，帶著我的拜帖，為世子到城裡請一位新老師。」

新露接過去，與秋霜對視一眼，出門去辦事，心裡都明白，看家主的意思，短期內是不打算離開北地了。

等到房間裡只剩下棲遲，一天已過去了大半日。

窗外又下雪了。棲遲計畫著入城的事，看著那紛紛揚揚的鵝毛雪花，推測著這雪何時會停。風聲呼嘯著，窗口邊的一截細長的樹枝隨風扭擺著，彷若隨時要被吹斷一樣。

棲遲想：這地方的名字怎麼能叫瀚海府呢，瀚海已結了厚冰，只有漫天的風雪，狂風席捲，百草盡摧。

她想起光州的山與水，四季分明，惠風和暢，竟有些感慨。都說「一方水土，養一方人」，那個男人，跟她可真不是一個天地裡的。

但她此行的最終目的地，就是都護府。

李硯不知道，新露和秋霜也不知道，她決定了，便來了。

「呀呀」的輕響，果然是窗外的樹枝被吹斷了。

棲遲抬手關窗，窗外聲音更大了，風聲夾雜著東西被颳落的聲音，隱隱約約，似乎還有別的聲音。

好像是馬蹄聲？她仔細聽了聽，驀地一聲烈馬長嘶，接著是什麼被撞開的聲響。

若沒聽錯，應當是門。

回過頭，外面已經傳來紛雜吵鬧的聲音，但瞬間又寂靜下來，像被什麼生生制止住了一樣。

而後是一陣迅速而齊整的腳步聲，由遠及近，潮湧一樣蔓延開來，彷彿將這裡包圍了。

漫長而無聲的沉寂後，有人聲傳來——

「周邊二十八間，內圍十間。」

「周邊已查，無所獲。」

「去內圍！」

棲遲聽得清楚，那些人往她這裡來了。

她尋思著怕是避不過要會上一會了，於是取了妝奩上的帷帽戴上，倏然想起李硯，隔壁響起一聲踹門聲，他們已經到了。

那邊李硯早已聽到動靜，起先一驚，正要出門，突然想起平日裡姑姑的教導，遇事要沉著，泰山崩於前而色不變，於是又收住了腳。心裡卻是很急，早知道先前就不開那個玩笑了，否則現在肯定是陪在姑姑身邊的，有什麼事情也好有個照應。

門被輕輕推開，乳母王嬤嬤悄悄摸了進來，大冬天的，竟是一臉虛汗，拉住他道：「世子千萬不要出去，是一隊帶刀槍的，來勢洶洶，連咱們的護衛都不放在眼裡。」

「什麼？」他怎麼也沒想到竟然是這麼大的陣勢，難道這北地還有這麼無法無天的匪徒？恰聞那邊響起一聲踹門聲，他吃了一驚，刀槍無眼，若是出事了該怎麼辦？

這一路算不上太平，總有些或大或小的波折，但若不是因為他，姑姑又何必如此鞍馬勞頓地帶著他遠離光州。那些人罵他晦氣，他自己倒楣沒什麼，決不能連累事事護著他的姑姑。李硯想到這裡，再也待不住，掙開王嬤嬤的手，奪門而出。

門被破開，一群人魚貫而入。

屏風豎在角落，棲遲就在屏風後面坐著。

「搜！」

一聲令下，那群人便在房中散開像是在尋找著什麼。

「慢著。」

輕輕的一聲，所有人不禁停住，才發現在這房內的是個女子。

棲遲剛往茶盞裡重新加了熱水，為了捧在手裡焐手。窗戶還沒來得及關，風雪捲進來，冷得很，就像這群人一樣，攔都攔不住。

「你們是什麼人？」

一個年輕人答：「無須多問，只需由我們搜查即可。」

棲遲說：「若是官府搜查，出示憑證，我絕無二話，但你們上來便如此行事，我這內圍住的都是女眷和孩子，若有差池，你們擔待不起。」

那人「嘖」了一聲，不耐煩地道：「事出突然，沒有憑證。」

「那就出去。」

那年輕人被噎住，停頓一瞬，嘴裡嘀咕起來：「算了，我跟個女人掰扯什麼……」接著揚聲道，「搜搜搜！麻利的！」

棲遲兩指搭在茶盞邊沿，摩挲了一下又一下，眼看著就要有人進入屏風來，手一甩，茶盞砸了過去。

碎裂聲乍起，要進來的人腳步一縮，竟被嚇退回去。

外面那年輕人詫異地嚷起來：「呵，脾氣不小啊。」

他似乎要親自來搜，尚未走近，只聽一聲怒喝：「放肆！」

是李硯。

棲遲隔著屏風，沒看清他是如何進門的，只注意到那年輕人一把推開他，愈發不耐煩地道：「哪兒冒出來的孩子，我們可沒那麼多工夫與你們耗！」

話說到這就停住了，四下忽然安靜了許多。那年輕人忽然道：「三哥，你怎麼親自來了？」

有人進了門，響起幾聲腳步聲。屏風外人影攢動，讓開條道。

李硯忽又憤怒地喊起來：「放肆，誰准你進去的？」聲音聽起來有些發顫，像是被嚇著了。人還未動，便被那年輕人一把拉住胳膊。

「就那裡面還沒搜查過呢。」那年輕人說。

棲遲隱約看見一道高大的人影走近，別過臉。

她此行輕裝簡從，早料到隨從或許會攔不住這些人，所以才早早戴上帷帽，遮了面容。

那人闊步在她周圍走了一圈，最後停在她幾步之外。

她垂著眼，自帽紗下，瞥見他一雙黝黑的皮質靴子，靴筒緊緊束在緊實的小腿上。

忽地寒光一閃，她的眼前伸來一截劍尖，此時她才明白剛才李硯為何像是被嚇著了一般，原來這人竟是持劍而入的。

那截劍尖挑起她帽檐下的垂紗，然後她下巴一涼，劍尖托起她的下巴。

棲遲不得不正臉對著他，眼觀鼻，鼻屏息。

劍拿開了。

卻頗耗了些時間。

棲遲一手撫住下巴，一手拉下帽上的垂紗，又將臉別了過去。好在這人手還算穩，劍沒傷到她。

外面那年輕人發覺不對，忙問：「怎麼，難道就是她？」

說話間眾人便往屏風處擁來。

棲遲用餘光掃到眼前的人手抬了一下，看見他腰間懸著的空劍鞘，毫無裝飾。

外面那些人停住了，沒再接近。

那人在旁走動兩三步，她心存避諱，始終沒看他。

而後他終於走了出去。

棲遲再看過去時，發現他似在李硯跟前停留了一下。

「走。」他忽然說。

年輕人鬆開李硯，追了出去，其餘眾人魚貫而出。

李硯匆忙跑到屏風後面，撲在棲遲膝前：「姑姑，可有傷著？」

棲遲握著他的手，摘去帷帽，搖了搖頭，一時說不上話來。即使暗中行商多年，她也未曾遇過這種被人拿劍挑著下頜的情形。

看這陣仗，不由分說，乾脆俐落，應當是軍人的做派。可這北地的軍人都是都護府的。

莫非……

棲遲蹙著眉，也不知自己是不是猜對了。

城門快關時，新露和秋霜才完成家主的交代，返回客舍。

二人在路上遇到有隊人帶刀騎馬出城，一路而去的正是客舍方向。新露較為心細，當時便與秋霜說，可別波及客舍才好。

秋霜說她那是瞎擔心，那些人若是惡人，帶刀而過時遇著馬車就會下手，明明對她們視若無睹，怎麼會打客舍的主意呢？

哪知二人剛回來，便從王嬤嬤那裡聽說了先前的事，難怪客舍裡的住客忽然間少了許多，想必都被嚇跑了。

新露不禁瞪了秋霜一眼，哪知秋霜也在瞪她。她嫌秋霜心大，秋霜嫌她烏鴉嘴。

客房內，棲遲已經用過晚飯。

幾個時辰裡，李硯都不肯走，一直陪在她身邊。

棲遲到現在也沒有說他什麼，今日的事純屬突發，本該對他魯莽的舉動數落兩句，想想這份情義已是難得，又何必說他，就作罷了。

新露和秋霜匆匆進門來探視，見兩個主子安然無恙，才鬆了口氣。

還沒站定一會兒，忽又聽見外面馬嘶聲，俱是一驚。

「怎麼回事，城門都落了，難道又有什麼人來了不成？」

新露快步出門去看，只見客舍大門口忽然來了兩隊兵馬，與白日所見不太一樣，穿的都是兵服，個個手持火把，很顯然是軍中之人。

列隊當中，停著一駕由四匹雪白高馬拉的馬車。一個年輕人打馬出列，翻身下馬，直接入了客舍。

新露看他所來的方向直沖著自己，連忙調頭跑回棲遲房中。

「家主，似是沖著您這兒來的。」

棲遲想了想：「可別是那個熟面孔吧。」

李硯聞言，走到門口朝外望，一眼就看到那人大馬金刀地往這走來，竟然被他姑姑說中了，真的就是白日裡闖入的那個年輕人，立時雙眼圓睜：「怎麼又是你！」

那人看到他，眼神閃躲一下，摸摸鼻子，沒吱聲，一直走到門口，忽而一掀衣擺，單膝下跪，抱拳見禮：「末將羅小義，特來恭迎縣主過府。」

棲遲在房中聽得一清二楚，問：「奉的是何人之命？」

「瀚海府，大都護。」

她說不出此時的心情，居然歪打正著，被她猜中了，還真是安北都護府的人馬。

或許還不只如此。

「這次可有憑證？」

羅小義一愣，忽然想起白日裡她的話，感覺碰了一鼻子灰，乾咳一聲：「這次有了。那個入了屏風的……就是大都護本人。」

第二章　夫君伏廷

聽聞這話，在場的人面面相覷，丈二和尚摸不著頭腦。

怎麼就冒出大都護來了？

李硯悄悄看了姑姑一眼，她臉上沒有半點驚詫，仍正襟危坐著。就如同她白日裡面對那一隊持刀拿槍的闖入者，在屏風後也是這樣毫無懼意地坐著。

其實棲遲只是在想：他竟然還能認出自己。

當初成婚時匆匆一面，她因著禮儀之故，只看見他大概的模樣。後來哥哥故去，他接到命令連夜返回北地，此後也沒機會再見。

誰能想到，再重逢，他還能一眼認出她來。

「大都護何在？」片刻後，棲遲問。

羅小義答：「還領著人在追查幾個逃逸的突厥探子，先前搜查客舍也是因為這檔子事，冒犯縣主，並非有心。」

有理有據，她若拿這個說事，倒顯得是不顧全大局了。棲遲喚了一聲「新露」，隨後新露回到房中，聽她囑咐了兩句，又再出去，對羅小義道：「有勞將軍稍候，容奴婢們為縣主描妝，再啟程上路。」

羅小義說了聲「是」，一面起身，一面腹誹：不愧是宗室裡的女子，規矩可真多啊！

棲遲並非要描什麼妝，只是要晾一晾羅小義。房門緊閉，她以眼神安撫李硯，叫他喝了一盞熱茶湯。

耗著的時候，新露和秋霜把能收拾的都收拾了。

而羅小義，在門外吹了許久的冷風，光是門口的步子聲就聽他踏了不下十幾個來回。

到後來還是李硯心軟了，覺得差不多了，她才終於點頭，吩咐出門。

出到門外，羅小義連忙迎上來。

先前隔著屏風看不清，此時他才能悄悄打量一下這位素未謀面的大都護夫人。

棲遲身上罩著連帽的披風，映著燈火，看得最清楚的是那婀娜的身段。

他咧咧嘴，心道可真是南方潤水浸養出來的，嫩柳一般。

正要引路，棲遲帶過手裡牽著的李硯，對他道：「忘了與你說了，這位你先前推搡過的，是我姪子，光王府的世子。」

羅小義身子一僵，又看了李硯一眼，眼珠滴溜溜地轉了兩圈，訕訕地笑道：「那怎麼能算是推呢，我那是想扶著他。」

說完他還要伸手來扶李硯，但李硯一閃，避開了。

棲遲道：「走吧。」

羅小義如釋重負：「是是是，這便走。」

燈火漫道，城門夜開，只為了迎接新到的女主人。

北地既然號稱「八府十四州」，安北都護府管轄著其他八府十四州的都督府，瀚海府是總統領所在地，是為大都護府。

光是聽這名字就夠氣派的，新露和秋霜在車中時不時小聲嘀咕兩句，都覺得那府邸定然是不同一般的。

這些李硯也是學過的，到後來，忍不住加入她們，問：「真有那麼風光嗎？」

「應當的，就說今日用軍儀來迎接家主，也算得上很風光的了。」

李硯想想白日遭受的待遇，心說不這樣，他姑姑還未必會上這馬車呢。

棲遲聽著他們你一言我一語的討論，心裡回想著的卻是白日裡的那一幕。

早知道那是他，便大大方方地抬眼瞧了。

當朝安北大都護，持劍見妻，是何等的威風呀！她想著想著，竟忍不住勾唇笑了。

新露悄悄扯扯李硯的袖口，示意他看，低聲道：「瞧，家主也高興著呢。」

李硯咕噥：「是嗎？」那可能，也是好事一樁吧。

一聲號令，馬車停下。

兩隊人馬護衛，竟然一路未發出嘈雜之聲，說停便停，整齊劃一。

外面羅小義道：「到了。」

車簾打起，棲遲腳踩到地，手撩起帽紗，看了眼面前的府門。

耳中忽然聽見身後的羅小義輕聲囑咐車夫：「記得將馬好生送還軍中。」

她留心了一下，回頭望去，羅小義已笑臉迎來，抬手做請的姿勢，領他們入府。

光看府門，大都護府的確是算得上氣派風光的，匾額上的字蒼勁有力，應當是出自琅琊顏氏的書法。

伏廷的事棲遲還是略知一二的，比如成婚時就已得知他早年父母亡故。

不出意料，進去後果然發現冷冷清清的。一般府上沒了長者和當家做主的，就是這個情形。她對此並不陌生，因為光王府也差不多。

前面是處理公事之所，並未掌燈，也沒見到什麼僕從，靠羅小義進門時從護衛手上順手拿了支火把在前照路。

到了後宅，才見到幾個垂手而立的下人，亮了院中的燈火。

羅小義不好再進了，將火把交給一個下人，便要告辭了。

「大都護今夜可回？」棲遲忽問。

羅小義腳步停頓了一下，露出會意的笑來：「我馬上就去為您催催。」說完一抱拳，轉身走了。

棲遲手指攏住披風，輕輕遮住雙唇，竟生出些不自在來。她問那一句未必有上趕著要見那男人的意思，被他這麼一回，就全是那個意思了。

伸手牽起李硯，進了後宅，那邊新露與秋霜已先一步進到屋中打點，她進門時，正好撞見她們神色不對的走出來。

「家主，您快來看看。」

「怎麼了？」棲遲入門，解下披風，環視屋中。

窗外風大，吹著窗櫺吱吱作響，燈火不夠明亮，只點了一盞，照亮的地方陳設簡單，且老舊。

榻上無紗垂帳，屏風描畫斑駁。

李硯就近摸到一把胡椅，轉頭看著棲遲：「姑姑，這地方未免有些……」

寒酸。棲遲默默在心裡接了這兩個字，轉身出去，從下人手裡取了羅小義留下的火把，往前廳一路查看過去。

晚間雪停，夜間復降。

紛揚雪花裡，幾匹馬噴著響鼻，輕輕刨著雪地，沒有拴繩，卻並不亂跑。

百步之外，亂石叢生間，一簇火堆漸熄。

伏廷坐在石頭上，眉目已沾上一層風雪。

對面幾個人冷得擠在火堆旁，牙關打顫。都是他的近衛軍。

他將劍豎在雪中，從懷裡摸出酒袋，擰開灌了一口，丟過去。

一人接了，與高采烈地抱拳：「謝大都護！」

忽有人接近，雪地裡腳踩出咯吱咯吱的聲響，是羅小義趕來了。

「大都護今日是新夫人到了高興，所以賞你們酒喝呢。」一到跟前他就打趣，順手又丟給大夥一大包肉乾。

接過去那人道：「羅將軍倒成頭一個見著大都護夫人的了。」

羅小義低罵：「這不是放屁嗎？咱們大都護若沒見過，能一眼就認出來嗎？」

伏廷紋絲不動地坐著。

羅小義說著話已擠到他跟前，塞給他一塊肉乾：「三哥放心，人我已好好給你送府上去了。」

伏廷接過肉乾拿在手裡撕開，看了他一眼。

羅小義連忙伸手攔了一下：「你頸上的傷還未好，少說話，聽我說便好。沒什麼事，那位縣主嫂嫂沒我們想得那麼不講理，不曾胡攪蠻纏，除了晾我吹了好一會兒冷風，怕還是為了她那姪子。」

「光王世子。」伏廷忽然開口。

「對、對，光王府的小世子。嘿，那小子……」羅小義越說越遠了。

伏廷將肉乾放入口中嚼著，想起白日裡的情形。

他對李棲遲那張臉記得很清楚，是因為成婚當晚光王彌留之際，他也過去看了一眼。那時她也是垂著眼，與被他劍尖挑起下巴時神情差不多，只不過比當時少了兩行淚而已。

之後他就匆匆趕回北地，算起來，確實有很久沒見過了。

他挑著劍，花了些時間端詳，主要是怕認錯。

而她，並不看他，也沒有慌亂。

那邊酒袋傳了一圈，又送還到伏廷手上，被羅小義按下。他朝伏廷揶揄道：「三哥可真是神人，嫂嫂我已見著了，不愧是皇族宗室裡的，那活脫脫就是水做的啊。你成婚後將她放在光州那麼久便罷了，如今人都送上門來了，到現在竟還待在這雪地裡，照理說還不早就回去抱上滾他一遭了。」

行伍出身，沒有門第的人，說話沒輕重，葷素不忌。他又低笑著自掌一嘴：「瞧我說的，以三哥的本事，一遭不可能，定是幾遭才對嘛！」

伏廷又灌了口酒，喉結滾動，酒入腹中，身上回了些熱氣。他拿拇指慢慢抹去下巴上的殘餘酒漬。

那女人是什麼滋味，他還沒嚐過。這樁婚事對他而言是實打實的高攀，從投身行伍開始，他從未想過有朝一日能娶上一個宗室貴女。更沒想到，有朝一日，她會忽然自己千里迢迢地過來。

這八府十四州，皆是荒涼苦寒之地，如今都護府又是這麼一幅光景。她一個貴族嬌女，就算來了，又能待得了多久……

「這就是堂堂統領八府十四州的安北大都護府？」都護府內，李硯不可思議地嚷了句，隨後想起莫要惹了姑姑不快才好，嘟了嘟腮幫子，沒再往下說。

其實新露和秋霜哪個不是這個感受？

來的路上還想著這府上應當是無比風光的，沒想到隨著家主在這府上走了一圈，發現根本不是那麼回事。雖還有幾分都護府的氣度，只是家具物什舊得很，甚至許多東西已不能再用了。

棲遲一面將手裡的火把交給新露，讓她找東西立起來，就在這屋內留著照明；一面吩咐人去將府上管事的請來。

時候已不早了，她估摸著初來乍到，還要忙上許久，想叫王嬤嬤帶著姪子先去找個屋子安置了。

但李硯哪裡肯走，眼下這境況可是聞所未聞的。他就挨著姑姑待著，兩隻眼睜得圓溜溜的，有精神得很。

棲遲只好隨他去了。

很快秋霜帶了個老人進來。新主母進門，老人也是頭一回見，在地上跪拜見了大禮。

棲遲叫新露賞些碎錢給他，然而一問，這位卻並不是管事的。

秋霜在她耳邊低聲說：「大都護經常住軍中，根本不怎麼回來，所以這府上沒管事的，這老人只不過是因為年紀最長，才被推過來罷了。」

棲遲明白了。所以這只是個掛名的宅邸，他在外面有什麼事、什麼人，可就無人知道了。別說李硯沒見過這種境況，就是她也沒見過。

她問了老人一些府中的事情，心中便大概有了數，於是叫秋霜把人送出去，順便清點僕人的名冊。

隨後，她吩咐新露準備紙筆，要列個單子，明日好派人出去採買。

李硯一點也不稀奇，他姑姑本身在光王府裡掌家就做得好得很，到了這空宅子一樣的都護府，還不是輕車熟路。

面前一方檀香木的小案，上面紋路斑駁，因為陳舊，反而愈發有香氣散發出來。棲遲在上面鋪上紙，提筆蘸墨，邊想邊寫。

李硯在旁邊看著，忍不住問：「姑姑，妳說這裡怎麼會這麼窮啊？」

棲遲拿筆的手停了一下，回想起當時羅小義悄悄吩咐車夫的那句話，眉心不由得蹙了一下。連拉車的馬都是軍中借來的？那男人得罪了她，是要給她充個場面不成？

「我又如何知道？」她搖搖頭。

不過只是費些錢就能解決的事，倒也算不上什麼大事。

至於其他的，再另說。

五天後，大雪仍時不時地下著。

新露引著一位鬢髮皆白的老者入了都護府。這是先前特地為世子李硯延請來的新老師。

穿廊而過，只見府中十分忙碌，園中有僕從在新植花草，灑掃庭院，還有婢女交相扶著，在廊簷下懸掛起擋風的垂簾，往來穿梭，安靜本分，沒一個腳步停頓的。

不多時，入了西面早就備好的學堂。

老者是瀚海府有名的隱士，博聞廣識，但見這堂內擺著洛陽紙、徽州墨，上好的太湖石鎮紙，四下的坐用器具，無一不精，也不禁摸了摸鬍鬚，暗生感慨：不愧是一方軍閥享有的大都護府。順嘴，老者就問了句：「因何當時拜帖是清流縣主之名，卻入了大都護府中教學？」

新露早已瞧見他眉宇間欽嘆的神色，笑著告訴他：「大都護府如今正是由縣主掌家的。」

若非如此，這裡豈會短短數日就有這一番變化？就要如此這般，才能配得上安北大都護府的名號才是。新露想到這幾日家主作為，叫府中奴僕無不心服口服，還有些得意來著。

李硯去上課了。

少了他在跟前晃悠，棲遲多出了不少閒暇，正好，著手將府上的開支記錄下來。這對她而言，是再輕鬆不過的事。

秋霜為她捧來一爐薰香，看她下筆迅速，皆是出帳，哪有入帳，忍不住道：「誰承想，家主來這兒的第一件事竟是花錢。」

棲遲也沒想到，本以為安北都護府手握重兵，雄踞一方，誰能料到內裡是這麼一幅光景。

她笑道：「錢賺來便是花的，不花我還賺它來做什麼呢？」

眼下還不清楚緣由，說什麼都為時過早。何況這地方她也是要帶著這許多人住的，弄舒服些，不也是讓自己好過些嗎？

秋霜聽了轉過彎來，轉著眼珠想：也對，叫那大都護回來瞧見，必然要感激涕零，屆時少不得對家主呵護備至，那這錢花再多也值了。

忙完沒多久，李硯回來了。今日只是見師禮，沒有講學。

新露跟在他後面進門，笑容滿面地對棲遲道：「先生誇世子是個好苗子呢，不是那等紈褲子弟，定是個可造之材。」

李硯被誇得不好意思，紅著小臉，擠到棲遲跟前。

棲遲順手摸了摸他的頭：「那才不枉費我帶你來這裡，好好學著，他日要叫那些瞧不起你的都不如你。」

李硯一下想起邕王世子那些人，眨了眨眼，看著她：「原來姑姑有這個用意嗎？」

「自然，別忘了，你還有光王爵要承襲的。」

李硯這才明白姑姑的良苦用心，又想起英年早逝的父王，鼻尖酸溜溜的，從她懷間站直身，道：「姪兒領訓，這便回屋去了。」

「做什麼去？」

「去溫書。」

棲遲失笑：「怎麼說風就是雨的。」

李硯被說得更不好意思了，小跑著出門而去。

棲遲也斂了笑，想到哥哥，往事便湧上心頭，總是不好受的。從那溫柔鄉一般的光州來到這朔風凜凜的北地，也不知她哥哥泉下有知，會不會覺得她是做對了。

新露見她神色鬱鬱，眼下有些青灰，料想是這些時日忙碌府中的事沒休息好，走去榻邊揭開新垂的帷幔，道：「家主小睡片刻吧，從啟程上路以來，到這府中，就沒睡過一個好覺。」

棲遲點點頭，起身過去時，對秋霜招了下手：「把剛送到的帳冊拿來給我，若睡不著還能翻一翻。」

秋霜一邊去匣中找，一邊打趣：「家主是要看看自己又賺了多少錢，才高興呢？」

她揚眉：「正是這個道理。」

新露和秋霜聽了不禁笑出聲來。

聽到她們笑，棲遲的心情也轉好了，她向來不是個沉溺傷懷的人。

人退去，房中炭火燒得旺，舒舒服服的。

棲遲躺在榻上，翻了大半，漸漸乏了，背過身去，將冊子塞在枕下，合上眼。

迷蒙間倒是想起一件事：那男人至今還未回來過。

到後來便睡著了。

不知是夢裡還是現實，聞得聲響，叮的一聲，好似金鉤解帶，一串細碎聲。接著是沉重的一聲，像是有什麼倒了下去。

棲遲掀了掀眼簾，尚有睡意，料想不是新露就是秋霜，何時竟如此毛手毛腳了。

只一瞬，她又睜了眼。因為想到她身邊的人不可能這樣行事。

她伸手撩開帷幔，兩隻腳慢慢踩到地上。

地上新鋪了西域絨毯，光腳踩上去也不會感到涼。她起身離榻，腳步無聲，走了幾步，便看見地上淋漓的水漬。

她順著那點點滴滴的水漬望過去，案上搭著一條一指寬的腰帶，往前是床。

床沿下也是一攤水漬。

棲遲輕手輕腳地走過去，一眼看到上面躺著個人，腳上胡靴未退，黏著的雪化成了水，滴落在地。

下一眼，她看到他的臉。

卻不妨他在此時突然睜開眼，棲遲一驚，下意識地轉身就走。

身後的他霍然坐起，一把抓著她扣回去，一隻手捂住她的嘴。

「別叫。」耳邊傳來低沉沙啞的聲音，「是我。」

棲遲跌坐在他身前，手指挨著他的佩劍，還是那柄她見過的劍。男人的手捂著她的嘴，粗糙，沾了風雪的涼氣。

她沒想叫，早已猜到是他。畢竟能直入內室的，除了男主人，也不會有別人了。

她用手指輕輕地勾了下他的手背。

那隻手停頓了一下，隨後便拿開了。

棲遲抬手撫了下被他碰過的雙唇，沒有回頭。

方才微驚，心口仍急跳著，她努力壓下，想著眼下的光景，夫妻重逢，第一句話該說什麼？

「家主！」門忽然被推開，新露跑入，一眼瞧見裡面的情形，呆了呆，反應過來，忙低下頭退出去了。

家主被人擁著坐在床上，就是傻子也該明白那是何人。

門外傳來羅小義的聲音：「怪我怪我，是我莽撞，驚擾了幾位姐姐。」

棲遲聽見還有外人在，從床上起身，理了下鬢髮，喚了聲「新露」。

新露又推門進來，一路垂著頭近前，搬了張胡椅過來，拿披風給她披上，伺候她坐下，隨後貼在耳邊將事情與她說了。

原來剛才秋霜經過一間廂房，看到門開著，就走了進去，不想竟看見羅小義在裡面躺著，一動也不動，也不知是睡著了還是暈過去了，自然方寸大亂。新露慌忙就來告訴棲遲，沒想到這裡也有人……

直到這時，棲遲才重新看向床上的男人。

伏廷正看著她。

他身上是兩層厚厚的軍服，胡領翻折，本是最貼身的，如今腰帶已解，散在身上，形容落拓。

光是在那坐著，棲遲都覺得他身形高大。她眼眸垂下，須臾，又抬起看了他一眼。

他仍盯著她，眼裡帶著些許疲憊。

看著他的臉，棲遲忽然想到一件往事。

當初成婚前，光王曾暗中派人來北地打聽過大都護的容貌。來人回去後稟報說：「大都護雖出身寒微，但儀表英武，遠勝王公貴侯。」

棲遲當時問哥哥：「打聽這個做什麼？天家所配，難道他生得難看，我還能悔婚不成？」

她哥哥說：「不打聽一下不安心，若是那等獐頭鼠腦的，又如何能配得上妳這等容貌。」

有些想遠了，她回過神，聽到羅小義的聲音，人已到了門口——

「驚擾縣主嫂嫂了，末將跟隨大都護剛剛返回，幾天幾夜未合眼，實在累極了，摸到間房就睡了，是我沒規矩，可千萬別怪我才好。」

棲遲知道這府上以往無人，他肯定是隨意慣了，也沒放在心上：「不妨事。」

「嫂嫂好人，寬宏大量！」羅小義甜嘴甜舌地說著，探入半張臉來，驚異道：「三哥，你這屋裡何時變得如此暖和了？」

伏廷聽到這話才有所察覺。

數日奔波，他一直追著那幾個突厥探子到了邊境，若不是累死了一匹馬，實在不能再耗下去，只怕現在還在外面。

回來後他倒頭就睡，此時才注意到這屋內的確溫暖如春，難怪方才沾枕即眠。

他緩緩掃視著房內的景象。

剛醒時，他還以為這房內不同的只是多了個女人，現在發現何只是多了個女人。

窗紙是新的，燈座遍布角落，屏風上的裝飾也已新描畫過，添了大大小小十多樣用器，炭盆香爐，羅幔輕紗，皆是以往沒有的。

一圈掃完，目光在地毯上停留一下，他又往坐著的女人身上看去。

衣擺動了動，是棲遲縮了縮光著的雙腳，在他眼前一閃而過的白嫩。

「妳安排的？」他問。

棲遲往門口瞥了一眼，羅小義探了下腦袋，似乎也在好奇這事。

她點了下頭：「是。」明擺著的，不是她，難道還有別人。

伏廷看著她，眉心皺了一下隨後又鬆開了。

棲遲已經瞄見，心道莫非不喜她擅自安排？

耳中忽聽他喚了聲，「小義。」

羅小義會意，在門口接話道：「縣主嫂嫂花了多少，叫妳的侍女告訴我，回頭大都護也好將花銷如數奉還。」

其實說了也肉疼。這些宗室貴女可嬌貴了，一來就如此鋪張浪費。他三哥身上帶傷，話不多說，叫他開口，可大話說出去容易，真拿錢，要上哪兒去拿呀？

話雖如此，這炭火燒得可真暖和啊，好些年沒在凜凜寒冬裡感受到這熱乎氣了。他不自覺地往門內靠。忽然聽到一聲輕笑，羅小義不禁朝裡瞄了一眼。

是棲遲，她笑得很輕，因為有些忍不住，想不到這男人還挺有骨氣的。

「以往逢年過節，你也往光州送過不少東西，還是在都護府如此光景下，如今便當我給你這裡送些東西，又有何不可呢？」這話她說得是有些誠懇的，之前雖有不快，只要想到這點，也消弭不少。

伏廷聞言沒說話，卻往門口看了一眼。

羅小義眼神閃閃爍爍，飄忽不定。

伏廷不記得自己往光州送過東西，若沒猜錯，一定是羅小義。自成婚以來，羅小義便時常勸他去光州走動，免得娶了妻還做和尚。他身邊能關心他私事的，除了這個多事的，也想不出來還有旁人。

棲遲注意到兩人眼神往來，心裡回味了一下。看了伏廷一眼，她起身道：「新露，去給羅將軍住的屋子裡也生盆炭火，我們先退去，莫妨礙大都護與羅將軍休息。」

新露稱了聲「是」，扶她回到榻邊，以身擋著，悄悄幫她穿上鞋襪。

門口的羅小義聞言又是一陣肉疼，多一盆炭，又是多出一份錢來！若不是他三哥房裡多了個人，真想直接開口說就在這裡跟他擠擠睡一覺得了，何必浪費那個錢。

伏廷倒是沒說什麼，看著棲遲在榻後半遮半掩地穿戴整齊，走出門去，唯有耳後頭髮微亂，是他方才弄的。

他五指握了一下，指間憶起捂過她的唇，又想起羅小義的話——水做的一般。

棲遲出了門。

羅小義迴避著，退到一邊給她讓路。

她腳步停了一下，低聲道：「多謝將軍之前數次破費送禮了。」

羅小義見她已知情，也就不隱瞞了，乾笑道：「縣主嫂嫂莫客氣，我是替大都護送的，那都是大都護對妳的情分。」

棲遲含笑點了下頭，移步走了。待到轉過迴廊，她臉上的笑便沒了。

新露看過去時，就見她嘴唇輕輕動了一下。

「伏廷……」她念叨了那男人的名字一遍，手指撩了下耳邊的髮絲，心裡有些難言的氣悶。

原來，還是她自作多情了。

眼見棲遲走遠，羅小義轉頭就鑽進房裡。

暖烘烘的熱氣烤得他渾身舒坦，他卻顧不上享受，趨近床前，低聲道：「三哥，你怎這麼大方，我早留心到這府中到處都變了樣，嫂嫂這筆開銷可不小，要擔下，如何擔？」

伏廷不答反問：「你拿軍費去給她送禮了？」

羅小義辯解：「那叫什麼軍費，那是你應得的賦稅，是你自己全將它充作了軍費，我給你留作一些家用怎麼了？」

伏廷覺得這說的就是屁話，若無軍費防範外敵，命都沒了，還談什麼家？

他沉坐半晌，從懷裡摸出自己的印信拋給他。

羅小義捧著印信，不等他開口便明白他的意思，兩眼睜得猶如銅鈴：「三哥，你這是要拿自己壓在軍中的老本給嫂嫂不成？」

伏廷說：「我的人，不拿我的，拿誰的？」

羅小義思來想去，以他三哥的為人，不是個慣於攢錢的，這錢留著定是有用處的，才會一直沒動過。

正好，外面傳來新露的聲音，說已為他在房內燒好炭火了，請他去休息。

伏廷說：「滾吧。」

羅小義一咬牙，心想算了，這錢花都花了，非要睡到那盆炭燒光了才算挽回本來！想完他一扭頭便出去了。

外面新露很小心地將房門關上了。

伏廷將壓在身邊的長劍隨手扔下地，脫去軍服長靴，一頭倒在床上。

這床鋪也變了，身下柔軟，墊的是厚厚的羊絨，枕上一陣似有若無的香氣，他的手指撚到一根細長的髮絲。

多的，是女人的氣息。

這一覺，他一直睡到天黑，後來之所以醒，是因為房內太熱了。

伏廷睜眼坐起，身上已有了汗，下了床，走到案頭，看見上面擺著一副精緻的茶具。

他揭開冷爐上盛水的壺口，端起來仰脖灌了口冷水，緊跟著就有人敲響房門。

兩名侍女垂頭進門見禮：「大都護醒了，奉家主之命，已為大都護備好沐浴熱湯。」

說罷，新露去掌燈，秋霜去立屏風。

十幾盞燈座點上，屋內亮如白晝。熱湯灌入浴桶，兩人又退出去了。

伏廷看她們屋內一有動靜就進來了，顯然是早就等著的。他往胡椅上看了一眼，舔了舔被冷水浸過的牙，先前他那位妻子便端端正正地坐在那裡。也許宗室女子，都是如此無可挑剔吧。

解衣進去，浴桶邊擺著金盤，裡面盛著數十粒澡豆，通體雪白，欺霜賽雪，香氣撲鼻。這種東西是長安洛陽的世家王公愛用的，他一介軍旅中人，從來不用。如眼前這種規格的，以粒計價，粒粒賽金，也許宮中也未必能用得上幾回。

李棲遲，倒比他想得還嬌貴。

羅小義又過來時，伏廷已洗完澡，僕從們剛把房內清理好。

「三哥，這等享受，是神仙日子吧，我都不想走了。」他睡飽後也洗了個澡，與伏廷不同，顯然是用了不少澡豆，老遠都能聞到一股膩人的香氣。

新露和秋霜剛好進來，聽到這話憋了滿臉的笑。

她們是來請他們去用飯的，既然羅小義在大都護房裡，乾脆就將飯菜送過來了。

擺案設席，伏廷和羅小義各坐一案。

伏廷繫著外袍，胳膊搭膝坐在那，無人敢多看大都護如此形容。

一道道菜端上來，羅小義兩眼越睜越大。

常言道：「菜品貴細貴精不貴多。」這些菜式可是他做到將軍都未曾嚐過的。再看那些僕從還在門外候著，看樣子他們眼前這些用完了，還有新的要送進來。還以為他之前所見已是莫大的奢侈，此時看到這些菜肴才發現那不過是九牛一毛罷了。

他實在忍不住，湊身過去道：「三哥，不如我去勸一勸嫂嫂，叫她節儉些？」

「少廢話。」伏廷拿起筷子，那意思，吃就吃，不吃滾。

羅小義摸摸臉，他三哥是個鐵血漢子，那清流縣主卻是個金貴蛋，這麼下去，還怎麼過日子？

好不容易熬過一頓晚飯，羅小義叨擾夠了，要告辭了。

臨出門，羅小義強打起笑臉開了句玩笑：「三哥今日花銷太大，可要在嫂嫂身上討回來，兄弟就不打擾你們夫妻好事了。」

伏廷沒理他，腦海裡卻浮現出那一閃而過的白嫩腳趾。

羅小義只見他燈火裡的一雙眼黑漆漆的，狼一般，賊笑著走了，不想剛轉過迴廊，就遇到了秋霜，說是她家家主要請將軍過去說幾句話。

羅小義轉著心思，想著：應當是要說一說那花銷的事了。難不成她還挺心急要錢的？

棲遲正在李硯的住處。

趁伏廷他們休息用飯，她陪姪子練了許久的字，聽說人請來了，才停了。

李硯將兩本字帖齊齊整整地收起來，抬眼瞧見羅小義進了門，撇了下嘴，沒作聲，站到姑姑身旁。

羅小義見到被自己得罪過的小世子也在，訕訕笑了笑，抱拳見禮：「不知縣主嫂嫂召末將來有何吩咐？」

棲遲坐在暗處，看不清他的神情，只抬了下手，身旁的新露便過來，奉上木盒給他。

羅小義接了，帶著疑惑打開。裡面是一柄匕首，鞘子通體竟是黃金打造的，拿在手裡沉甸甸的。他滿臉詫異：「這是？」

棲遲道：「答謝你之前數番破費送禮。」

羅小義心又涼了，按他三哥的意思，這花銷也得包下來，他拿他三哥的東西，何苦來哉？

羅小義剛想找個理由推拒了，卻聽見棲遲又道：「叫你來，是想說一聲，大都護說要擔了我的花銷，你不必照辦。我與他畢竟夫妻一場，若是花些錢也斤斤計較，未免太過生分了。」

羅小義一愣，沒想到她竟如此慷慨識大體，竟不是要錢，而是送錢的。他試探著道：「這可不是一筆小開銷啊！」

棲遲話中帶笑：「放心，我在光王府也掌家多年，若是用度奢侈不知數，早已沒有你眼前的我和光王世子了。」

羅小義明白了，她這意思是說她花得起。他三哥娶的到底是什麼女子，難道說宗室裡的女子都如此財大氣粗？

夜已深，棲遲不便與他一個外男久待，沒給他太多閒暇胡思亂想，直說了叫他來的用意：「我只想知道，堂堂安北都護府，因何會是如今光景？」

花錢是小事，她得買個明白。據她所知，各大邊疆都護府是不用給朝廷納貢的，所收賦稅皆可自做屯兵用，若無緣由，是不該有此光景的。

羅小義一手拿著那木盒，一手摸了摸懷裡伏廷交給他的印信，本還顧及顏面，轉念一想，時間久了終究紙包不住火，還不如大大方方告訴她算了，於是嘆息一聲開了口：「縣主嫂嫂有所不知，其實以往不是這樣……」

北地畢竟幅員廣袤，部族眾多，以往賦稅的確是不用愁的。可惜前幾年一場瘟疫席捲，牛羊數以萬計地折損，萬頃田地也顆粒無收。

連著幾年收不上賦稅，北面突厥又趁虛而入。打仗就是燒錢的，一兩場仗下來庫存便空了。驅逐了外敵，往後還得年年增強軍備防範戰事再起，久而久之，自然入不敷出。

若是個世家豪族來當這安北大都護，或許還有家族幫襯著，可他三哥這樣白手起家的，誰來幫他？

李硯聽得驚異，不自覺地抓住姑姑的衣袖。

棲遲將他拉過來牽在手心裡，問：「朝中不曾過問？」

羅小義無奈地笑了兩聲：「朝中倒是過問過一番，但一番過後，便有別的都護府爭相去哭窮。這天下六大都護府，一來二去，聖人也要搖頭，更何況咱們安北都護府還兵強馬壯……」想起眼前這位還是個宗室女，他趕緊收住話，一根手指撓了撓人中。

棲遲明白了，朝廷以往大力提拔寒門，如今他們羽翼漸豐，卻又生了防心。聖人既要用伏廷，也要防他，否則又何來她與他這樁賜婚。

「有勞將軍告知。」她微微頷首，叫新露送人。

羅小義到了門外，又想起那金匕首，想還回去，但新露擺手不收。說但凡她們家主送出去的東西就沒有收回的道理。

言下之意，在他三哥身上花的錢也不會收回了？他邊走邊回味著先前說的話，已經儘量說得溫和了，也不知那嬌滴滴的縣主聽了什麼感受？她會不會嫌棄他三哥，轉身就回光州去？

「姑姑怎麼想？」屋子裡，眾人還因為那一番話震驚著，反倒是李硯先發話。

棲遲起身坐到燈火通明處，臉上並無多大反應：「能怎麼想，來都來了，難不成還掉頭就走？」

李硯一本正經地道：「倒也是無奈事由，若真走了，才顯得我們薄情寡義呢。」

棲遲笑他：「人小鬼大。」

時候已不早了，新露近前來提醒：「家主，該安置了。」說話時，她神情頗為微妙。

棲遲的眼睫顫了一下，斂下兩道陰影。那意思是大都護還在等著。

她用手指輕輕撫了一下下巴，彷彿被他劍挑著的冰涼還在。這男人，怕是除了能認出她來之外，根本未曾將她放在心上過。

她抬起頭，說：「妳去替我回一下大都護。」

新露附耳過來，聽她說了句話，蹙了眉頭，遲疑地看了她一眼，但還是領命去了。

伏廷站在窗口。

他嫌屋中太過溫熱，滅了炭火再生火又麻煩，乾脆推開窗吹了片刻冷風，手裡拿著軍服裡剩下的半袋烈刀燒。

他灌了兩口下肚，身上涼透，腹中卻如火燒。到第三口，他突然想起這酒烈氣灌喉，萬一待會兒叫她聞著氣味，或許不喜，抹了下嘴，塞上了塞。

其實那樣的嬌女喜歡什麼，他又怎麼清楚。若是喜歡的就是這種奢侈富足的生活，他眼下也給不了。

有腳步聲進來，他轉過身，只看見一個侍女。

新露下拜：「家主命我來向大都護告罪，她先前在客舍受了驚，身上不適，已在別處安置，請大都護自行安排。」

伏廷把玩著手中的酒袋，咧了咧嘴角。之前沒有半點異樣，連被他扣在懷裡都不曾有驚狀，到了這時候卻舊事重提，是故意要在這時候回敬他。

「她人呢？」

新露在他面前本就有些戰戰兢兢，乍一聽到問話愣了一下。

伏廷不等她回答就說：「請她過來。」

新露連忙離去了。

棲遲料到他的反應，獨獨沒料到他會叫她過去。難道他還要與她當面對質不成？

她安撫一下一臉擔憂的姪子，施施然起身過去。

剛到門口，已聽到裡面傳出細微的聲響，她一手提起衣擺，邁腳進門，看見那男人已經穿上軍服胡靴，一手抓佩劍，長腿闊步地走了過來。

到她面前，他停了下來，看著她。

棲遲不得不仰頭看他，目光落在他如削如刻的下巴上。

「妳睡這裡。」伏廷忽然說，兩眼在她身上停留一下，走了。

棲遲看著他出了門，新露跟過去了。

不多時，新露返回，悄悄告訴她：「大都護去書房睡了。」

「他是個啞子不成……」棲遲低聲說。

新露在旁與秋霜咬耳朵，大都護看著話不多，先前不是還叫羅將軍傳話來著？的確像個啞子似的。

棲遲輕輕掐著手指，白了他離去的方向一眼，心道：什麼男人，竟連句軟話都不會說。

第三章　重金治傷

天寒地凍，聽不見任何雞鳴報更聲。

伏廷每日到時便起身，靠的是多年來養成的習慣。

他對窗立著，手拿一柄小刀，蘸了盆中的涼水，刮過下巴上的鬍子。北地每到冬日多是大風大雪的天氣，他向來不喜蓄鬚，嫌沾了雪麻煩。

手上動作時，他忽然想到當今聖人常留一把花白鬍鬚，因而一時間朝中文人公卿也時興留起美髯短鬚來，或許宗室之中是偏好那種的。

伏廷丟開小刀，抿唇自嘲：想這些做什麼？難不成她偏好什麼樣的，他還要由她牽著鼻子來？

外面有人來報，羅將軍已在外等候著了。

他拿手巾抹了一下，拿著佩劍掛在腰帶上，一手抓了馬鞭，走出門去。

微青的天光裡飄著細細的小雪。

羅小義坐在馬上，以身體前傾的姿勢趴在馬背上，這樣不會太冷，久了也不會太累。

見到伏廷從大門裡出來，他一下坐直，將旁邊一匹馬的韁繩拋了過去。

伏廷接了，一腳踩鐙，翻身上馬。

羅小義湊近看他，未見有異，看來那番實話相告竟沒叫那位縣主落跑？

伏廷問：「你看什麼？」

他玩心又起，嘖嘖兩聲：「我瞧三哥精神怎麼沒減，回府這趟，竟像是一身好體力沒泄掉，莫不是因為我那嫂嫂嬌貴，你不敢盡興？」

伏廷掃了他一眼。

他忙搖著兩手道：「你養傷吧，別多說，我自說我的。」其實他是怕他三哥拿馬鞭抽自己。

伏廷抬手抹去臉上的雪屑，朝府門內瞥了一眼。

她當時仰頭看他的那雙眼無端地浮在眼前，看似什麼事都沒有，就給他軟軟地來了一下。瞧著端莊，卻原來並不是個好揉捏的女人。

他娶了她，總不能用強，她既不願，那便不碰就是了。

目光轉回，他兩腿一夾馬腹，疾奔而去。

羅小義在後面忙打馬追趕：「唉，三哥，等等我！」

房內炭火剛熄，暖意未退。

新露在為棲遲穿衣，順便告訴她，大都護早已前往軍中了。

棲遲一點也不意外，這間房離書房又不遠，一早她就聽見那男人馬靴踏過廊下的腳步聲。

新露給她繫上腰帶，又在外披上一件防寒的厚披風，忽然在她臉上端詳了一下，擔憂道：「家主可有不適？瞧著唇乾得厲害。」

棲遲膚白水嫩，歷來不見有瑕疵，一雙唇更是如浸桃色，以前從未這樣過。

見新露說得認真，她便坐去鏡前照了照，唇是有些乾。她輕輕抿一下，說：「沒事，北地是要乾燥些的。」

新露可不這麼想，如今在大都護跟前，家主要比往常更注重容貌才對。她馬上麻利出門，去為她取潤養的膏方來。

前腳剛走，秋霜後腳進門，身上又穿上了男式的圓領袍。

她較為爽直一些，棲遲一般叫她幫著打理外面買賣的事，常有外出走動的時候。今日一早出去，是去就近的生意場上查視。

「家主，奴婢聽聞件事。」秋霜神神祕祕地近前，將聽來的事一五一十地說了一遍。

才這些天的工夫，邕王世子那事已傳過來了。據說邕王花了重金才將東西贖回去，而且還將兒子打了個半死。

即使如此，坊間也已嘲笑起他來，說他不僅教子無方，還落魄到要典當王妃的首飾來過活。

棲遲只當作笑話來聽，笑了笑，道：「但願那邕王世子能記得教訓，以後不要再胡亂招惹生事了。」總得叫他知道，有些人不是能隨意招惹得起的。

秋霜正覺暢快呢，笑道：「家主說得是，如今世子已在大都護府上，以後自然不會再有人敢隨意欺負他了。」

當然，棲遲心說：否則千里迢迢來這裡做什麼呢？

姪子的事，有一就有二，她需看得長遠。比起溫柔鄉的光州，這裡縱然不是什麼好地方，可這裡有她的丈夫，還有他丈夫手上一方不可小覷的雄兵。

就如同經商，這些都是本錢。只是可惜，那位丈夫壓根沒將她放在心上。想到這裡，棲遲又無端生出些悶氣。

伏廷。她倚在鏡前，手指繞著鬢邊髮絲，想著那男人，還有他刀刻似的下巴，心想：像個石頭。

轉臉看了窗外一眼，她忽而對秋霜道：「留心著時辰，城門落時要記得告訴我。」

秋霜不明所以地應下了。

小雪飄到後來便停了。城門落時，已敲過三通鼓。

伏廷返回都護府。

羅小義跟在他身後擠進府門，將馬交給僕從去餵草，搓著發僵的雙手笑說：「三哥，兄弟知道不應該打擾你與嫂嫂，但還是想在這兒烤會兒火再回去。」

順便，吃個飯再回去更好。反正他那位縣主嫂嫂說她花得起。他不比他三哥，自認沒臉沒皮不嫌羞的。

伏廷沒管他，這家裡他也來慣了，只說了句：「別再往主屋跑。」是不想叫她覺得他跟前的人沒有規矩。

「是，我知道嫂嫂在那裡，怎麼還好意思再去。」人說狼崽子也知道護食，他三哥如今知道護食了。羅小義在心裡悄悄編排他一番。

至後院門中，遠遠瞧見新露伸了下頭，羅小義瞧見她手裡捧著自己朝思暮想的炭盆，落慢一步，走了過去。

新露見禮，小聲說：「早知將軍會與大都護一起來，家主早已給你備好了。」

羅小義滿心驚異：想不到那位縣主嫂嫂竟是如此善解人意，可千萬別是個神算子吧？

被他想成神算子的棲遲正站在書房門口。

她叫秋霜看著時辰，到了時候就過來了，算起來，等了也有一會兒了。

點上燈後，百無聊賴，她從懷中手爐上騰出隻手，撥著門閂，一下又一下。

門忽然開了。她抬頭，眼前站著伏廷，瞬間自己好似被他的寬肩完全罩住。

伏廷停著，沒說話，目光停留在她身上。

棲遲也沒指望他說，畢竟半個啞子，休要奢望他能舌燦蓮花。她將手爐放在一旁的胡椅上，兩指搭在他腰間掛劍的金鉤上。

「過往從未近前伺候，今日來，是補上妻禮。」她盈盈垂首，手上輕輕擰開，「叮」的一聲輕吟。

伏廷一把握住將要落下的佩劍。劍太沉，他若不及時接著，她未必拿得住。兩眼從她恭謹的眉間掃過，他邁步進了門。

那些所謂的貴族禮儀他並不精通，也不是很在意。將劍放在案上，他回頭又看了棲遲一眼。棲遲覺得他這目光好似在探究自己說的是真是假一般。照理說成婚第二日，她便該服侍他起身穿衣、回府更衣的，但掛名夫妻做久了，今日才是第一回。

她慢慢走到他跟前，在他身上看了看，伸手碰到他的袖口。

行軍服飾，袖口總緊緊綁著束帶，他雖為大都護，綁的卻是最普通的布帶子。纏纏繞繞十幾層，她一層一層鬆解開，又去解另一隻手上的。

伏廷一直看著她。

她頭微低，盤髮如堆雲，烏黑光亮，襯出光潔的額，都落在他眼裡。他緊著牙關想：這女人的心思是不是也如她的頭髮般盤結錯繞，前面才回敬過他，眼下又來示好。無意間又看見她發乾的雙唇。北地對她而言，或許是太惡劣了。

棲遲將他兩隻袖口鬆開，又替他鬆腰帶。那腰帶是皮質的，卻不知裡面襯的是什麼，硬實實的，帶釦咬合分外扎實。她手上雖然很用力了，但是仍然解不開。

伏廷看見她眉頭細細蹙了起來，眼裡盯著帶釦，舌尖抵腮，嘴角提了一下，兩隻手伸過來，按在她手上，用力一錯，帶釦開了。

棲遲掀起眼簾，他已將手拿開，搓著手指，腳下走動一步，忽然自己一手抽下腰帶，說：「我自己來便是了。」

這種行軍作戰的衣物，講究的便是緊束，不拖泥帶水，她解不開不稀奇。說完他俐落除衣，褪下外面那兩層厚軍服，搭在一旁，又從懸掛著地圖的木架上拿了便服披上。

還不如不開口，開了口也說不出什麼好話來。棲遲腹誹著，手又伸去，握住繫帶：「禮不可廢，你不在意，我卻需做全。」說罷，她低頭仔細結繫。

伏廷不語，手指又搓了兩遍。女人的手柔軟得恰如這北地的雪，卻沒那麼冷。

秋霜進來奉了盆炭火，合上門後悄悄看了一眼。大都護英偉，她家家主貌美，二人站在一處越看越般配。不枉費家主特地等在這裡伺候大都護，如此體貼情意，哪樣的男人可以招架呀？

看著看著，忽然秋霜變了臉色，驚呼道：「家主！」

棲遲繫上衣帶，手背上忽然一滴溫熱，抬頭時，鼻尖亦是一熱。她一怔，抬手摸過鼻下，手指上沾了淋漓的溫血。

秋霜已經快步跑到跟前，一臉慌亂。

「別動！」伏廷忽然說。

秋霜嚇住，縮回扶家主的手。

他一彎腰，將棲遲打橫抱起，一腳踹開房門：「小義！」

羅小義正在外間烤著炭火，乍聞他三哥喚聲，似是不對，匆忙跑來。

伏廷已折返房內，抱著棲遲坐在榻上，攬她坐起，讓她稍稍前傾，一手抵住她的前額，說：「煎藥！」

羅小義粗粗一掃心中就有數了，來不及應一聲，轉頭跑去煎藥。

北地氣候不似他處，尤其是茫茫冬日，比任何一處都要更乾燥。軍中常有外來的新兵蛋子入了營就長流鼻血不止，有的甚至嚴重到昏厥。對這種事，行軍打仗的伏廷和羅小義再熟悉不過。若不及時處置是會有些麻煩的，但只要用當地的藥物治一治也就好了。

棲遲靠在伏廷身上，鼻血未止，似是有意要讓她流一陣似的。她恍惚間想，先前新露說她唇乾還沒當回事，不想竟如此麻煩。她不想讓伏廷瞧見自己這般狼狽的情形，伸手推了他一下。

伏廷手勁大，將她按得死死地道：「別動！」

我是你手下的兵不成？她沒好氣地想。

伏廷轉頭吩咐：「取個冷水帕子來。」

秋霜正不知所措，聞言忙跑出門去。

藥草半熟即可用，羅小義很快就端著藥碗進來了。

新露也聞風而來，見到家主衣上沾了血污，鼻下仍有血出，臉上驚得發白。

伏廷騰出手接了藥碗，遞到棲遲唇邊。

她只聞到一陣刺鼻的藥味，便知苦不堪言，皺了眉。

新露忙要上前接碗：「我去為家主添一味甘草來。」

「不能添。」伏廷說。

新露一驚，後退。

伏廷看著懷間的女人：「出去。」

羅小義不便多瞧，早已出去了。

新露小心翼翼地看看他，又看看怏怏的家主，慢慢走出門。

室內無人了，他將藥碗抵著棲遲的唇。

她兩眼看住他。男人高鼻挺直，雙唇緊抿，頸邊若隱若現似有條疤，亦直直地對著她的視線。

然後，他一隻手摸到她下巴，捏開，另一手抬起。

藥汁頓時入了嘴，那隻手在她頸上抹一下，又入了喉。

苦得難以言說。棲遲皺著眉，半個字也說不出來。

良久，她才聽見伏廷的聲音：「可知道這北地的厲害了？」

知道了，她軟綿綿地靠在他身前，心中說：你這男人的厲害，我也知道了。

李硯剛下學，便聽王嬤嬤說後宅有動靜，似是他姑姑出了些事情，心中一驚，放下書本就跑了過來。

半道撞見羅小義也在廊下，正朝書房那裡觀望，他更加擔心，匆忙過去。

「姑姑！」他口中焦急地喚著，一進門，聲音戛然而止。

他姑姑好好地躺在榻上，額上蓋著塊帕子，新露和秋霜在旁謹慎地站著。榻邊還站著個身形偉岸的男人。

李硯先是愣了一下，接著就想起來，當時在客舍裡，這男人持劍入屏風會了他姑姑一遭，臨走前還特地看了他一眼。

光王府的世子，自然是知禮節的，他當下便提衣拜了下去：「姑父。」

第一次聽到這聲稱呼，伏廷不禁多看他一眼，繼而又看了榻上的棲遲一眼。

尚不習慣，但因為榻上的女人，這孩子也是他的姪子了。

「嗯。」他應了聲，手在胸口按了一下。是想給他個見面禮，但換過衣物後懷間別無他物。

軍服裡也許有，可對方是親王世子，想來也未必拿得出手。他乾脆又收回了手。

似有道目光追著，他轉頭，對上棲遲的目光。

她眼神微動，緩緩背過身去。

嘴裡尚有苦味纏繞不去，棲遲本就很不舒服，此時背了身，嘴角卻隱隱有了笑，因為早已看見他手上的動作。這男人，再厲害，總有這一樣是不如她的。

「敢問大都護，可還有什麼需要防備的？」秋霜在旁問。

伏廷想著，方才已讓她放任將燥血流了，又餵了藥，就不會有什麼事了。「歇著就行了。」他的目光在棲遲背上盤桓一下，轉頭出了門。

李硯目送他出去，才從地上起來。問過新露和秋霜，都說是大都護將他姑姑照料過來的，大都護既然說沒事，那應當就是沒事了，他這才放了心。

他挨著榻沿，欲言又止，好一會兒才開口：「姑姑，我怎麼覺得姑父對我無話可說，莫不是我跟來，叫他生厭了？」從頭到尾就說了個「嗯」，簡直惜字如金。

他以往總被欺負，心思也養細了，既已知道如今北地情形不好，難免會多想些，或許自己跟姑姑來這裡竟成了累贅。

棲遲還沒完全緩過來，聲音輕輕地道：「他就是這樣的人，你不必在意。」

李硯將信將疑：「我只擔心自己討了個不喜。」

「不必多想。」棲遲淺淺笑了一下，一手扶著額上的帕子，心裡說：就算不喜又如何？總會叫他喜歡的。

羅小義杵在廊下，看到伏廷遠遠走來，衣上還留著點滴血跡，便又記起他先前救人時那凌厲乾脆的一幕。

「三哥抱得可緊了，我瞧著都捨不得撒手了，定是久別勝新婚抱不夠吧？」他忍不住揶揄。

伏廷早知他又要胡扯，過來伸腳就往他小腿肚上踹了一下。那是他娶的人，抱了又如何？

羅小義齜牙咧嘴地抱著小腿蹦了兩下。

伏廷一隻手揪著他的後領，另一隻手在他懷間摸了一下，摸出酒袋來。

冬日太冷，他們倒不是嗜酒，只是慣常帶著烈酒暖身而已。

羅小義鬆開腿站定後，嘀咕：「怎麼還喝上了？」

伏廷拔開塞子，往嘴裡灌了一口，又拋還給他。

天早黑下去了，廊下懸著的燈被大風吹得不停地搖晃，身上吹冷了，也就沒什麼感覺了。他喉結一滾，酒咽下去，一隻手摸著脖子。

羅小義接過酒袋，這才留心到他臉色似是不對，湊近一看，兩眼瞪大：「三哥，你這傷！」

伏廷拿開手，掌上抹了一手的血。他皺了皺眉，在腿上蹭了一下：「沒事！」

傷口裂開了，也不知是抱人的時候，還是喊羅小義那一嗓子扯到的。他方才出門時就有些察覺了。

羅小義拿手在自己頸上比畫了一下：「那可是一鉤子差點穿喉的傷，你竟說沒事？」

說到這個他就想起那些天殺的突厥探子來。

瀚海府向來防備嚴密，那些人被抓個現行，匆忙逃竄，本是他這個做將軍的分內之事，誰能料到他三哥會親率近衛去追捕。

原先眾人以為對方全是男人，羅小義交手時便沒防備女人，還以為那只是個被嚇壞躲避的民女，待那彪悍的突厥女忽然衝上來，險些沒一鉤子割破他的臉。

幸虧伏廷擋了一下，那一鉤子勾到他的頸上，差點刺穿下頜，也叫那些突厥探子逮著機會跑了。

眼下倒是看不太出來了，最早幾天根本連一個字都說不了，吃喝都成問題。若非如此，當初在客舍，也不會連全是女眷的內圍都要搜查。

羅小義憶起當時，看他三哥在屏風裡待了那麼久，還以為真抓到人了呢。倘若不是他三哥及時抬手攔住，眾人說不定已經抽刀進去了。誰承想，裡面的不是探子，倒是他三哥屋裡頭的。

他又湊近看了看伏廷滲血的脖子，凝眉說：「三哥，依我看，不如就花一筆錢去買了那好藥來，你可是大都護，怎能有傷一直拖著？」

早就找人治了，但大夫說了，要好得快就要用幾味金貴藥。金貴藥都在那金貴地方，別說藥材本身，就是運來北地也是一筆不小的開銷。

他三哥將錢都投入軍中了，根本不在意，只用些尋常傷藥應付了事，沒幾日，就又如以前一般喝酒吃肉。若非羅小義一直不讓他多說多動地養著，只怕情況還要更糟。眼下，是萬萬不能再耗了。

伏廷感覺頸上血還未止，用手按住，聽到這話剜了他一眼。

羅小義心一橫，從懷裡摸出印信，道：「嫂嫂沒要你的錢，不如就先動些老本去買藥好了。」

他知道伏廷的脾氣，原本是不想告訴他這事的，但現在顧不得了。何況人家是夫妻，也沒什麼好遮遮掩掩的。

果然，伏廷看到那印信，臉色便沉了：「你沒給她？」

羅小義忙道：「嫂嫂有錢，並不在意的。」

她不在意就覥著臉用她的？伏廷劈手將印信奪了過去。

羅小義摸了摸鼻子，不敢吱聲。

書房內，燈又多添了兩盞。

李硯到底乖巧，幾句話就被棲遲安撫走了。

新露和秋霜暫時不敢讓她多走動，拿了衣裳過來，就在這裡給她換了。

棲遲看著她們將那身沾了血跡的衣裙捧了出去，早已皺得不成樣。是那男人之前將她死死按在懷裡揉皺的。

她斜斜倚在榻上，捏了盞剛煎好的熱茶湯，小口小口地抿著，嘴裡被伏廷灌下去的苦味總算是被壓下去了。

覺得已好差不多了，她剛打算走，外面有人來了。

棲遲抬頭，看見伏廷長腿窄腰的身影入了門，燈前頓時多出一道長影。

在他身後，是緊追而至的羅小義，腳步追得急，一腳已跟進了門，連忙扒住門框，頭朝裡伸了一下，又悻悻然縮回門外。

她看得分明，仰頭，目光轉到伏廷身上。

他在她面前站定，手在腰裡摸了一下，遞到她眼前。

是他的印信。棲遲伸手，兩指自他掌心裡捏了，問：「給我的？」

伏廷說：「憑這個可取妳的花銷。」

棲遲朝門口看了一眼，這下就明白為何羅小義是那個模樣了。

他對娶進門的人倒是不吝嗇。這麼想著，竟覺出他一點好來了。她掩去唇邊的笑，說：

「豈不是要我用你軍中的錢？」

不等伏廷回答，門外羅小義便嚷道：「何止是三哥在軍中的錢，還是他扛著傷都不肯動的錢！」

伏廷冷聲道：「滾！」

不知怎麼，棲遲一下就想起先前在他頸上見過的疤。抬眼去看，他衣領遮著，那一道疤斜著往上，連到下頜，確實是新傷的模樣。

那裡不知何時貼上張褐紙皮子，映出一小塊黑色的藥貼印子來。想來剛才他是去用藥了。

她抬高聲音：「什麼傷？」是在問羅小義。

外面羅小義回：「說出來怕縣主嫂嫂嚇著，那可是鐵鉤穿肉的傷，險些要刺入三哥的喉嚨，沒幾個人能扛得住的！」

伏廷繃著臉，雙唇抿成一線。若非面前還有個女人在，他已經出去將羅小義踹走了。

棲遲唇抵住茶盞，下意識地遮了下脖子。

之前他將她按在懷中時力氣大得很，若非羅小義開口，誰能知道他正帶著傷呢，光是聽著她都覺得疼。她瞥他一眼，心想難道他是鐵打的，這都能扛。

「為何扛著不治？」

羅小義：「要想好得快，需得用幾味金貴藥！」

伏廷磨了下牙，想著待會兒再收拾羅小義，沉聲說：「我自己有數，東西給妳就收著。」話是對棲遲說的。她捏著印信的手指纖細蔥白，他兩眼掃過，轉身欲走。

衣袖緊了一下，是棲遲拉住他的袖口。

「你是要與我分家了嗎？」

伏廷一時愣住了。

棲遲手指拉著他的衣袖，兩眼正看著他。先前失了些血，她一張臉顯得更白了，頹頹然嬌軟地倚在他這張榻上，連拉他的手指也沒什麼力氣。

他沒來由地多看了兩眼，喉結滾動，說：「不是。」

棲遲追問：「既然不是要分家，又何需如此涇渭分明？」

伏廷不語。

他雖出身寒門，但一身錚錚鐵骨，從未想過靠裙帶關係攀附往上爬，這樁婚事若不是聖人所賜，他決不奢求。

縱然李棲遲貴為宗室，身嬌肉貴，他眼下境況雖不濟，可既已娶入門，就決不會讓她挨餓受凍，又怎能用她的錢。

棲遲看著男人沉凝的臉，猜不出他在想什麼，於是拉他衣袖的手又緊了一分，口中輕嘆：「想不到我堂堂一個縣主，大都護夫人，想要為家裡花些錢，竟是不行的。」

伏廷不禁看向她。她目光坦蕩，反而顯得他不近人情了。有理有據，他抿緊了嘴，竟找不出半個字來反駁。

棲遲話已說到這份上，料想他也說不出什麼了，拉著他的衣袖坐直身子，不由分說，將那枚印信塞回他腰間。

手指伸進去，隔著兩層衣裳，觸到一片緊實。她手指輕縮一下，收回手，不自覺地撫了下鬢髮。

伏廷按了下腰裡的印信，眼盯著她，良久，終是一字未吐，一扭頭，出去了。

外面的羅小義早就避開了，沒叫他尋著機會。

不多時，羅小義又折返門邊，煞有其事地向棲遲道謝：「多謝縣主嫂嫂，還是嫂嫂能治得住三哥。」

棲遲倒要感激他，那男人是半個啞子，什麼也不說，好在身邊還有他這個話多的，倒是能讓她知道不少事情。

她問：「你為何總喚他『三哥』？」

羅小義回：「我追隨大都護多年，是拜過把子的，所以兄弟相稱。」

棲遲心說難怪總是形影不離的。她又問：「那前面的大哥、二哥呢？」

羅小義笑起來：「嫂嫂誤會了，沒有大哥、二哥，只因三哥小字三郎，我才喚他作『三哥』的。」

三郎。棲遲在心裡回味了一下，無端泛出一陣親暱，不想了。

她提提神，道：「他需要的幾味金貴藥是什麼？你都告訴我吧。」

羅小義不禁冒了個頭：「嫂嫂！」

「我給他治。」她笑著說。

雪後初晴，城中藥材鋪子的門早早就開了。

鋪子的掌櫃站在門口，時不時朝外張望一眼。

不多時，外面馬車轆轆，有人到了。兩名著圓領袍、作男裝打扮的侍女打頭入了門，而後轉頭，將後面的人迎了進來。

掌櫃立即搭手見禮：「夫人到得及時，已準備妥當了。」

棲遲身上罩著厚厚的披風，頭戴輕紗帷帽，點了下頭。

秋霜和新露跟著她，往前幾步，進了側面耳房。

她名下生意名目雖多，藥材這項倒是不常做的。這間鋪子是新近盤下的，為了網羅藥材方便罷了。

今日一早，掌櫃的派人來報東西已備妥，因著太過貴重，需請她親自過來檢視，她才來了這一趟。

耳房裡，案頭上，擺著漆彩描金的七層寶盒。

秋霜過去，動手打開，從上往下，一層一層擺開來。每一層裡面都是一包仔細捆紮的藥材。這些太金貴了，須得分開放，堆一起怕會錯了藥性。

棲遲解下披風和帷帽，交給新露，在案後坐下，手指輕撥，將每一樣都看過後，問：「可有缺漏？」

秋霜搖頭：「皆是按照羅將軍說的去搜羅的，都在這裡了。掌櫃說有一味號稱『天方子』的，實在難尋，最後聽說南詔往宮中入貢時才會有，費了不少周折，總算是弄到了，只不過花費不小。」

她跟隨棲遲久了，早已見多識廣，並不小家子氣，既然會說花費不小，那肯定是真的花費不小。

然而棲遲聽了，也不過「嗯」了一聲作罷。弄到就行了，至於花了多少，她並不是很在意，能治好那個男人就是好事。

秋霜悄悄和一旁的新露交換了眼色。

光是搜羅算什麼，這些藥可是日夜兼程送到北地來的，快馬都跑死了幾匹，人力、物力，前前後後都不是小錢。家主對大都護可真是捨得呢！

藥材都收妥當了，棲遲讓新露和秋霜拿去同掌櫃的碾出來，做成藥貼，方便上藥。

正在耳房裡等著，忽聽外面有馬鳴聲，接著有人喚：「店家、店家！」

這聲音分外熟悉。她走到門邊，手稍稍推開道門縫。

羅小義正一腳跨進門來。幾乎下意識的，她就往他身後看去。

果然，伏廷在後面一步進了門。

他軍服緊束，右臂肘上又加了一層皮護，是拿兵器的架勢。棲遲便知道他肯定又是去過軍中了。

她看過去時，他正將手裡的馬鞭塞入後腰，側對著她，高拔挺立，長靴裹著的一雙腿筆直。

棲遲看著恍了個神，忽然想到：男人中，他應當是她見過的最英挺的一個了。

伏廷是被羅小義拖來買藥應急的。

往軍中一趟，傷口又開了。他倒是沒在意，只是架不住羅小義嘮叨，嫌他之前用的傷藥不頂用，半道被拽來了這裡，要他換個新方子先對付著。

羅小義還在喚掌櫃。

伏廷站著，一隻手摸上脖子；另一隻手想去摸酒袋，已伸到懷裡，頓了一下，還是空著拿出來了。烈酒雖能分散精神，他卻不想依賴。

餘光裡，忽然察覺到什麼。伏廷眼神一動，扶著脖子掃過去。

側面耳房的門無聲半掩。

棲遲只不過悄悄看兩眼罷了，誰能料到軍中的人這般警覺，竟險些被他發現了。

她立在門口，覺得好笑，怎麼夫妻兩個弄得好似做賊一般。剛轉過身，突感身後門被推開，一回頭，當頭撞上一道高大的人影，人被迫一退，抵在牆上。

伏廷欺在她身前，眼神由冷轉緩，一隻手從腰間佩劍上收回來：「是妳？」他也意外，還以為城中又混進探子來了。

棲遲眼神掃過他，身動一下，低低說：「你壓著我了。」

伏廷才留心到她背還抵著牆，一張臉緊挨著他的胸口，那張臉薄薄的透白，浮著抹微微的紅。軍服糙厚，他真擔心壓上去會將她這樣的臉皮給蹭破了。

他抹了下嘴，自嘲是警惕過頭了，兩腿站直，一手將門拉到底，朝外說：「沒事。」

外面早沒動靜了，羅小義剛才接到伏廷示警，便準備著了，此時見到耳房裡的人是誰，才放下戒心：「原來是嫂嫂啊。」

伏廷想起進門時看到外面停著的馬車，回頭問：「妳來這裡做什麼？」

自上次她流了鼻血，他後來還沒過問過，此時才想到，或許她還沒好？伏廷忽然想起那晚她拉著他，問他是不是要分家的模樣。若是因為那個還沒好，那就全是他的錯了。

想到這裡，他不禁又摸了下脖子，心裡罵自己一句：是不是男人，與她爭那幾個錢的事幹什麼。

棲遲走到門邊，看了羅小義一眼。

羅小義頓時就會了意，插話道：「三哥這是多問了，嫂嫂來這地方，自然是給你買藥來了。」

伏廷看向棲遲。

她與羅小義交換了眼神，說：「我尋著個偏方，聽說治傷有奇效，就不知你敢不敢用。」

羅小義搶話道：「三哥何等人，天底下絕沒有他不敢用的藥。」

伏廷眼掃過去，這小子今日的話分外多。自己卻也沒說什麼。

新露和秋霜一前一後回來了，懷間捧著那盒子，見大都護竟在，還以為是來接家主的，一時意外，面面相覷。

羅小義不想買什麼藥了，提議道：「回吧，嫂嫂出來一趟料想也累了。」

伏廷看了棲遲一眼，又看了那盒子一眼，一言不發地出門去解馬。

棲遲叫新露在盒中取副藥貼給自己，轉頭見羅小義仍盯著自己，含笑點了個頭，意思是讓他放心。

羅小義馬上朝她拱拳，低低道：「嫂嫂真是救星！若真治好了三哥，妳就是我親嫂嫂！」

說得情真意切，畢竟他三哥對他可是救命的恩情。當時那一鉤子若真割破他的臉，不死也半殘，多虧三哥，他都愧疚好久了。那日聽這位縣主嫂嫂發話說要治好三哥，他簡直視作大恩大德。

棲遲出去，上了馬車，坐定後，揭簾朝外看了一眼。

伏廷打馬遣退幾個近衛軍，轠繩一扯，朝她馬車這裡過來，就挨著馬車的窗勒住了馬，是想要她先回去。

棲遲先發話：「先上副藥貼再去軍中。」

伏廷看了那頭等著的羅小義一眼，也沒什麼好說的，不過一副藥而已，又有什麼可懼的，總不至於試出什麼事來。

他翻身下馬，掀了衣擺在腰上一掖，跨步上車，就在她面前坐了。

棲遲這才將手拿出來，掌心裡，剛調好的藥膏還軟乎乎的，黏在幾層白布帕子上。

伏廷比她高出許多，倒方便她上藥。

她靠近些，見他下巴上連先前應付的褐紙皮子也沒有，心說真是不要命了，難怪會被羅小義拖來買藥。

也不敢去看那傷處，她低頭，細細將帕子弄齊整了。就要送到他頸上時，她忽然另一隻手伸出去，握住他搭在膝上的手。

伏廷手上一軟，不禁看向她，頸上忽的一痛。

棲遲已將帕子按上去了。

這貼藥竟是痛如刺骨。

那隻手又自他手背上抽走了。

伏廷凝眉看著眼前的女人，烏黑的髮髻盤繞著，掩著她的臉，尖尖的下頜。她卻並未看他，只看著他頸上的帕子。他忍著痛想：原來只是要讓自己分個神。

「好了。」棲遲鬆開手。

伏廷自己按住帕子，又看了她一眼，揭簾下去了。

新露和秋霜這才上了馬車。

棲遲再揭簾看出去時，見他將衣領拉高，遮了那帶藥的帕子，翻身上馬，頭也不回地疾奔而去了。

她放下簾子，那隻手緩緩收回袖中。

男人的手比她的大了許多，方才差點握不住。有些想笑，但秋霜和新露還看著，她又忍住了。

一帖藥，伏廷本沒有太在意，然而不過幾個時辰，他便察覺到不同。

臨晚歸府，書房裡已燈火明亮，炭火溫暖。

伏廷跨進門裡，解劍卸鞭，一隻手扯著腰帶，一隻手再摸脖子，竟已沒了感覺，彷彿之前那些疼痛不適不曾有過一樣。再回想這一日在軍中，幾乎不曾記起帶傷的事。

身後有人進了門。他回頭，看到門口站著的女人。

棲遲衣裙曳地，攏著手站在那裡，一雙眼看著他，不急不緩的，倒像是早就等著他回來似的。

伏廷扯著腰帶的手按回去，又扣上腰帶。

棲遲的確是算好了時間，聽著這裡有動靜便過來了。她說：「我來給你換藥。」

說著話已走過來，她看了他頸上的帕子一眼，藥膏滲出來，白帕子已污。她低頭，將袖中攏著的新帕子拿了出來。

兩人站在一處，伏廷聞到一陣香味，幽幽的，似是什麼花香，是女人髮間的味道。北地的花少，他也聞不出那是什麼花。

「據說第二帖藥還要更烈。」她忽然說。

伏廷自己動手將頸上的揭去了，說：「沒事。」這傷扛到現在，早已沒什麼不能扛的，何況先前那一帖上頸時也不好受，他早已有了準備。

棲遲沒再說什麼，抬手將帕子按了上來。

伏廷渾身一緊，咬著牙。她竟沒誇口，這一帖比起先前第一帖不知烈了多少倍，宛如鈍刀剜肉。

他頭稍一偏，忽被棲遲緊緊按住：「別動。」

這語氣分外熟悉，他瞬間便想起自己按著她灌藥時，也說過一模一樣的話。莫非是在這裡等著他的？

他咬著牙，軍服裡渾身繃緊。李棲遲，只當她是宗室嬌女，卻是錯了，她可比他想得要狡黠多了。

生生挨過那陣割肉般的痛，棲遲的手還按在他的頸上。

她仰著頭，從那傷處看到他的臉上。他下巴處拉緊，兩眼定定，臉如刀削。她心想可真能忍，這藥好得快，可據說也是最難熬的，他竟一聲不吭。

「很快便能好了。」她特意說。

「妳用的什麼藥？」伏廷忽然開口問。

開了口才察覺之前他忍得有多狠，聲音已有些嘶啞了。棲遲動了下心思，偏就不直說：「何必管它是什麼藥，能將你治好了便是好藥。」

伏廷眼睛看著她，心中倒像是有數了。光是先前羅小義與她一唱一和的，他也看出些端倪了。只是眼下疼痛難忍，一時無心再說其他。

棲遲避開他的目光，眼神轉回傷處，踮著腳，查看可貼嚴實了。

伏廷只覺耳旁軟風一般，是她嘴唇動了動，說了句話。

屋外，有僕從來問，大都護可否用飯了？

棲遲鬆開手，拿帕子擦兩下手指，轉過頭，緩步走出門去。

伏廷站著，許久，直到門外僕從再問一遍，才動了下腳，兩眼卻仍望著門口。

剛才棲遲在他耳邊輕聲說：「我若將你治好了，能與我多說幾句話嗎？」

他摸住脖子，舔了舔牙關。猝不及防，她會來這麼一句。

第四章　資助軍中

棲遲回到房中時，李硯正坐在那裡等她。他穿著一身月白色襖子，粉白面龐，如玉雕琢，好似這北地裡的雪團一般。

他是下學後來陪姑姑一同用飯的。

棲遲見他在，袖口輕輕攏了下唇，便將從書房裡帶出來的那絲笑掩藏了去。

新露和秋霜進來擺案傳飯。

李硯坐著沒動，到現在也沒叫一聲「姑姑」，頭微微垂著，似有些心不在焉。

棲遲察覺出異樣，坐下問：「可有事？」

新露聞聲立即近前，貼在她耳邊低語了一陣。

棲遲心中一沉。

這次給伏廷搜羅那些金貴藥時，恰好趕上聖人下詔冊封了兩個王爵，消息和藥一併隨送藥的人帶了過來，傳入了棲遲耳中。這事她早已知道。

誰知今日新露與秋霜在房中閒話起來，竟叫進來的李硯聽到了。

聖人之前推託，懸著光王爵遲遲不封，轉頭卻又詔封了他人，叫他身為光王世子作何感想？

案已擺好，菜也上齊，棲遲拿起筷子說：「愁眉苦臉的做什麼？吃飯吧。」

李硯抬起頭，看看她，又垂下去，那臉上倒算不上愁眉苦臉，只是有些悲戚：「我只是想到光王府是父王和姑姑費盡心血保下的，如今卻到我這兒傳不下去了，便心有愧疚。」

棲遲停箸，知道他懂事，自然心疼他，臉上卻反而笑了。

到底還是年紀小，不知天家情薄。從決心來這裡，來那個男人身邊時，她便已不再指望聖人恩惠。想要什麼，還需靠自己伸出手去爭取。

至少光王爵還在，有北地的助力做依靠，總會尋著時機，她便還不算對不起她哥哥的囑託。只要，她能得到那個男人的心……

看了姪子一眼，她故意冷起臉說：「想來還是怪新露和秋霜多嘴，今日我得罰她們才行啊。」

新露和秋霜聽聞家主這話，馬上跪下，齊聲附和：「正是，都怪奴婢們嘴碎，才惹得世子如此沉悶。」

李硯一向寬和，這也是隨了姑姑。他知道姑姑是故意說這話好讓自己振作起來，忙站起來去扶二人：「沒有的事，姑姑莫怪她們，我不再想便是了。」說完他又乖乖坐回去，拿起筷子吃飯。

棲遲這才動筷。

李硯吃了兩口菜，那菜是用刀片出來的，雕成形，盛在盤中，根根直豎，狀如金戈。他看著不禁聯想到他姑父，不多時，振了振精神，又開口道：「姑姑放心，他日若真不得轉圜，我便學姑父，將王爵一分一分掙回來。」

棲遲笑道：「只要你還姓李，便永遠不可能去經歷那些從無到有的日子，何況……」話頓住，她不再往下說了。

其實她是想說，何況如你姑父那樣的，多少年才能出一個。少入行伍，金戈鐵馬，戰功赫赫，一年躍三品，如今才能做到大都護。無人知曉他究竟經歷過什麼才有今日的成就。

她撚著筷子，回想起他在書房裡那張緊繃沉凝的臉，思緒漸漸的，變得漫無目的起來，不自覺地眼光輕動。

那樣的男人，真不知有朝一日陷在女人臂彎裡，會是何等模樣。

一早，伏廷按時起身，拿了軍服搭在身上後，轉頭端了案頭喝剩的涼水潑進炭盆。滅了一室的溫熱，他才摸了下脖子。那陣剜肉之痛過後，他竟是一夜安睡，現在又和之前一樣，好似什麼感受都沒有了。

旁。

窗外狂風呼嘯，料想又下起了雪。

他很快穿戴好，抬起一隻手臂送到嘴邊，咬著軍服上的束帶扯緊，騰出另一隻手去推窗。

窗被推開，果然外面飄著小雪。天色暗淡，映著那些飛舞的雪屑，女人的窈窕身影倚在柱旁。

聽到開窗的聲音，棲遲回頭看了一眼，與他視線一觸，快速站直了身。她在這裡站得有些久了，竟有些累了，不自覺地倚在柱子上。

「換藥吧。」她直接說明來意，轉頭便推門而入。

伏廷在窗口站著，看著她走到身前，已先一步在案席上坐下。他什麼都沒說，卻在想：這種下人就能做的事，何須她次次親力親為。

棲遲將身邊的衣擺掖了一下，便在他身邊坐下，兩手從袖中拿出來，除了新藥貼外，還有塊熱手巾。

伏廷已自覺地將頸上的舊藥貼揭去，經過一晚，早已乾了。

手巾揣到現在只剩半熱，棲遲幫他將那些殘餘的藥膏擦乾淨，拿著藥貼送到他頸邊時停了一下，說：「可能還是會疼。」

伏廷眉目沉定地說：「沒事。」

棲遲將藥貼貼了上去。

伏廷搭在膝上的兩臂微微收緊，本已做好了準備，卻沒有預料中的痛楚，眼一偏，看向身前的女人。

棲遲詫異地說：「不疼嗎？那估計就是要好了吧。」字字真誠，何其無辜。

伏廷抿住唇，腮邊動了兩下，卻沒說什麼。就算她是存心想要捉弄一下，難道他還要跟著計較不成？

棲遲捉弄歸捉弄，還是不忘貼嚴實了，手掌貼在他的頸邊細細按壓著布帕子。

行軍之人風吹日曬，她的手要比他的臉白多了。她悄悄觀察他的側臉，眉眼鼻梁，下頜線至耳根，深挺磊落，無一處不似刀刻。

棲遲的手落在他的喉結處，在那個凸起上停留一下，很快又收了回來。

喉結一動，伏廷一手扶住藥貼，雙眼緊盯著她，手上將衣領往上提了提，以便遮掩傷處。

外面有人在喚「三哥」，是羅小義來了。

棲遲照舊低頭擦了擦手指，若無其事般起身出去。剛出門，忽聽遠遠一陣擂鼓聲，混著風雪，時斷時續。

羅小義已踏上迴廊，口中還在叫：「三哥，城中急務！」

伏廷霍然起身。

棲遲回頭時，見他抓了馬鞭就出了門，大步流星，頃刻便轉過廊下不見了。

她站到廊邊，又細細聽了那鼓聲一遍，卻不是報戰事的。

廊下人影跑動，秋霜快步到了跟前，附在她耳邊說：附近她名下的買賣不少都被人沖了，消息是從城外送來的。

「若不是什麼大事，叫下面的去應付便是了。」棲遲邊想邊說：「過三刻，若還是這般，再來告知我。」

秋霜應，「是。」

棲遲回到屋中，本是想補個覺的，因為先前等伏廷起身也沒睡好，現在聽了秋霜的話，重新理了妝，也睡不著了。

以現在所擁有的，她倒不在意這一些細微損失，只不過秋霜既然來報，想必也是要急的。

如她所料，三刻過後，秋霜又進了門。

「家主，那些掌櫃的怕是應付不了，聽得城中方才已鳴鼓告急了。」

棲遲聽說與鼓聲有關，便拿起披風。

乘車出府時，雪停風息，倒是適合出行。她只帶上了秋霜，畢竟是要掩人耳目的事。

馬車上了路，卻是越走越艱難。直到城門附近，停住，再不能前進半分。

坐在車中，只聽得外面人聲嘈雜，必是十分擁擠混亂。

車夫安撫一下馬，跳下去，擠進人堆裡打聽了一下，回來後將消息告訴秋霜。

秋霜隔著簾子遞話：「家主，城門已落，方才鼓聲便是這裡傳出的。」

是城外那些流民，不知什麼原因，忽然暴動了，難怪連周遭尋常買賣也受了波及。

棲遲想起那些城外見到的流民，不過是為了討生活，並非惡徒，更非叛民，應該不會這般才對。

她將帷帽戴上，下了馬車，腳踩到地，四周被圍得水泄不通，寸步難行。暴動就在城外，因此城門早早就關閉了。

棲遲叫秋霜看住四周，剛在人群中站定，就聽見身後傳來迅疾的馬蹄聲，似雷聲一般。

兩側人群連忙散開讓出一條道來。她被人群一擠，只得一併讓去道旁，轉頭望去，隔著一層輕紗，雷聲已至眼前。

一人身跨烈馬，疾奔而至，身後兩列兵馬，個個手執兵器。

至城下，他提手勒馬，沉著兩眼，盯住城門。是伏廷。

上次見到安北都護府的兵馬，還是他迎接她入府的時候。眼下再見，竟比上次更加迅疾如箭，齊整無聲，是從未見過的陣勢。

棲遲看著馬上的男人，一隻手稍稍掀開帽紗。她早知他手下的兵馬是一方雄兵。

伏廷打著馬，信步盤桓，軍服緊貼，一身凜凜，盯著城門時，一手持韁繩，一手按在腰上。

棲遲留心到他腰上配的並不是他慣帶的劍，卻是一柄一掌寬的刀。手在柄上，刀藏鞘中。

她看了片刻，城門忽然開了。

一馬飛入，城門再次閉合。是羅小義，單槍匹馬出去一趟，又返回。他馳馬至伏廷身邊，歪著身子與伏廷耳語了幾句。

伏廷沒說什麼，只點了個頭。

下一瞬間，城頭又是一通急切地擊鼓。他按在刀上的手緊了緊，手背上的青筋暴起。

圍觀的人聽出不對，匆忙四散而去，一時道上混亂不堪。

羅小義招手喚了幾人，打馬過來護道。

他竟是個眼尖的，棲遲腳還未動，便被他發現了，一雙圓眼落過去，上上下下地看。

羅小義左看看、右看看，不知她為何會出現在這裡，也不好在大庭廣眾之下問，最後只得手按一下，以口比畫著，示意她不要亂動，一轉身，匆忙回去找他三哥。

棲遲即使有心迴避也已經來不及了。

她手扶著帷帽，避開人群，一直退到牆角處，再看過去，馬上的男人已轉頭望了過來。而後，他手上韁繩一扯，往這裡過來了。

她只好站定。

伏廷打馬到了面前，隔著帽紗看了她的臉一眼，問：「妳為何來這裡？」他不曾聽說宗室貴族有那等尋常百姓般看熱鬧的閒心。

棲遲尚未開口，那頭馬車邊的秋霜喊道：「大都護恕罪，只因奴婢一早外出採買許久未歸，家主掛念，尋我而來，這才在此遇見大都護。」

伏廷聽了，便沒再問，只說：「先回去。」

棲遲點點頭：「是要回去的。」城外顯然是去不成了，只能回去。

伏廷轉頭，看了看道上。擁擠人潮，胡亂推擠，一片塵土飛揚，若非有羅小義帶人在此維持秩序，只怕已經出事了。城頭擂鼓未息，眼下這裡並不安全。

他看見棲遲的馬車已被迫擠到路邊，車夫和秋霜全被堵在那頭，只能望著，也過不來。

羅小義好不容易打馬過來：「三哥，快叫嫂嫂回去，萬一出事可怎麼好。」

一人摔過來，差點撞到棲遲身上，伏廷用手擋了一下，一翻身，下了馬，將韁繩遞給她：「騎馬回去。」騎馬是最快的。

棲遲接了，在他身前站著：「我上不去。」

伏廷說：「腳踩住鐙便上去了。」

她又道：「你的馬太高了。」

伏廷知她身嬌，肯定不會騎馬，但耳中城頭擂鼓又響了一遍，他二話不說，手在她腰上一扣，抱著她就將她送上了馬。

女人嬌柔，從他臂中落到馬上。他將她的腳塞入馬鐙。

「大都護府的夫人，豈能不會騎馬。」說完他將韁繩塞入她手中。

棲遲握住了：「說得也是。」她提了下韁繩，兩腿輕輕夾一下馬腹。

馬在她身下，緩緩前行幾步。她回過頭，一手掀開帷帽上的帽紗，朝他看了一眼。

伏廷站住了，她分明是會騎馬的。

「三哥。」羅小義遙遙在喚。

伏廷生生轉回盯在女人背上的雙眼，轉身過去。

棲遲自然是會騎馬的，以前常在外行走，又不得亮明身分，難免會有車船不便的時候。若是不會騎馬，再加路途麻煩，行路之難可想而知。

伏廷的馬是軍中戰馬，通體黑亮，身長腿高。她坐在上面，洶湧人流中高高鶴立，混亂的行人幾乎挨不到她。

打馬穿行，直到那陣人潮沒了，她才勒馬暫停。

身下灰褐色的馬鞍的皮革已舊，而且還裂了幾道細細的紋路。她用手摸了一下，覺得有些粗糙，想起那男人不由分說地將她抱上馬的情形，轉頭遙望他所在的方向一眼。已看不見城門，也不知他那裡現在情形如何了。

秋霜落在後面，晚了半個時辰才回到都護府。本還擔心著，入了府門見到新露，聽她說家主早已安全回來了，這才鬆了口氣。

棲遲回來後，先翻開冊子清點自己在城外的鋪面，而後便坐到窗前。安安靜靜的，一直聽著外面的動靜。

街道上的喧嘩人聲已聽不見了。

秋霜走進房，以袖拭去手心裡驚出的冷汗，輕聲問：「家主，往下要如何是好？」眼下城也出不去了。

棲遲望著窗外，說：「還沒看明白嗎，只要解決了城外的流民，便什麼事都沒有了。」

秋霜回過味來，確實根源在流民。

棲遲坐正，想了想，道：「今日羅小義說不定又會到府上來，妳與新露去外面等著，若他到了，就來告訴我。」

話說完，還沒等秋霜應下，耳中便聽到那陣鼓聲又響了一通。她的眼睛又望了出去。

鼓聲急急促促，響在城頭。

道上人已散盡了，只剩下肅然兩列兵馬陣陣城下。

羅小義打著馬，回到伏廷身邊，搓一下凍僵的臉，問：「三哥有何打算？人太多了！」

外面忽然流民激增，他出去一趟，已詢問清楚，是因為原先流至下面各都督府的流民也一併過來了。

伏廷統轄著八府十四州，一身積蓄不僅投入瀚海府，更優先下面的各都督府軍備、十四州邊防。儘管如此，今年流民多於往年，幾大都督府無力再收容這麼多人。

那些過去的流民並未尋著落腳地，反而被驅趕出來，最後只得通通湧向首府瀚海府。

瀚海府外的流民聽說他們竟是被驅趕過來的，擔心首府也會一樣趕人，都是走投無路的，一時流言四起，便先自亂了陣腳。

伏廷扶刀立在城門前，雙唇緊抿。

羅小義說：「聽聞前些時候還有個好心的給城外的流民散過錢銀，倒叫他們安穩了些日子，誰承想眼下說亂就亂了。」

他恍若未聞，仍在沉思。以城擋著，並不是辦法。

城頭鼓聲又起。

已是一催再催了，羅小義心急，從馬背上跳下來，貼近他身前，又喚了一聲：「三哥，到底如何說？」

能如何說？伏廷沉眉。皆是平民，他手中的刀是用來殺敵的。若非要防範城中受損，他根本就不該出現在這裡。

耳中聽著鼓聲，他一咬牙，手從刀柄上鬆開，說：「開城門。」

羅小義一怔：「要放他們進來？」

流民入城，入軍者充軍，墾荒者落戶，本無可厚非，可如今人數過多，以他們眼下的境況，根本是難以承擔的。

他似是想起什麼，恍然大悟地嘀咕：「我知道了，三哥那老本，原來就是留著做這個用的！」

伏廷沒作聲，也沒否認。他早有擴軍打算，只是沒想到會在這種情形下。

「不如，還是再想想吧。」羅小義又猶豫了，雖然擴軍有益，可那些老本要安置這麼多人怕是不夠，還是有空缺。

伏廷決心已下，嫌他囉唆：「少廢話，開城門！」

羅小義看看他的臉色，手摸了摸後頸，無可奈何，只好上馬，一夾馬腹，往前奔去，高聲傳訊：「奉大都護令，開城門收人！」

鼓聲徹息，城門緩緩開啟。

臨晚時，擔心城中情形會傳入府裡，棲遲抽空去看一下姪子。

李硯照常在隨先生念書，已快下學。

門窗關著，他手執書卷，輕輕晃著脖子念一首絕句，根本沒聽見城中嘈雜，倒是安安穩穩的。

棲遲隔著窗縫看了兩眼便離開了，從他院中出來，剛好碰上小跑過來尋她的秋霜。

正如她所料，羅小義真的來了。新露已如往常般將他請去外間那間屋子裡烤火。大都護倒是還沒回來。

棲遲心說正好，這事也只能單獨跟羅小義說。

羅小義其實只是經過，他三哥領軍入營了，讓他率人安置流民。他半道經過都護府，想著進來問一下那位縣主嫂嫂安全回府沒有，回頭好告訴他三哥，順便也可以給他府上報個信，好叫他嫂嫂安心，結果就被請來烤火了。

他正伸著兩手在炭盆前翻來覆去地烤，棲遲進了門。

羅小義馬上起身，嘴甜地喚：「嫂嫂。」

棲遲攏著手，並沒進來，只站在門口，逆著光，叫他看不清神情。她問：「那些流民如何了？」

羅小義正憂心著，一聽她問便想吐苦水：「三哥果斷，自然是放入城中來了，只不過……」話說一半又閉了嘴，他想著得給他三哥留點面子，還是不要說太多了。

卻不妨，棲遲接話道：「只不過花費太多，估計是又拮据了。」

羅小義被她揭穿，一陣乾咳，心道：他三哥娶的簡直就是個人精！

棲遲早就猜到了。那男人率軍而至，颯爽果決，光這份魄力，這點小事早就解決了。能有什麼事是能讓他遲疑的？無非就是因為這個罷了。她抬袖遮了下唇，說：「缺多少？我可以出。」

羅小義腳下踉蹌，險些被炭火燎到，抓著衣擺一臉驚愕地看著她：「嫂嫂說真的？」

棲遲點頭。

羅小義早見識過她的大方，先是一喜，接著卻搖頭：「不行，流民入了營，拿的是軍餉，哪有問嫂嫂要軍餉花的。」

這與給他三哥治傷可不是一回事，若是叫他三哥知道了，非剝了他的皮不可。羅小義雖然動心，可也覺得拉不下那個臉。

「確實，」棲遲不緊不慢地道：「但往小了說，我幫的是自家夫君，他好了，於我只會更有益；往大了說，安頓流民，可擴軍也可增富民生，對這遼闊北地有益，於國更是有益。我身為宗室，為家為國，有何不可？」

羅小義細細一想，竟然無一處不說在點子上。他睜大兩眼，就差拍腿了：「嫂嫂妳是諸葛轉世不成！」就憑這張嘴皮子，都能去借東風了，難怪能治得住他三哥。

棲遲笑道：「那我便當你是答應了。」

羅小義搓了搓手：「我是可以，但三哥不是好糊弄的，只怕瞞不住。」

棲遲心說那又如何，他知道了便知道了，她又不是做了什麼壞事，嘴上卻道：「就是知道你三哥為人，我才只與你說這事，只要你按我說的去辦便好。」

羅小義思來想去，點頭答應了。

棲遲走近一步，細細將打算與他說了。

羅小義點頭，全記在心裡，而後一抱拳，也顧不得烤火了，腳步匆匆地離去。

直到他出了府門，抓著馬韁時，心裡卻又犯起了嘀咕：莫非他三哥否極泰來了？這位嫂嫂簡直處處在幫他，可真是沒話說的。

他走後沒多久，天就黑了下來，院中一圈掌起了燈火。

今早飄過一場小雪，打濕了迴廊，僕從們已細細灑掃過，只是到現在還有些痕跡未乾。

伏廷從外面回來，徑直往書房走去，忽然停步，往主屋那裡看，想起白日裡的情形。

那裡面是他的妻子，不過去問一下似乎說不過去。他將馬鞭塞入腰裡，腳下轉了方向。

主屋許久不來，愈發變了樣。門前懸著厚厚的擋風垂簾，被挑起搭在門上，垂下數條絲絛，是光州時興的式樣。

他往屋內掃了一眼，滿室馨香，空無一人，但這屋子裡到處都有李棲遲的痕跡。

他看了一遍，又往廊上看了看，也沒見到她身邊常跟著的那兩個侍女。若非羅小義告訴他，她已安全回來，現在怕是還要出去找了。

伏廷在主屋站了會兒，轉身回書房，走至半路，聽見馬嘶聲，似是他坐騎的聲音，又循聲走了過去。

一直到馬廄，不見有人，只有棚上挑了盞燈。他低頭進去，戰馬立著，噴著響鼻，一隻蹄子時不時抬一下，似是要踢人的架勢。轉到側面，他才發現那馬腹上貼著一隻細白的手。

手的主人從馬身旁站了起來，看著他。

伏廷看著她朦朧燈火裡的臉，心說難怪不見人，原來在這裡。

是棲遲。

「叫新露給你備了副新馬鞍，她們都不敢靠近你的馬，只好我來了。」不等他開口，她先說了緣由。

送走羅小義，她才想到這事。剛才蹲著，正是在繫馬鞍，此時站起來，她鬆手放開斂著的衣裙，手指撫了撫衣擺。

伏廷掃了新馬鞍一眼，是層新皮子做的。他過得隨意，倒真有多年未曾換過鞍轡了，以往身邊也沒有人會替他想起這些細碎事情。

他不禁又看她一眼，說：「這馬烈，興許會傷人。」

棲遲說：「我騎了一路，不曾察覺牠有多烈。」

伏廷嘴角一動，心說那是他抱她上去的，不然試試？

想到這裡，倒是記起先前那一幕了。他低下頭，盯著她問：「妳會騎馬為何不說？」

面前的女人眼珠輕輕轉動，低聲回道：「你也不曾問過。」

實話實說。當時她明明只說了上不去罷了，難道不是他先小看她嗎？

伏廷一時無言，停頓一下才道：「誰會問那個。」心裡卻覺得似是又著了她的道。

棲遲似笑非笑，眼盯著他。他立在馬廄裡，幾乎快要挨著棚頂上的橫木了，腰上塞著馬鞭，那一柄寬刀還未卸下，就橫在他腰後，軍服腰身收束，一身莽氣。

伏廷察覺到她看著自己腰後，怕嚇著她，摸到那柄刀，解了下來，拿在手裡。剛要低頭出去，忽聽她聲音低低的，貼著背後傳來：「你若有什麼想知道的，直接問我就是了，不問我又如何會知道。」

他停步，莫名想起那日，她說治好了他，要他與她多說幾句話的樣子。

棲遲又轉到他身前：「我看看你的傷。」她踮起腳，貼近他的頸邊看了看。

伏廷仰起脖子，眼卻往下看著，落在她的額上。

棲遲的手指在他頸上按了兩下，大概是在這裡被吹涼了，碰到他脖子上一陣冰冷。

身旁戰馬認主人，誤以為貼近有險，立即抬起前蹄。伏廷一把摁住馬額。

馬嘶了兩聲，才安靜下來。

棲遲看了馬一眼，又看了他一眼，手收回來：「原來還真夠烈的。」

伏廷看她良久，才想起從馬額上收回手，下意識地摸了下自己的脖子，心裡說：別說馬，就連他自己，也要適應這女人才行。

又是一場大雪剛停。

晨光入窗，盆中涼水倒映著臉。

放下刮下巴的小刀後，伏廷摸了摸頸上，傷處發硬，已經結痂了。他低頭，整了整軍服，在案席上坐下。

門外有人小步進了門，他看過去，不是來給他換藥的棲遲，只是一個僕從，進來送早飯的。

他又看了門外一眼，天已經亮起有片刻了，平常這時候他早已出府入營，今日他卻還在這裡坐著。

他嘴角一動，竟覺得有些好笑。連著多日出去回來都見她過來上藥換藥，難不成還養成習慣了？

想到這裡，他立即起身，去拿馬鞭，走出後院，竟迎頭撞見羅小義。

「三哥先別走，」他風風火火走來，伸手攔了一下，「我有好事要與你說。」

伏廷停下腳步。

棲遲今日起晚了。

她想著那男人該是走了，走到書房外面，卻見門是開著的，手提了下衣擺，腳邁進去，裡面的男人立即轉頭看了過來。他旁邊還站著羅小義。

棲遲看了二人一眼，作勢轉身：「想來你們是有話要說，我先迴避。」

羅小義忙道：「嫂嫂是三哥屋裡人，哪裡用得著迴避，留下來不礙事。」

棲遲看向伏廷，他穿著軍服俐落地站在那裡，眼卻仍在她身上，對此也沒說什麼。她只當他同意了，便走了進來。

經過他身邊時，有意無意的，她踮起腳，看了他頸上的傷一眼。那傷得最嚴重的地方已長出新肉，泛著紅，顯然是要好了。她心想似乎用不著她了，將手中帶來的新藥貼收了起來。

伏廷似是察覺到，頭往她這邊偏了偏。

她已走開兩步，斂了衣擺，在案席上跪坐下來。

伏廷又轉頭去看羅小義。不等他開口發問，羅小義先朝外喚了一聲。

一個兵抱著個匣子進來，放在桌上就退出去了。

伏廷掃了一眼：「這什麼？」

羅小義一手掀開匣子，捧給他看：「三哥可瞧清楚了，是飛錢。」

伏廷低頭看著，一隻手伸進去，翻了翻，確實是飛錢，而且是厚厚的一大疊。

這些都是憑證，拿著這些便可去兌取現銀。這裡的可不是小數目。他抬眼問：「哪裡來的？」

羅小義道：「那些城外流民起亂時沖了不少買賣，我派人去穩住了，守了幾日。如今那些商人的生意通暢，心生感激，這些飛錢便是他們自願拿出來充作軍餉的。」

伏廷眉皺了一下，沒說話。

羅小義不見他有回應，又道：「三哥想什麼呢，我們正缺這些補上空子呢，這錢豈不是來得正好？」

伏廷這才開口：「我從未見過這樣的好事。」

商人重利，怎會突然自願出錢。

羅小義一愣，反應倒也快，馬上又道：「不過是他們多交些稅罷了，眼下北地還沒完全緩過來，也就這些商戶手裡有餘錢，他們花錢壯軍，也是為保自身平安，人之常理啊。」說完他悄悄看他嫂嫂一眼，腹誹他三哥：自然不會有這樣的好事，還不多虧你娶了個好媳婦！

棲遲坐著，從案頭的漆盤裡拿起一個橘子。這還是她花高價從南邊運來的，只因李硯貪嘴想吃，後來特地叫新露也送了一些擺在書房裡，這男人卻至今一個也沒動過。

她手指慢慢剝著橘子，彷彿沒聽見他們在說什麼。

伏廷手按在腰上，盯著匣子，緩緩踱步。

他一路走到今日，靠得是一步一個腳印踩出來的，從來不相信什麼運氣。如今天大的好事擺在眼前，說不奇怪是假的。

羅小義一直觀察他的神色，又瞥他嫂嫂，卻見她真只是進來聽聽似的，竟不聞不問，無奈地心一橫，道：「反正我已答應收下了，三哥便是不要也沒轍了。」

伏廷沉臉，抬眼說：「那你還來與我說什麼？」

羅小義笑起來：「三哥是大都護，不與你說與誰說。」說完他又朝那頭案席道，「叫嫂嫂見笑了。」

棲遲捏著瓣橘子，抬起頭：「你們說什麼，我剛才沒在意聽。」

羅小義笑說：「是了，這些軍中的事乏味得很，嫂嫂不用關心，只當我與三哥說笑好了。」

二人打暗語似的客套完，他又看了伏廷一眼：「三哥與嫂嫂說話吧，我去外面等你。」說罷他轉頭出門去了。

反正匣子是留下了。

直到此時，伏廷才回頭看了棲遲一眼。她只是坐在那裡剝著橘子，看不出來是不是真沒在意聽。他心想或許不該在她面前說，軍中的困境叫她知道了，他臉上又有何顏面。

棲遲捏著一瓣橘子剛送到唇邊，抬頭見他看著自己，又放了下來：「我方才見你傷已大好了。」

伏廷摸住脖子：「已經結痂了。」

棲遲知道他該走了，起身走近，拿了一旁的馬鞭幫他塞到腰間。

伏廷低頭，看著她手伸在他腰側塞著馬鞭。

腰帶緊，她用了兩隻手才塞進去，手指緊緊壓在他腰裡。他又嗅到她髮間熟悉的香氣，眼動著，看到她一片雪白的側頸。

「那我以後不必每日早晚都過來了。」她忽然說。

伏廷回過味來，她說的還是傷的事。

面前的女人忽然抬起了頭，眼中隱隱帶笑：「我倒像是來習慣了，不知你習慣了沒有？」

伏廷抿緊雙唇，被她看著，不自覺地在想要如何回答，回想先前，倒像是真習慣了。

棲遲卻又像並不在意似的，拿開手說：「好了，走吧。」

伏廷手在腰上重新塞了下馬鞭，彷彿那雙軟糯的觸碰還留著。察覺自己似乎看她太久了，他才邁步準備離開。

「等等。」棲遲喚他。

伏廷回頭，見她指了下桌上的匣子：「錢竟不要了。」

他過來拿上匣子，一隻手臂挾住，走到門口，忽而停下腳步，回頭看她：「沒在意聽？」是在反問她先前的話。

棲遲對上他的眼眸，他高拔挺俊地立在那裡，一雙眸子比常人要黑，落在她身上又深又沉。她不自覺地出了個神，移開眼，手指拉住袖口：「嗯。」

伏廷看著她別過去的臉，便知她聽得一清二楚，嘴角微咧，一時無言，轉身出門而去。

出了府門，羅小義已牽著他的馬在等著了，遠處是一隊帶來的兵。

伏廷過去，接了韁繩。

羅小義搓著手哈口氣，打趣說：「三哥與嫂嫂說什麼悄悄話了，叫我好等。」

能說出來的還叫什麼悄悄話？伏廷將匣子拋過去，踩鐙上馬。

羅小義穩穩接了，說回正事：「不瞞三哥，我已叫人先回去準備發餉了，只等這匣子裡的湊夠了一起。」言下之意是匣子裡的錢必須要用了。

伏廷抽出馬鞭：「下次再先斬後奏，我滅了你。」

「那是自然，絕沒下次了。」羅小義趕忙保證，而後從懷裡抽出塊布巾，仔細將匣子包起來，往胸口前一繫，爬上了馬，一揮手，領著人兌現銀去了。

屋內，棲遲已坐在鏡前。

她許久不曾動過這麼大的手筆了，上一次花這麼多，還是幫她哥哥納貢給天家時，已是多年前的事了。

面前攤著冊子，她一手拿著筆，在上面勾畫了幾道，合起來，交給秋霜。

秋霜見她眉眼帶笑，疑惑道：「家主分明花了許多，為何竟還高興著。」不像花了錢，倒像是賺了錢。

棲遲輕輕地笑：「花得值得，自然高興。」

花在那男人身上，多少都是值得的。他重兵在握，不過是一時龍游淺灘罷了，只要花錢便可解決，又何樂而不為呢。

軍中發餉，著實忙碌了許久。羅小義解決一件心頭大事，一身輕鬆。

臨晚，他便又沒臉沒皮地跟著伏廷上他府上來蹭吃蹭喝了。心裡想的是，他幫他嫂嫂這一出，又幫了他三哥，當是個功臣無疑，今晚必定要好好與他三哥喝上一盅。

剛進了府門沒多遠，恰好遇上李硯下學。小世子穿著錦袍自院內出來，手裡還捧著好幾本書。

羅小義不能當沒瞧見，抱拳與他見禮：「世子。」

李硯看看他，視線轉去他身後，喚了聲：「姑父。」

伏廷剛將馬交給僕從牽走，轉頭看見他，頷首。

李硯見他又是這副模樣，不禁想起姑姑說「他就是這樣的人」，也不知該說些什麼，見了個禮就走了。

羅小義回頭道：「三哥，這小世子真是有意思，我得罪了他，他每次見我也不對我冷眼相向，想來還是嫂嫂教得好。」

伏廷看他一眼，倒是不知道他何時與李棲遲走得竟如此親近了，嫂嫂叫得比誰都勤快。

「畢竟是個世子。」他說。

羅小義不知怎麼就想遠了，嘆息一聲：「若是嫂嫂早些來與三哥團聚，估計膝下的小子也會跑了，我說不定都能帶他騎馬了呢。」

伏廷不禁想起那女人雪白的側頸，那柔軟的手，心說：人都還沒碰過呢，有個屁的小子。他將馬鞭扔過去：「滾去烤你的火。」

羅小義一把接住，訕笑著走了。

他前腳剛走，後腳就有個僕從過來報事。

說是外面有個商戶來請羅將軍，他白日裡拿飛錢去兌現銀時沒有兌全便走了，估計是太急切了，又過來請他去取剩下的。

伏廷聽完，想了一下，命僕從將馬再牽出來，不喚羅小義了，他自己去一趟。

羅小義那頭在屋裡烤了許久的火，早已饑腸轆轆，卻始終不見他三哥回來，終於忍不住要出去看看，一出門，正好撞上新露過來。

新露說家主知道他來了，還未吃飯，已經備好飯菜，馬上送來。

羅小義頓生感激，還是這位縣主嫂嫂心疼人，他越發覺得他三哥娶對了人。

屋中僕從們正傳著菜，有人大步進了門。

羅小義抬頭，高興道：「三哥來得正好，剛好可以用飯。」

伏廷掃了左右一眼，一手扯住他的衣領往外拖。

左右吃驚，連忙退避。

羅小義也嚇了一跳，卻不敢反抗，他三哥人高腿長，將他揪出去是輕而易舉的事。

一直到廊下，伏廷才鬆了手。

羅小義站定，吃驚地問：「怎麼了三哥？」

伏廷問：「那錢從何而來？」

羅小義一愣：「已告訴三哥了，就是那些商戶一起出的。」

伏廷冷聲道：「那為何那麼多飛錢都放在同一家私櫃上，還都是同一日放上去的？」

羅小義暗道不好，沒想到這都能被他發現。他早與他嫂嫂說了，他三哥不好矇騙的。

伏廷也不與他廢話：「是領軍棍還是直說，你自己挑一個。」

第五章　取悅交鋒

棲遲倚坐在榻上。

膝頭上，是一本剛從千里之外送來的新帳本，她一頁一頁地翻看著。

紙張輕響聲中，新露快步走到跟前，貼在她耳邊低語了一陣。

棲遲手指一停，詫異抬頭，問：「人如何了？」

是在問羅小義。新露說他竟被用了軍棍。

「不知如何，人還在前面，我只聽了些動靜就趕緊來告訴家主了。」

新露哪裡見識過這等軍中陣仗，悄悄去聽了聽，只聽到羅小義慘號了幾聲，便被嚇白了臉，直到現在也沒緩過來。

棲遲坐直身，合上手中帳本，蹙著眉想：應當是錢的事叫那男人發現了。

她倒是不在意被他發現，可這麼快就叫他發現了，還是出乎她的意料。難怪之前羅小義說他不好糊弄。

她點了下頭，意思是知道了，又朝外指了一下，示意新露繼續去打聽。

新露退出去了。

棲遲手指捏著帳本，此時也沒心思翻看了，想起羅小義，既無奈又好笑。他這麼傻做什麼，真揭穿了就直說好了，何苦挨那一頓皮肉之苦。

正想著對策，忽感門前燈影一暗。她以為是新露去而復返，抬起眼，看到的卻是男人高大的身影。

伏廷一手往上一挑，頂住半搭的垂簾，低頭進了門，而後站直身體，朝棲遲這裡看過來。

棲遲悄悄將手裡的帳本塞進身後的墊子裡，盯著他，他長身挺直，一雙眼黑沉銳利。她手指不自覺地捏住衣擺，動了下心思，搶先開口：「聽說你打小義了？」

伏廷盯著她，心裡冷笑一聲：這女人，倒像是要先追究他的事了。他抿一下嘴，說：「他已招了。」

棲遲兩眼一動，心說果然，從他進門時，她就料到他已知道了。畢竟是憑真本事做到大都護的人，怎麼可能是一根直腸子。她又悄悄看了伏廷一眼，心想：這男人果然是個烈的，就這麼點事情，至於動軍棍嗎？

她故意不再看他，轉過頭去，拿了案上的茶具，慢條斯理地開始煎茶。

伏廷看她一副端坐無事的模樣，便想起剛被他整治了一通的羅小義。

其實羅小義起初並不肯招，被按著用了一頓軍棍也緊咬牙關，死活不肯鬆口說是誰出的錢。最後是他發話說「兄弟沒得做了」，才終於逼出了實話。

羅小義趴在那兒疼得直喊：「除了嫂嫂還能有誰？我就沒見過像嫂嫂這麼有錢的人了！」

棲遲手上捏了塊茶餅，放到爐上。

伏廷看見那茶餅，猶如細篩水濺的泥膏般光滑水潤，是上品中的上品。再看那副茶具，每一樣都是精細雕琢出來的。

他不喜歡喝茶，嫌煎茶費事，一碗涼水就能對付，只是愈發知道了，光是她手裡這點尋常事物，也是千金萬金的東西。眼睛掃了這屋子裡的裝點用器一圈，最後落到這個女人身上。別說羅小義，就是他自己，也沒見過這麼有錢的女人。

他眼盯牢了她，問：「妳從哪裡來的這麼多錢？」

先是這府邸裡精貴的用器，每日的用度，如今，竟然能補一筆軍餉的空缺。他想起來了，還有治好他傷的那藥，臉越發繃緊了。

棲遲停了手，不看他，輕聲回：「我的私錢，你也要問嗎？」

伏廷閉緊了牙關。確實，天底下沒有哪個男人會追問自己的女人有多少私錢的。他點了下頭，服了這女人，下巴收得緊緊的。

頓了一下，他又問：「那妳為何要往軍中投？」家中已經用了她的且不說，如今竟連軍中也要花她的錢，那他不就成了被女人養的軟蛋。

他伏廷立馬揚鞭，身掌八府十四州的兵馬，如果傳揚出去，以後還如何面對麾下三軍，還有那些突厥鐵騎。

棲遲迎上他黑漆漆的眼眸，便清楚他在想什麼，畢竟早已見識過他的骨氣了。她輕嘆口氣：「我只知道那錢是花在你身上的。」

管它什麼軍中還是家裡，不都是為他花的嗎？她一腔好意竟還被質問起來了，何必與他說這些，還不如去看看可憐的羅小義。

棲遲迎著他目光起了身，走到門口，眼前的男人手臂一橫，擋住了去路。

伏廷伸手攔著她，頭低下，嚴肅地看著她的臉。

她便往旁邊走，他一條腿伸過來，迫近幾步，輕易地就將她的路全堵死了。

棲遲被他堵在門邊，整個人被罩得嚴嚴實實，簡直無路可退，低頭，看見他一條腿從衣擺裡伸出來，隔著幾層衣裙貼在她腿上，壓制著她。那條腿褲管繃緊，修長結實，她心口莫名跳快了幾下，不禁咬住了唇。

伏廷說：「還沒說完。」意思是不會放她走的。

棲遲覺得他的傷大概是真的要好了，他那聲音在近處聽竟比以往還要低沉有力。

她抬手捋了下耳邊的髮絲，撩去耳後，抬起眼看著他：「錢便是我花的，已經花出去了，就沒有收回的道理，你還有什麼可問的？」

連他以劍相向都見識過了，她還真不怕這男人。難道他堂堂大都護，敢動手打自己的義弟，還敢動手打自己的夫人不成？

伏廷看著女人仰著的臉，眼裡愈發沉了：「我只問妳，妳想幹什麼？」如此手筆，不是尋常女人所為，他娶的人卻偏偏這麼幹了。

棲遲別過臉，敷衍說：「我既有錢，又逢你缺錢，那我便給你補上了，如此而已。」

「就這樣？」他又問，腿壓緊了。

她有些吃疼，輕輕蹙著眉，終於肯將頭轉回來了，是因為知道敷衍不過去了。

「不只。」她說。

伏廷盯著她的雙眼。

「還沒看出來嗎？」聲音忽然低下去，她垂下眼眸，一隻手搭在他的腰帶上。

她的手指勾住他的帶鉤，往自己身前輕輕地拉了一下。

再抬起眼，眸中斂了一室燈火。

餘下的聲音，低得只有他一個人能聽見：「我還想取悅你。」

為你治傷，每日上藥換藥，甚至是換一副馬鞍這樣的小事。

為你一擲千金。我想幹什麼，竟還沒看出來嗎？

不過是想取悅你罷了。

或者也叫，想討你的歡心。

新露小心地伸頭進門看了一眼，又連忙退去。

猶豫片刻，新露還是硬著頭皮揚聲開了口：「稟大都護，羅將軍傷得重，已受不住暈過去了。」

不說不行，看裡面的架勢，怕大都護欺著她家家主，實在不能再忍耐下去了。

安靜片刻，門上垂簾一把被掀開，伏廷大步走了出來。

她連忙退避，頭也不敢抬地聽著他的腳步聲漸漸遠去，再悄悄看門裡一眼，她家家主倚在門後，垂著眼，雙頰緋紅，一隻手捏著衣擺，不知道在想些什麼，似已入了神。

身後秋霜輕輕扯了下她的衣角。

新露回頭，聽她與自己咬耳朵——

大都護冷臉過來一趟，又一言不發地走了，誰都看得出來是挾著怒氣的。武人出身，果然還是不會心疼人，家主一心為大都護著想，竟還遭此對待。

想想若是沒有退婚那事，家主早已嫁給那洛陽的河洛侯世子，那樣清貴的世家子弟，對待家主必定不會是這樣的。

新露連忙瞪了她一眼，示意她閉嘴，哪怕是心疼家主，也不能說這種話。

身後忽然傳來棲遲的聲音：「這種話以後不要讓我聽見第二回，否則我便真罰了。」她方才已經聽見了。

秋霜捂嘴噤聲，與新露對視一眼，再不敢多說了。

棲遲轉回頭去，回想著那男人的眼神，那將她堵在門口的一身英悍氣，手在臉頰上撫了撫。

她宗室出身，縣主位尊，從未對一個男人說過這般露骨之言。除了伏廷。

倚門許久，才想了起來，她原本是打算去看羅小義的。

羅小義畢竟是做到將軍的人，豈是那等身嬌肉貴的，軍棍雖重，但他知道他三哥已經是手下留情了，哪裡至於暈過去。

不過就是想裝個可憐，好叫他三哥原諒他罷了。也是好心，不想他三哥有機會去尋那位縣主嫂嫂的不快。

羅小義正趴在前院長條凳上，一手掩著衣擺，忍痛佯裝著，遠遠瞄見一人大步走來。不是他三哥是誰。

他忙拿開手，閉上眼。

伏廷走過來，冷聲說：「滾，不滾再添二十軍棍！」

羅小義立即睜了眼，從長條凳上翻身下地，剛想與三哥說幾句好話，卻見他頭也不回地走了，連他臉上是何神情也未瞧清楚。

羅小義扶著腰站起來，想想這許久下來，也沒聽見後院有什麼動靜，料想他那位縣主嫂嫂還是有本事的，應付得了他三哥，多少寬了些心，這才一瘸一拐地出府去了。

伏廷一手推開書房的門，房中還未掌燈，一室昏暗。

他伸手去扯腰帶，摸到帶釦的瞬間，竟又想起那個女人，想起她手指勾著，輕輕拉了一下的模樣。

扯腰帶的手伸到懷裡，摸出酒袋。

兩個僕從進來點上了燈，又退了出去。他好似沒發現，仰脖灌了口酒，眼睛掃到案頭。

案上放著剝開的橘子，是先前棲遲在這裡剝開的，還原封不動地放著。她差點送入口中的那一瓣就挨著皮放著，上面淺淺的沾了一點朱紅，是她唇上的口脂。

伏廷攥著酒袋，看著案頭，耳邊似又聽見她先前那一句輕輕的話音。

她說：「我還想取悅你。」

他當時腿上抵緊了，聲沉著：「妳再說一遍。」

她眼簾垂下又掀起，輕聲說：「便是說十遍又如何？你是我夫君，我想取悅你，有何不可？」

說罷抬眼，看著他，棲遲又喚了一聲：「夫君，有錯嗎？」

那一剎那，他竟忘了自己是因為什麼去她房裡的了。

伏廷抹了一下嘴，咬住後槽牙。想必她不知道，說出那番話後，她烏黑鬢髮下的一雙耳朵已經紅透，被他看得清清楚楚。

李棲遲，可真夠有勇氣的。

一抹朝光的斜影拖在廊下。

棲遲站在窗前，用手指比畫一下位置，推算著已經流逝掉的時間，順便也計算著，已經過去了幾天。

旁邊探過來一張粉白的臉，是李硯，他喚了一聲：「姑姑，我已算完了。」

棲遲回過身，見他手裡拿著密密麻麻的一頁紙。她朝紙上看了一遍，伸手指了兩處，說：「這裡，還有這裡，算錯了。」

李硯今日沒課，一早就在她跟前玩著推演算術。

其實他沒算錯，只是見姑姑眼總瞄著窗外，不知在想什麼，就故意算錯了兩個地方，不想她還是看出來了。

他坐回去，握著筆，心裡琢磨著姑姑出神的緣由，忽然像想到什麼，看了門外一眼，頭又轉回來：「說起來，我有好幾日沒見著姑父了。」

棲遲看了他一眼，心想連他都發現了。自那晚伏廷走後，她就沒見過他了。

他在書房睡了一晚，第二日一早入軍中，之後就再沒回來。這幾日，他一直住在軍中。

「家主，」新露小步從門外走進來，喚回她的思緒，稟報說：「羅將軍來了。」

自那一通軍棍後，這也是羅小義頭一回再登門。棲遲正想問問他的傷勢，說：「請他過來說話。」

新露出去，不多時，便領著羅小義來到門口。

「嫂嫂安好。」羅小義在門口站定，抱拳見了個禮。

棲遲略略打量他一遍，他身著胡衣，外面加一層甲冑，顯然是從軍中來的。她問：「你那傷如何了？」

羅小義笑道：「嫂嫂放心好了，我一身糙骨頭，幾下軍棍算什麼，養了幾日又能走能跳了，否則今日如何能過來。」

棲遲見他還能笑，就放心了：「那過來是有事？」

「正是，」他收斂了笑，正經道：「我是來接嫂嫂去同三哥會合的，他需出行一趟，要帶上嫂嫂同行。」

棲遲眉頭輕輕挑了一下，有些意外。隨即就想起那晚自己說過的話，兩耳又微微地熱了起來，她問：「他為何不自己來，是在迴避我嗎？」

羅小義可不知那晚發生了什麼，詫異道：「嫂嫂怎會這麼想？三哥若要迴避妳就不會叫我來接妳了，不過就是……」他眼神往李硯身上一瞟，不好直言，訕訕地說：「軍務繁忙罷了。」

棲遲心裡有數了，還是因為那錢的事，是她低估了男人的一身傲骨。他現在又派人來接她，是肯揭過這一篇了嗎？

「嫂嫂如何說？」羅小義見她不作聲，懷疑她是不想去了，甚至想問一問，那晚是不是因為錢的事跟他三哥慪氣了。

難得他三哥發了話要他來接人，她這頭可別又撂挑子，那這對夫妻豈不是要因為一筆錢就此杠上了？

棲遲看見他臉上的表情，終究點了下頭，說：「去。」而後吩咐新露去收拾一下。

羅小義插了句話：「別忘幫三哥也收拾幾件衣裳。」

棲遲心裡回味，那男人說出行就出行，只派人來接人，竟連東西都不回來取一趟。想完一轉頭，就瞧見李硯眼巴巴地盯著自己，她有些想笑，轉頭問羅小義：「我再帶上一個可行嗎？」

羅小義也早眼尖地瞧見小世子的模樣了，笑道：「嫂嫂發話，自然可行。」

李硯頓時兩眼發亮。他不比他姑姑，去過的地方少，聽到出行的消息時就豎起了耳朵。羅小義雖然沒說要去什麼地方，但至少是可以出這道府門的。他來了北地許久卻還沒出去走動過，現在有這機會，自然心動。

馬車很快準備好，由羅小義帶來的一隊兵守著。

出門前，棲遲罩上一件連帽的厚披風，坐進車裡時，李硯已由新露和秋霜領著，先一步進到車裡了。

他一向乖巧安靜，此刻難得雀躍，忽然一驚，懊惱道：「不好，還不知道要去什麼地方，去幾天，我竟忘了與先生告假了。」

棲遲掀下兜帽說：「放心吧，叫人替你留話了。」

他吐了口氣，這才安心。

車馬上路。

棲遲知道羅小義在旁打馬護車，隔著窗格垂簾問了句：「路途遠嗎？」

羅小義在外面回：「不遠，是我與三哥每年都去的地方。」

反正趕路無聊，他索性在外面與她細細解釋。

要去的地方是都護府轄下的皋蘭州。因那裡有馬場，每年只有冬日他們才有空閒，會去走一趟，主要是為了看馬。

原本今年早該去了，先是因為追捕那幾個突厥探子拖延了許久，緊接著她這位大都護夫人忽然過來了。前前後後，才拖到今日。

其實也是因為那筆錢，他被他三哥晾了好幾天，又是一陣耽擱。這個他就不提了，提了怕這位嫂嫂花了錢還不痛快。

棲遲問：「既是看馬，又何必要帶上我？」

羅小義答：「皋蘭州每年都有來自其他州府的達官貴人，今年聽聞都帶了家眷。三哥身為大都護，萬一遇上可不好，往年嫂嫂沒來便罷了，今年都來了，怎能不帶上嫂嫂呢？」

棲遲聞言不禁心中一悶，抿住了唇。還以為是那男人想通了，原來只是因為不得不帶上她。

羅小義在外面聽不到她的聲音，又補了一句：「嫂嫂安坐著吧，等到會合的地方我會說的。」

棲遲輕輕應了一聲，轉眼看到李硯將雙手攏在袖中仔細搓著，才想起走得匆忙，輕裝簡從的，竟沒在車內準備盆炭火。

她想一定是她性子太好了，幾日不見，那男人一句話她便答應同去了。

馬車應當是出了城，能聽見車輪滾過城門下時的回聲，而後就沒什麼聲響了。

直到中途停頓了一下，棲遲才察覺已經過去許久。身旁的李硯都開始打瞌睡了，到現在也沒再聽見羅小義的聲音。

她隔著窗格問了句：「到哪裡了？」也沒人回。

疑惑著，她伸出根手指，挑簾往外看，一眼看見車旁一匹黑亮高大的戰馬。

男人腳踩著鐙，跨坐在上面，腰身緊收，後掛佩刀，身下是她親手繫上去的馬鞍。

棲遲手指挑高，將簾子全掀起，看見他的側臉。

伏廷眼觀前方，目不斜視。

誰也沒料到他就這麼突然地出現了。羅小義已去了後方，車旁不知何時換成他和他的近衛軍。

棲遲手指撚著細密的錦緞簾布，眼睛盯著他。

他偏過臉來，與她視線一觸，隨即又轉了回去。

身後的羅小義喚了聲「三哥」。

棲遲放下簾布，眼神卻仍落在縫隙處，布簾偶爾被外面大風吹起一下，她便能看見他一片軍服的衣角。到後來才拉緊了，是怕風灌進來凍著旁邊的李硯。

伏廷打著馬，身旁羅小義跟上來。

「三哥，停下休整一下吧，這又不是行軍。」

他們習慣使然，趕路太快，一早入府接了人就走，直到現在，都趕大半天路了。可這次不同以往，是帶了家眷的，又是女人又是孩子，體力可比不上他們這些行伍出身的。

伏廷看了身旁的馬車一眼，勒了馬。

車在十里亭旁停下，李硯第一個從車裡跳下來。

他嫌冷，拉緊身上裹著的大氅，搓著手，動著腳步。外面日頭還在，倒比車裡暖和些。

羅小義看見，叫人在亭外生了叢火。

李硯靠過去，仔細掖著衣擺蹲下，烤著手，眼往旁邊看一下，喚：「姑父。」

伏廷坐在臺階上，身側是剛解下的佩刀。

他看了旁邊的孩子一眼，見李硯鼻尖都凍紅了，一手從懷裡摸出酒袋，拋過去：「喝一口。」

李硯兩手兜住，沒想到他會跟自己說話，詫異地看著他。

許久，李硯又看了懷裡的酒袋一眼，才反應過來他剛才說的是什麼，搖了搖頭說：「我不會喝酒。」

伏廷是想叫他暖個身而已，一隻胳膊搭上膝，說：「別多喝就行。」

羅小義在後面給他鼓勁：「世子莫慫，你可是光王府的世子，要做頂天立地的男人，豈能不會喝酒呢？」

伏廷看他一眼。

羅小義趕緊閉了嘴。錢的事還沒過去，他身上的傷才見好，暫且還是少在他三哥面前玩鬧比較好。

李硯又看伏廷一眼，見他就這麼席地坐著，再看自己，一抿唇，便鬆了衣擺，也乾脆地席地坐下，終於擰開酒袋上的塞子，抿了一小口。

只一點兒，烈氣沖鼻，他捂著嘴，臉立即紅起來，但很快身上就感覺熱乎了。

「謝謝姑父。」李硯道著謝，將酒袋還回去，擰上塞子前還不忘用袖口拭一下。

伏廷發覺他有點過於懂事乖巧，再坐著怕他拘謹，於是拿了酒袋，起身離開火旁。

羅小義見他走開，才坐到李硯跟前去，放開來打趣道：「世子就該這樣，來了北地就不要再端著世子的樣子了，那麼正經做什麼，不如我再給你喝點？」他說著又從懷裡摸出酒袋。

伏廷一直走到亭後，站住了。

棲遲倚著亭欄在他眼前站著，雙手攏在披風中，臉掩在兜帽下，一動也不動地看著他。

他知道她一定是看著他從火堆那裡走過來的，手中酒袋在腿上敲了一下，問：「難道妳也想喝一口？」

棲遲看了他手裡的酒袋一眼，說：「我不會飲酒。」

說了和她姪子一樣的話。伏廷看著她白生生的臉，想起那晚，似是好笑。他低下頭，聲音低得只有兩人才能聽到，問：「現在不取悅我了？」

棲遲的心突然猛跳起來，目光向他身上掃去。

他目光獵獵，盯著她的臉，似在激她。

她不禁有些氣惱，轉過臉去，淡淡「嗯」了一聲：「倘若在你眼裡這是個笑話，便當我沒說過好了。」說完她轉身便要走。

男人的身體擋了一下，她又被他結結實實地堵住了去路。

伏廷將酒袋塞到她懷裡：「喝吧。」早已看到她凍得發白的唇，他心說或許就不該帶她走這一趟。在軍中時，他本已準備直接上路了，被羅小義幾句話一勸，最後還是去接了她。

棲遲拿著酒袋，看他眉眼沉定，也不知到底氣消了幾分，語聲便緩和了些，問：「喝了真能暖和？」

他眼抬了一下：「嗯。」

她手伸到塞子上，又鬆開了：「算了，我怕會醉，這也不成規矩。」

伏廷心道：連往軍中投錢的事都敢幹的女人，這時候又說起規矩來了。他乾脆地說：「醉了就在車中睡。」醉總比冷強。

棲遲這才擰開塞子，手輕抬，稍稍抿了一口，瞬間就皺了眉，一隻手急急堵住唇，否則怕是當場就吐了。

伏廷看到，嘴角不禁扯了一下。

棲遲忍耐了半晌才熬過那陣入口的烈氣，擰上塞子後，臉上已經微紅，但好在身上真的回了暖。

她將酒袋遞過去，抵著他的手指。

伏廷五指一張接了，見她攏了下披風，轉過半邊身去，只有沾了酒氣的眼神在他身上停留了一下。

臨走前，她忽然輕輕留下一句：「這下，別再給別人喝了。」因為她已碰過了。

伏廷看著她走遠，掃了酒袋塞口一眼，唇抿成一線，一把揣進懷裡。

棲遲走得急，轉過亭子後直接上了馬車，是因為飲了口酒真不太好受。

坐上車後，她一隻手還遮著唇，再摸摸臉，酒氣上來了，熱烘烘的。口中烈氣攪得思緒亂飛，她沒來由地想：也許北地的酒就跟人一樣，入口難。

坐了許久，車簾自外掀開，新露和秋霜一左一右扶著個人進了車。

是李硯，他昏昏欲睡一般，整個人軟綿綿的，一上車就歪靠在一旁。

棲遲伸手將他扶住，問：「這是怎麼了？」

新露忍笑說：「羅將軍給世子灌酒喝，哪知世子真喝了，便成眼下這般模樣了。」

她蹙眉，隨即又好笑，本還擔心自己會醉，沒想到醉的是他。

新露和秋霜退出去了，怕世子醉酒後吹風會受涼，特地仔細掖好簾子。

李硯坐不端正，窩在棲遲身邊，挨著她一動也不動，忽然說：「姑姑，姑父今日竟與我說話了。」

棲遲聽他話都說不利索，已是真醉了，好笑道：「那又如何？」

李硯忽然將臉枕到她膝上，悶聲說：「我想父王了……」

棲遲一怔，臉上的笑緩緩褪去，回味過來。

他出生便沒了母親，是她哥哥一手養大的，她哥哥離世後，他身邊就難得有個成年男人，如今和伏廷稍稍親近些，難免會想起他父王。

她摸一下他的頭，輕聲說：「你也可以將你姑父視作父親。」

李硯聞言抬頭，憨然醉態畢露，一臉茫然：「啊？」

棲遲兩手扶住他的臉，對著他的雙眼，聲音更低，卻字字清晰：「阿硯，你要記著，人不能只索求，卻不付出。若你想你姑父以後對你好，你便也要對他好，明白嗎？」

李硯眨兩下朦朧的眼，似是懂了，又似沒懂，頻頻點頭。

棲遲拍拍他的頭，讓他繼續睡，轉過頭，一手掀開簾子。

外面，兩個兵剛撲滅火堆。伏廷在腰後掛上了佩刀，踩鐙上馬，一扯韁繩，往車邊而來。

她明明簾子只挑開了一點，他竟一眼就看到了。

他眼看著她，打馬至車邊，一手將簾子拉下。頓時外面的風被擋住了，人也看不見了。

棲遲坐正腹誹：怎會有這樣的男人，剛叫阿硯要對他好，竟就如此霸道。

車馬上路，繼續啟程，臨晚時抵達驛館。

李硯睡了一路，下車時還沒醒，還是羅小義過來揹下去的。

他心有愧疚，托著背上的小世子向棲遲告罪：「嫂嫂莫怪，是我玩鬧過頭了，下次再不敢叫世子喝酒了。」

棲遲倒覺得沒什麼，踩著墩子下車時說：「他平日裡心事重，放不開，難得不乖巧一回，我倒覺得更好些。」

棲遲回想他在車裡那一句「我想父王了」，竟帶了哭腔，料想也是在心裡憋了很久的。

羅小義見她沒生氣才又有笑臉：「就知道嫂嫂寬容。」說完他趕緊揹著李硯送到館舍屋裡。

新露和秋霜先去料理李硯安睡。棲遲手指攏著披風，立在館舍廊下，看見伏廷解了佩刀抛給左右，跟著來迎他的驛館官員入了前堂。她看了一眼，才去了屋中。

眾人忙碌安置，妥當後已是暮色四合。

棲遲用過了飯，還不見李硯酒醒，便去他屋裡看了看。李硯擁著被子睡得沉，一屋子都是散發出來的酒氣。

她也沒打攪，又轉身出去了，沒走幾步，就看見男人大步走來的身影。

伏廷走到她跟前，停了步。

棲遲看他的刀又掛上了腰，手上還拿著馬鞭，似是要出去的模樣。

果然，他說：「我出去一趟。」

她順口問：「去做什麼？」

伏廷本是正好撞見她，便告訴她了，說完就要走，不料她竟會發問，腳收住，說：「去見個人。」

棲遲又問：「男人還是女人？」聲音輕輕的。

他眼睛看著她：「女人，如何？」

棲遲不知他說得是真是假，倒覺得他那一句「如何」好似在考驗自己似的，看了看他，沉默一瞬，忽然伸手拉了拉身上的披風，將兜帽罩上：「既是女人，那我也能見了，我與你同去便也可以了。」

伏廷沒料到她會是這個回應，手指攥著馬鞭，嘴角咧了一下，說：「我騎馬去，乘車麻煩。」

「我會騎馬。」她回。

沒錯，他記得，所以這意思是非帶上她不可了。伏廷沒說什麼，直接朝前走去。

棲遲緩步跟上。

伏廷的馬一直未拴，就在館舍門邊。

棲遲過去時，他已坐上馬背，一旁是牽著馬的羅小義。

她還以為羅小義也是要去的，卻見他將手中韁繩遞了過來：「聽說嫂嫂要與三哥一同出去，那騎我的馬吧，我的馬溫順，也矮些，不似三哥那匹倔。」

棲遲接了韁繩，問他：「你不去？」畢竟平時總見他跟著伏廷。

羅小義笑笑：「趕路累了，就不去了，再說也不好妨礙三哥與嫂嫂啊。」

她聽到這句打趣，不禁看伏廷一眼，心說他怕是還不知道他三哥剛才說的是要去見女人吧。

伏廷原本看著羅小義，察覺到她的視線，目光就轉到她身上，而後手扯一下韁繩，先往前行了。

不多時，身後棲遲跟了上來：「我騎得慢，你別騎太快。」

他沒回應，卻也沒動手上的馬鞭，忽然想：能跟著自己的夫君去見別的女人的，天底下怕是只有她這個女人了。

兩匹馬一前一後勒停。一家挑著簾子的屋子就在眼前，天還未全黑透，裡面已經點上了燈。

伏廷下了馬，走到門口，一手掀了簾子，剛準備低頭進去，留心到身後沒動靜，回過了頭。

棲遲一手牽著馬，一手攏著披風領口，並未上前。

他問：「怎麼，不見了？」

棲遲看著那屋子，分明就是一家尋常賣酒的酒廬罷了。原來他口中所謂的來見個人，便是來見賣酒的。

堂堂大都護，想喝酒還需要親自跑一趟不成？她覺得自己被這男人耍弄了，眼神在他身上掃過去，說：「不見了。」

伏廷見到她臉上的神情，嘴角又是一動，逕自掀簾進去了。

風有些大了。棲遲站了片刻不見他出來，覺得手足發冷，先牽馬走了一段。

北地不似中原，生活著眾多部族，漢胡混居，有許多是牧民，逐水草而居，自然比不上中原城鎮繁華。

離了瀚海府，直至抵達下一個大城鎮前，眼中所見大多是人少地廣的模樣。這地方也不例外，小小的一座鎮子，酒廬附近沒見幾間屋子，道上也無人。

她一個人，不便走遠，沒走多遠就停了下來，側耳聽了聽，沒聽見報時的鼓聲，也不知這小地方有沒有宵禁的規矩。

道旁有個土坡，她鬆了馬，走下去避風。

到了坡下，踏入一叢枯白的茅草裡，腳下忽地一滑，她險險站穩，撥開草一看，原來草下掩著個池子，池面結了冰，光白如鏡，她已踩到冰面了。

剛收回腳，身後一聲馬嘶，棲遲轉過頭，男人已經走到她身後。

伏廷看池子一眼，又看她一眼，開口說：「這裡隨處都有冰湖。」是好意提醒她別亂跑。剛才出了酒廬沒見到她，他是一路找過來的。

棲遲問：「這冰有多厚？」

伏廷又看了冰面一眼，推測說：「兩三尺。」

她不禁低語：「西邊雪嶺的冰都快比不上這裡了。」

伏廷耳尖的聽見，看向她：「妳見過西邊雪嶺？」那地方遠在西域，離光州遠得很，離她的采邑清流縣也遠得很。

棲遲眼神微動：「嗯，我若說我去過不少地方，你信嗎？」

天下十道，她去過九道，大漠孤煙的西域，重巒疊嶂的嶺南，再到如今，這遼闊深遠的北地。

伏廷不說信，也不說不信，只問：「去幹什麼？」

棲遲未料他會問這個，隨口說：「見識見識罷了。」

難不成她還能說是去做生意的。安北大都護的夫人竟有個商人的身分，如何說得出口。

她的眼睛又看向池子：「這冰能走人嗎？」有意無意，便將先前的話題轉開了。

伏廷想說能走人妳還敢走不成。話還沒開口，就見眼前的女人手提衣擺，真踩上去了。

他凝眉：「妳不怕落水？」這種天氣，真破冰落水，非把她凍哭不可。

棲遲已踩著冰面小心走出了兩步，轉過身來，道：「不是還有你在嗎？」

女人的聲音軟軟的，似是依賴，伏廷聞言不禁盯緊了她，可聽她說得如此理所當然，又叫他覺出似是已經吃定了他的意味。

他站直，將馬鞭往腰間一塞，兩手按在腰上，說：「妳怎知我一定會救妳？」

棲遲手扶了下兜帽，眉目輕動，輕輕問了一句：「難道不是嗎？」說話時，她緩緩踩著冰面。

伏廷看著她走動，唇漸漸抿緊。

她衣擺下的鞋錦面繡金，身上披風猩紅，冰面上模糊地倒映出影子，暮色裡看，不似真人。

她踩著冰，輕聲問：「若我真落下去，你真要見死不救？」

似是回應一般，腳底突兀的一聲細響，棲遲腳步頓時停住了。她以為自己聽錯了，可也不敢再動，抬起眼看向岸上的男人，手指不禁捏緊了披風。

伏廷也聽見了，按在腰上的手放下，大步過去，已到冰邊，看見她不敢動的模樣，又強行收住了腳。

剛才他就想說，冰雖然厚，但總有薄的地方，不想她卻是先一步踩到了。

女人的臉在暮光裡盯著他，難得見她也有無措的時候。他一掀衣擺，在岸邊蹲下來，看著她說：「妳趴在冰上，或能避過一險。」

棲遲蹙眉，身為縣主，貴族教養出身，怎能趴在冰上？

但這男人只是看著，偏不過來。

她咬著唇，心裡慌了一下，很快便鎮定下來，道：「算了，我便自己走回去，若真不幸落入冰窟，傳揚出去，世人也是嘲笑你安北大都護見妻遇險卻不出手相救。」說罷她直接邁腳，踏冰而回。

腳下踩出一串碎裂聲響，她恍若未聞，直至岸邊，一隻手穩穩抓住她的胳膊。

身後，冰面裂開一塊，好在未碎。

伏廷早在她走過來時就站起了身，一把伸出手，眼睛牢牢地盯著她。

棲遲壓下微亂的心跳，看過去，他貼著她站著，假若剛才真的踩出個冰窟窿，他估計也能及時將她拉住。

她看了一瞬，低聲問：「你的氣可消了？」是在問錢的事。

伏廷抓她胳膊的手一緊，反問：「還有沒有下次？」

只要她不再犯，他也可以就此揭過此篇。說到底，畢竟也是幫了他，他不是不明道理的人。

棲遲胳膊被他緊緊握著，動不了，想了想，說：「先上去再說。」

伏廷鬆開了手。

二人回到坡上，上了馬。

棲遲這才開了口：「只要你他日還有需要，我便還會願意花這錢，所以我也不知還有沒有下次。」說罷她一拍馬，先往前而去。

伏廷握著韁繩坐在馬上，看著她絕塵而去，良久未動，險些要被她氣笑了。

他早知這女人狡黠，哪會這般好擺弄。

第六章　巧遣伶人

李硯揉了一遍臉，過了一會兒，又揉了一遍。

一張雪白的小臉都要被揉皺了，他才停手，嘆口氣，看向身旁：「姑姑，我真睡了那麼久嗎？」

說著話時，馬車正在繼續前行。

棲遲忍笑點頭，道：「千真萬確！」

李硯臉一皺，又揉了一下，心道：以後再也不能亂喝酒了。

若非要等他酒醒，今日也不至於到日上三竿才動身上路。想完，他探身至窗格邊，揭開簾子往外看。

外面羅小義瞄見了，大聲說：「世子別看了，已要到皋蘭州了，現在發現喝酒的好處沒有，睡一覺便到地方了！」

一句話，引得左右都笑起來。李硯放下簾子坐回來，有些難為情。

棲遲在他揭簾時也朝外瞥了一眼，卻只見到羅小義的身影，車旁並無他人，忍不住將剛放下的簾子又掀了起來，往外看去。

沒看見伏廷。她轉著目光，從前往後看過去，一直掃到車後方，對上男人的雙眼。

他打著馬，遠遠跟在後面，不上前。

她自然知道是為什麼，一隻手搭在窗格邊，對著他，手指輕輕勾了一下。

動作輕微，但伏廷還是看見了。

女人的手指只露了一半，食指極輕地屈了一下，一雙眼盯在他身上，便多了些不可言喻的意味。

那意思是叫他過去。伏廷下巴緊收，朝左右各掃了一眼，他的近衛軍都在後面，應當沒看到，再看向馬車，她仍舊隔著半掀的簾布看著他。

他手裡的韁繩一提，終究還是打馬過去，剛貼近窗邊，便聽到她低低的兩個字：「小氣！」

她眼波一掃，放下簾布。

伏廷盯住簾布，心中不禁好笑。

叫他過來便是為了說這兩個字。他不願意當一個被女人養的窩囊廢，倒還成他小氣了。

一瞬的工夫，車內傳出女人低低的聲音：「阿硯，你可知女子成婚後有歸寧的習俗？」

李硯答：「不知。」

「歸寧便是女子成婚後隨夫回娘家省親，回來那日，女子乘車，夫君需打馬貼車護送，一絲也馬虎不得。」話到此處，棲遲發出一聲嘆息，「可惜我未曾歸寧過，也不曾經歷過這樣的護送……」

伏廷一字不落地聽入了耳裡。

他們是在光州成的婚，自然不會有什麼歸寧。她在這時候提起這個，哪是要說給姪子聽，無非是說給他聽的。

他手攏著韁繩，眼盯著窗格。

須臾，便見簾布又掀開一點，女人的眼朝外看來，被他逮了個正著。

「滿意了？」他低聲說。他沒走開，還打馬護在車旁，她滿意了？

棲遲眼動了一下，心思得逞，輕輕「嗯」了一聲，便放下簾子。

李硯從旁靠近一點，道：「姑姑剛才是在與姑父說話嗎？」

她抬袖掩了掩口，正色說：「沒什麼，莫多問。」

李硯聽話地坐了回去。

也就一炷香的工夫，外面傳來羅小義的聲音：「到了！」

車馬入城，撲面而來的是喧鬧的人聲。

李硯按捺不住，坐到門邊，掀開厚厚的門簾往外看。

坐在外面的新露和秋霜一起打趣他道：「難不成世子還想下去逛一番不成？」

車隨即靠邊停了。

棲遲聽到羅小義說：「嫂嫂想帶世子下車走動走動也可，待到了落腳的地方，怕是沒那麼多空閒了。」

她看姪子一眼，見他萬分期待地盯著自己，點頭說：「也好。」

簾子打起，李硯立即就下去了。

棲遲落在後面，先戴上帷帽，才下了車，轉身便看見旁邊的男人。

伏廷已下馬，手中韁繩交給身後的近衛。

她正好站在他身前，被他高大的身形擋著，方便說話，低聲問：「可會耽誤你的事？」知道是他下令停的車，否則羅小義哪裡敢替他三哥做主。

伏廷說：「有片刻空閒。」

他方才在馬上已看到李硯探臉朝外觀望的樣子。一個半大的小子卻似甚少出門的模樣，還不如就近停車讓他看個夠。

李硯人已到前面了，但知規矩，還在等著姑姑。

棲遲看見，剛要走過去，又停步，回頭看著。

伏廷只見她帽紗輕動，臉朝著自己，也看不清她的神情，扯了下袖上的束帶，說：「如何，護車完了還要護？」

「嗯。」她回得乾脆，一副理所當然的模樣，彷彿在說：這不就是你身為夫君的責任嗎？

她轉頭去牽李硯。等走在街上，她再稍稍轉頭往後看，男人裹著皮胡靴的雙腿在後面不緊不慢地邁著，就跟在姑姪二人身後。

皋蘭州比不上瀚海府，更不及光州，沿街的鋪面一間挨一間，都沒什麼花樣，大多還是賣起居用具的。但在李硯眼裡卻是新奇的。

他進了一間賣雜貨的鋪子，盯著裡面的東西瞧，忽然驚訝道：「姑姑，這裡竟也賣光州的茶。」

棲遲早瞧見了，打量這鋪子一遍，看見牆上掛著的魚形商號，朝身旁的秋霜看過去。

秋霜朝她點了點頭。

她便明白了，這間鋪子是她的。

她親手打理的生意大多在長安洛陽、揚益二州那等商業繁華之地，如這等零頭買賣，一般都是交由秋霜打理的，若不看見，還真不知道。

伏廷一直在外面，此時看了日頭一眼，才走進來。

本是想提醒一下該走了，卻見李硯還在那擺物件的木板前站著，眼睛盯著一個小珠球，他不想費時，直接說：「買下吧。」

李硯聞聲抬頭，忙道：「不用了姑父，我只看看。」他怕麻煩姑父。

伏廷沒說話，已看向鋪裡，卻沒看見掌櫃。

棲遲悄悄朝秋霜遞了個眼色。

秋霜會意地挪動腳步：「我去將掌櫃尋來。」

不多時，掌櫃便跟著秋霜自後屋出來迎客。

伏廷一面指了下珠球：「買一個。」一面伸手入懷。

掌櫃稱「是」，開口報了個價。伏廷的手一頓，眼睛看過去。

那珠球雖是個小玩意，卻是繪了彩的，手藝東西多少值些錢，掌櫃報的怕是還收不回本。但緊接著，掌櫃又補上一句：「這原是做多了的，擺著也賣不出去，因而才賤賣了。」

伏廷聽他話語真誠，也不想再費時在這小事上，才取出錢來。

身側香衣鬢影，他轉頭，看見棲遲挨著他站著。

她兩根纖白的手指撚了一顆珠球在手裡看了看，又放回去，轉過臉，隔著帽紗看著他，問：「只給阿硯買？」

伏廷聽出她話中的意思，不信她會對這種小物什感興趣，盯了她一瞬，還是重新伸手入懷，改口說：「買兩個。」

兩個，只花了不到一成的錢。

外面，羅小義來催了，怕走晚了天又冷起來。

棲遲領著姪子坐回車上時，手裡還捏著那枚珠球。

李硯拿著那珠子團著有趣，她卻只是看著想笑。一時興起要了這個，其實還不是她自己的東西。他真買給她了，眼下卻又無處可放了。

最後只好解下腰上香囊，塞了進去。

車馬繼續上路，約莫半個時辰後，駛入一座高牆院落。

棲遲下車入內。

本以為這便是皋蘭州的都督府，走到裡面卻發現這裡並無處理公事的地方，庭院別致，花木卻疏於打理，陳設簡單陳舊，叫她想起當初的都護府。

忽然聽見遙遙幾聲馬嘶，她不禁掀了下眼前的帽紗。

伏廷看見，說：「馬場就在後面。」

她這才明白，這裡原就是連著馬場的一座別院，恐怕只有他們過來時才會用一下。

伏廷不喜那些煩瑣的虛禮，連皋蘭都督要來迎接他們入城都沒讓，每年都是徑直來這裡，已習慣了。他解了腰後的佩刀拋給羅小義，往裡走了兩步，回頭說：「去看一下頂閣可還空著。」

這別院圍著馬場而建，雖因如今北地境況困窘，不似當年舒適，但屋舍眾多。最高的一座是頂閣，也是最好的。只因今年皋蘭州來報說，其他州府的貴人來得多，恐怕已被入住了，他才會這麼說。

羅小義有數，口中笑道：「頂閣每年都給三哥留著的，怎會不空著？」

他三哥又不是貪圖享受的，問這個無非是怕怠慢了自己帶來的家眷罷了。說罷他走去門邊，向新露和秋霜指了個路。

兩個侍女行一禮，先行一步過去打點。

李硯到此時才將那枚珠球收了起來。

棲遲摘了帷帽，領著他去住處。

剛到半路，新露和秋霜一前一後過來，腳步慌忙。

她停住問：「有事？」

新露與秋霜彼此對視一眼，誰也不開口。

棲遲拍拍李硯的頭，叫秋霜先帶他去歇著。

待秋霜將李硯帶走了，她轉頭，再問新露：「到底什麼事？」

新露近前，將事情細細稟明——

她與秋霜方才去料理頂閣時，發現一名女子。

棲遲神情微動：「什麼樣的女子？」

新露看過左右無人，又貼近她耳邊說了下去。

棲遲聽完，點了點頭，什麼也沒說，將手中帷帽交給她，繼續往前走著。

至頂閣，她走進去，手提衣擺，踩著木扶梯走到轉角，才停了下來。靜靜的，似有樂聲。

下方腳步聲響，她轉頭，看見伏廷走了進來，身後是羅小義，正往另一頭走去。

她走下去幾步，輕輕咳了一聲。

伏廷停步，轉頭看她。

棲遲指了下樓上，問：「上面有個女子在等你，知道嗎？」

他沉眉：「什麼？」

突如其來的一句，連羅小義也始料未及。緊接著他反應過來，拉著伏廷走開兩步，低聲說：「不好了三哥，怕是以前那個。」

伏廷仍未記起：「哪個？」

羅小義瞄了那頭站著的嫂嫂一眼，再小聲提醒一句：「就是那個，箜篌女。」

伏廷這才有些印象。那是以往皋蘭都督見他每次都與羅小義一等男人同來，身側無人，給他安排個陪伴的，據說是長安教坊出身，彈得一手好箜篌。他忙得很，根本不曾理會，連相貌都記不清了。若非羅小義提到「箜篌」，他根本想不起來。

他轉身看著棲遲。

她立在四五步高的樓梯上，看著他，似在等一個說法。

伏廷朝羅小義揮了下手，示意他先出去。

羅小義覺得情形尷尬，乾咳一聲，訕訕地走了。

伏廷走到樓梯前，踩上去兩步，看著面前的女人，問：「妳要如何處置？」

棲遲看著他，他人太高，此刻矮了幾層臺階，才恰恰與她齊平。她與他目光平視，挑眉：「你叫我處置？」

新露方才說，她們當時問過那女子，對方說是在等大都護的。他卻叫她處置。

伏廷說：「妳是我夫人，這種事本就應由妳處置，不然要由誰來處置？」

棲遲唇邊帶了絲笑，追問：「我是你什麼？」

他轉過頭去，嘴角提了一下，她本就是他娶進門的夫人，是大都護府的當家主母，又沒說錯，知道她聽得清清楚楚，偏要裝作沒聽清。

再轉過頭來時，他刻意將臉貼近了一寸：「夫人，聽見了？」

棲遲本是故意問的，卻沒料到他會突然接近。一下看入他眼裡，被那漆黑的眼珠盯住，她不禁聲輕了：「嗯，聽見了。」

伏廷看著她鎮定的臉，又掃了她的耳根一眼，微微的有點紅了，那一點紅連著雪白的脖子，晃人的眼。他不知道這算不算是治住她一回了。

「這是你說的，」她忽然又說：「那便任憑我處置了。」

「我說的。」伏廷目光收回來，腳一動，轉頭下了樓梯，出了閣樓。

真就將這裡留給了她。

棲遲在樓梯上站著還未動，緊跟著又有人進了門。

是羅小義，一跨進門他就道：「嫂嫂，千萬不要誤會。」

他剛才看見他三哥走的，還以為他們夫妻吵了架，心知他三哥不善多言，特地過來解釋的。

棲遲雙手收在袖中，也不說話，只聽他說。

羅小義道：「那女子是當初皋蘭都督送來作陪的，也不能說是壞心，討好三哥的罷了。今年已發話給他說要帶嫂嫂來，料想他不敢做這種事，想必是那女子來慣了又自己過來了，反正不是三哥自己找的。何況三哥對那女子似不大中意，我日日與三哥在一處，就沒見那女子進過他的房。」

他覺得話說到這份上，已是很明白了。說一千道一萬，他三哥沒碰過那女子，還不夠嗎？然而眼前的棲遲依舊只是站著，不發一言。

他有些急了，嗓子乾咳兩聲，尷尬地壓低聲音：「嫂嫂要如何才能信三哥，他渾身上下的錢都投入軍中去了，哪有閒錢養女人啊。」

若非出於無奈，他真不想這麼說，這也太讓他三哥沒顏面了。

棲遲抬袖遮了下唇，否則便要忍不住露笑了，而後才說：「所以他身無閒錢，於我倒是好事一樁了。」

羅小義笑得更尷尬了：「正是啊。」

話是這麼說沒錯，可總覺得叫他三哥失了顏面。畢竟也是個位高權重的大都護，別的權貴哪個不是三妻四妾的。

他三哥是個特例，本就是軍營裡摸爬滾打出來的，忍心定性都沒話說，沒那等花天酒地的習性，又逢上北地如此境況，真是權貴裡過得最慘澹的一個了。

棲遲看他臉色，便知他也是無奈才說了這番話，不難為他了，點了點頭說：「我心中有數，你放心好了。」

羅小義終於鬆了口氣：「我想著嫂嫂與三哥還不知道有沒有揭過那錢的事，可別又鬧僵了，既然嫂嫂這麼說，那我便放心了。」說完他才出去，到門口還回頭看了她的神色一眼，確定無事後才放心地走了。

棲遲目送他出去，轉身踏上樓梯。

直到閣上，她在層欄邊站定後，往下望出去，望見伏廷遠去的身影。

男人軍服貼身，收束出寬肩窄腰的一個背影，身如勁松。

她看著，想著羅小義說的話，其實早已猜到了。他一個大都護，若真與那女子有了什麼，直接收入府中就好，又有誰能說什麼。他卻沒收。

如他這般的男人，若那麼容易就能攀附上，那她倒也不用如此大費周章了。她舉起手指，隔空點住他的背影，輕輕地圈了一下，似是將他澈底圈牢了，唇邊不禁有了笑。

「家主。」身後，新露和秋霜到了。

棲遲回神，斂了笑，收回手，說：「走吧，去看看那到底是個什麼樣的女子。」

一路走去，隱約的樂聲越來越近。新露和秋霜當先而行，至房間門口，一左一右，撩起門簾。

屋內原本三三兩兩的樂聲頓時一停。

棲遲提衣邁步走入，抬眼看見一個女子跪坐在案席上，髮綰斜髻，羅衣彩裙，臉上敷得雪白，一雙細細的眉眼，頗有風情，又看到她身前，那裡擺著一架精緻小巧的鳳首箜篌。

新露正要開口亮出家主身分，不想卻讓她搶了先。她膝行兩步，下拜：「一定是三哥的夫人到了，賤妾杜心奴，問夫人萬安。」

新露和秋霜聞言都冷了臉，氣憤這女子竟有臉叫大都護「三哥」，幾乎同時看向家主。

棲遲卻神色自若，一句話便看出這女子的心思，不過是想讓她氣惱罷了。按照羅小義的說法，這稱呼無非是從羅小義那裡聽來的。這個叫杜心奴的，竟是個聰明人。

她朝秋霜招一下手，低語了幾句。

秋霜聽完，快步出去了。

棲遲這才走去案席上，斂衣而坐。

杜心奴便退讓到下方去了，萬分恭謹的模樣，叫人挑不出一絲錯來。

棲遲也不想挑什麼錯，輕輕掃了那架鳳首箜篌一眼，開口說：「聽說妳精通箜篌，能否為我彈奏一曲？」

杜心奴一怔，抬了頭，這才看清這位大都護夫人。

案席上的女人身著猩紅披風，烏髮雲鬢，膚白勝雪，下頷微尖，黑白分明的一雙眼眸。出乎她的意料，竟然是個貌美的。

她一個外人，並不知內情，只是以往見那位大都護每次都是孤身而至，便猜測他一定是對原配夫人不滿意。可眼下看，這等容貌，有什麼不滿意的？

再轉念一想，她方才一激，本是想惹這位夫人動怒，好博一個恭順的名聲，或許能叫大都護憐憫，收在身側。偏偏眼前這位夫人沒動怒，不僅沒動怒，還神態平和，端坐著，似是真想聽曲的模樣。

杜心奴一時琢磨不透，只好臉上堆出笑，答：「賤妾唯此一道能拿得出手，夫人既然想聽，自然遵從。」說罷她取過鳳首箜篌，斜抱於懷中，輕輕撫弄。

樂聲傾瀉，潺潺不斷，時而綿綿，時而錚錚，空靈飄然，若山間回風。

棲遲只聽了個開頭便覺此女技藝精湛。

漫長的一曲。直到快結束時，秋霜才返回，後面還跟著兩個僕從，各抬一只箱子進來，放下後便垂手退了出去。

杜心奴手撫著箜篌，眼已掃到那兩只箱子，又看案席上端坐的女人一眼，心中揣測著她的用意，手一劃，收了尾。

棲遲點頭，說：「賞。」

秋霜掀開箱子，從裡面取了一匹紅綃出來，放在箜篌旁。

杜心奴心中詫異，才知道這箱子裡裝的竟是這等昂貴的輕薄絲綢。她轉了轉眼珠，問：「夫人這是做什麼？」

竟會賞她？杜心奴險些要懷疑這位夫人是不是忘了自己是來與她爭寵的了。

棲遲淡笑：「妳有此技藝，當得此賞，拿著便是。」

這是真心之言，縱然她身為縣主，也很少聽到這樣精彩的箜篌曲。只說此女的造詣，她確實是心悅誠服的。

她此行輕裝簡從，所帶多是飛錢，這些還是剛才叫秋霜去她名下最近的綢莊裡取來的。

杜心奴良久無聲，發現這位夫人與她所想的一點也不同。

棲遲見她盯著自己不說話，便知她在想什麼，也不多言，只說：「可還有拿手的，儘管彈出來吧。」

一旁的新露和秋霜相視無言，家主這是怎麼了？這可是明著來攀搭大都護的人，什麼也不做也就罷了，竟還打賞，彷彿就是來聽聽曲的。

伏廷再回到頂閣裡時，遠遠就聽到一陣悠揚的樂聲。

他立在樓梯前，停住，想起之前站在這裡的女人，又想到她那一句「這是你說的」，不禁嘴角一抿，心說彷彿怕他會反悔一樣。

一個他自己毫無印象的人，連話都沒說過，既然已經交給她，她還有什麼好信不過的。

想到此處，他抬眼上望，樂聲還沒停。

沒有其他動靜，聽不出那女人到底在幹什麼。他抓著衣擺往腰後一掖，跨步上樓。

房間憑欄，一扇開闔的窗。雕花窗櫺的上方有一處窗紙裂了，尚未來得及補上，露了一個缺口。

伏廷身量高，站在那裡，兩眼正好能透過缺口看到室內的情景。

室內滿是箜篌聲，他的目光落在案席上，看著那裡的女人。棲遲微微斜倚在那裡，唇邊帶笑，眼睛看著彈箜篌的女子，專心聽著樂曲。

他又看到那箜篌女的腳邊已經堆了一摞紅綃，倚著牆，抱起雙臂，眼盯著室內，心說這就是她的處置之法？

又是一曲停了。

棲遲再度開口：「賞。」

秋霜已記不清是第幾次將紅綃放去那女子的箜篌旁了。

杜心奴垂下雙臂：「夫人厚賞，我再無可彈的了。」

其實，她是被驚住了。這樣昂貴的薄綢，在這位夫人眼裡卻好像根本不值錢，起先是賞一匹，而後是兩匹、三匹……眼下那兩箱都快全成她的了。

大約她不說停，還會源源不斷地受賞。她從未見過這樣的女人，不知究竟是何用意，已心生忌憚了。

棲遲自案席上坐正，嘆了一聲：「可惜，既然如此，那只能說些別的了。」

話說完，便見眼前的杜心奴跪端正了，頭低著，後頸至肩都拉緊了一般，她心中好笑，是嚇著人家了不成？

其實她已很收斂了，是因為對此女只有一面之緣，尚不知對方心性如何，倘若是個愛財的，見她出手如此闊綽，誤以為大都護府無比富裕，反而會愈發地纏上來。但聽到現在，她卻又覺得能沉心琢磨出如此精湛樂技的人，必定也是有些心性的。

她問：「妳一年所得樂資幾何？」

杜心奴一時沒答，是在想該如何回答。

棲遲沒等她回答又開口道：「無論妳所得幾何，說個數，我給妳十倍，妳領錢而去，可自行安排此後的生活。」

她手臂搭上靠墊，坐舒適了，緩緩道：「或者，妳真是對大都護匆匆幾面便生了愛慕之心，要誓死追隨，也不是不可。我將妳買回去，此後只要得閒時，妳在我身旁彈上幾曲，便可衣食無憂，不用以色侍人，自然也就不用擔心有朝一日會色衰愛弛。」

杜心奴抬頭看著她，懷疑自己是不是聽錯了。照她的意思，買自己回去，是為了伺候她的，卻是近不得大都護的身。

棲遲看著她的臉色，柔柔又補了一句：「如何抉擇，全看妳自己。」

一室無言。

新露和秋霜原先雖有不忿，此時卻又釋懷了。這就是她們家主的做派，早已習慣了。

許久的安靜之後，霍然傳出一串笑聲，是杜心奴。她笑了好一陣，連手掌都拍了兩下：「夫人是賤妾平生見過最有意思的人了。」

棲遲也笑道：「我還以為妳要說我是出手最大方的呢。」

杜心奴又笑了兩聲，道：「自然也是最大方的。」

叫她隨口開價，再加十倍的，當真是頂大方的一個了。她收起笑，拜下去：「賤妾願領十倍樂資而去，此後專心事樂弄音，再不糾纏。」

棲遲並不意外，如她所料，這是個聰明女子。

她經商時見識過太多苦出身的女子，天底下有那麼多可憐人，若非走投無路，有幾個願意看別人臉色去以色侍人，何況那還是個對她不聞不問的男人。

她朝旁邊看了一眼，秋霜和新露便馬上領人出去了。

杜心奴抱起鳳首箜篌，臨走前又拜了一拜，看了看棲遲的臉才離去。

棲遲聽久了，也累了，捶了兩下發麻的小腿，從案席上站起來，走出門。

踏著樓梯下去，轉過身，她便看見站在那的男人。

伏廷站在樓梯旁，身姿筆挺，直直地看著她。

棲遲不知道他是否看見那個杜心奴被帶走了，站在他身前說：「人我已送走了。」

「我看見了。」他說。

棲遲心思微動，問：「我處置的如何？」

如何？伏廷想起先前所見，薄唇輕抿。有風度，有涵養，出手闊綽，不急不躁，幾句話就將對方打發了。興許別人還對她生了感激。連他也心生佩服。

但見眼前的女人在等他回應，他開口時卻故意說：「善妒。」

棲遲眼睫輕顫了一下，確實，身為一個正室夫人，不管如何，到底還是把人送走了，的確算不得賢良淑德。

她盯著眼前的男人，目光漸漸落在他的軍服上，上面沾了路途的風塵，翻折的領口灰濛濛的，貼在他結實的胸膛上。

她手指動了一下，輕聲說：「便當我善妒好了。」

伏廷看著她，沒想到她還大大方方承認了。下一刻，他胸口上便多了根手指。

棲遲的手指點在他胸口處，輕聲說：「反正你身邊除我之外，不可能有旁人，來一個我還會再送一個，來十個我就送十個。」

伏廷看著那根手指，緊了腮，目光轉到她臉上，牢牢盯著。敢對夫君這麼放話的，他還是頭一個見，竟有些想笑，嘴角一動，又想激她：「憑什麼，就憑妳是我夫人？」

棲遲忽然收回手，是因為聽見外面的腳步聲，應當是新露和秋霜回來了。

她眼看著他，猜不透這男人是不是故意這麼說的，暗暗咬了下唇，低聲回：「不錯，就憑我是你夫人。」

她在他身上如此付出，他日終是要收回來的，豈會叫別人摘了碩果。這男人，還有這男人背後的一切，除她之外，誰也別想染指。

新露和秋霜到了門口，她若無其事地走了過去。

伏廷抬手按了下胸口，彷彿她點的那一下還在，回想她方才的眼神，竟有些後悔故意激她了，倒讓她生出了幾分認真來。

隨即卻又想笑，他是沒想到，她竟然還會有蠻橫的時候。

第七章　瀚海包場

住在這座臨近馬場的頂閣裡，就連半夜也常能聽見馬嘶聲。

棲遲睡得並不好，但還是一早就起了身。只因今日伏廷要去馬場，她這個大都護夫人也要隨行。

她坐在鏡前，想著稍後需見外人，對正在給她梳妝的新露說：「妝上重些。」

新露應「是」，給她綰了個莊重的宮髻，又忙著描眉，忽然想起缺個幫手，朝房門口看了一眼，疑惑道：「怎麼沒見著秋霜？」

正說著，秋霜就進了門。

新露想叫她來搭把手給家主選珠釵，她卻像是沒瞧見示意，走到棲遲跟前說：「家主，方才羅將軍將我叫去了。」

棲遲看向她。

秋霜不等她發問便繼續說下去。羅小義叫她去，是為了問打發那箜篌女時花了多少銀錢。

棲遲先是想他問這個做什麼，隨即就想到，他怎會知道她在杜心奴身上花了錢？她問：「妳告訴他了？」

秋霜回：「未得家主吩咐，只說了個大概。」

「那他如何說？」

「他說記下了。」

記下了。是要還給她不成？棲遲頓時就明白了。

羅小義怎會想著來擔她的花銷，必定是伏廷讓他問的。他竟然知道她在杜心奴身上花了錢，那便一定是看見她是如何處置的了。

他明明看見她是如何處置的，竟還說她善妒？真覺得她善妒，又何必來過問她花了多少銀錢？這男人，果然是故意的。

棲遲有些氣悶自己又遭他耍弄，隨即卻又笑了，心說：可真是個嘴硬的男人。

到底不是真說她善妒，心情瞬間好了許多，她轉頭說：「我自己選個裝點吧。」

新露立即將沉甸甸的首飾盒子捧到她跟前。

妝成，從頂閣裡出去，僕從稟報說：大都護已與羅將軍先行一步去馬場了。

李硯還乖乖地等在車前。他有些期待，一面哈著氣暖手，一面道：「姑姑，我還是頭一回見識馬場呢。」

棲遲將揣著的手爐塞給他，給他拉了下身上的大氅，說：「跟著你姑父，以後有的是這樣的機會。」

她想帶他來這一趟是對的，至少他與伏廷親近多了，這是好事。

今日無風無雪，還有日頭在，雖然依舊很冷，卻是個看馬的好天氣。

馬場中的一座高臺，連著他們落腳的別院而建，矗立在馬場邊沿，上面分隔成一間間的獨室，是供人休憩之所，也是個觀望馬場的好地方。

棲遲登上高臺，走進其中一間，站到窗邊朝外望，能看見圍欄裡擠在一起的馬匹，蔚為壯觀。

近處，李硯已跟著新露走動去了。遠遠的，有不少車馬正在駛來。她細細看了看，猜測那些應當就是從其他州府過來的達官顯貴們了。

身後門簾忽的一響，她回頭，看見那個嘴硬的男人。

伏廷一身蟒黑胡服，腰上慣常佩刀，低頭進來，抬起眼，在她身上停頓住。

棲遲自知今日是特地打扮過的，頭上髮髻莊重，臉上妝容精緻，故意迎著他的視線，輕聲問：「如何，好看嗎？」

伏廷眼動了兩下。他一直知道她是個貌美的女人。

棲遲根本不等他開口，接著便說：「算了，我不過是個善妒的，如何能好看的起來。」

伏廷眼稍沉，目光追著她，看她神色自若，便知她是故意的，心說這是又回敬過來了。他也不多言，坐去一旁榻上，手在旁邊拍了一下，說：「過來坐著。」

棲遲挑眉，她知道這男人那點氣還沒過去，這幾天一直與她彆扭著，昨日還刻意說她善妒，此刻竟然會讓她到他身邊坐著。她心中意外，一時沒動。

伏廷眼看著她，手又在身側拍了一下，低沉沉地說：「如何，不願意？」

忽在此時，外面有僕從來報：「臯蘭都督攜家眷前來見禮了。」

棲遲一怔，這才知道他說這話的意思，原來是為了接受拜禮。她蹙了下眉，又好氣又好笑，緩緩走過去坐下，故意沒看男人的臉，只看到他挨著她的腿，繃得緊緊實實的，心中暗道：這塊石頭，最好別落我手裡。

一行三人進來行禮。為首的著圓領官袍，身後跟著牽著孩子的豐腴婦人。

棲遲看了一眼，發現這位都督竟也很年輕，只因下巴蓄了一撮短鬚，才添了些老成。她瞥向身側的男人，心裡默想：他手下全是如羅小義和這位都督這般正當年富力強的人，無疑也是一筆有力的資本了。

伏廷與臯蘭都督說著馬場的事，又問了一下今年來了哪些達官顯貴。她沒仔細聽，目光轉到那位都督身旁的孩子身上。

一個五、六歲的男孩，依偎在父母身旁。她不禁想起外面的李硯，當初他也曾是這般冰雪可愛的模樣，只可惜此時早已無父母可依偎了。

忽然腰後一沉，棲遲從思緒裡回過神來，察覺自己腰後竟多了隻手，往旁看了一眼，是伏廷。

他一手托在她腰後，臉偏過來一些，盯著她。

棲遲看向前方，才發現原來是臯蘭都督正在拜見她，她走神了，竟沒察覺。

皋蘭都督搭著手說：「夫人今年來得巧，剛好逢上最熱鬧的時候。」

棲遲方才並未仔細聽他們說話，問：「如何熱鬧？」

皋蘭都督答：「往年也常有貴客來馬場賞玩，但今年來的是最多的，皋蘭州已半月車馬不息了。」

棲遲心說原來是說那些權貴。她知道二都之中有許多王公貴族偏愛玩馬，曾有人重金買馬，一買數匹，早已見怪不怪。她無甚興趣，只點了個頭，算是應答。

皋蘭都督攜妻兒又拜了拜，告退出去。

她再看身旁，男人的手到此時才收回去。

他眼看著她：「發什麼呆？」

棲遲不想讓他知道，尋了個話題：「在想以往我不在，你都是如何見他們的？」

「只見下官，不見家眷。」他說。

她心想說得這麼乾脆，可見過往眼裡只有公事。忽然動了個心思，她又問：「那你為何不乾脆將我接來？」

話音慢慢的拖長了，她的眼神也飄過去，盯著男人眉目英挺的臉：「是不是我不來，你便永不會去接我？」她也不知為何會問起這個，或許是早就疑惑了。

伏廷被問得沉默了一瞬，才說：「不是。」

他一個男人娶了妻豈會一直乾晾著，無非是看北地境況不好，想過了這道坎再去接她罷了。

反而是她忽然自己過來了，讓他始料未及。更始料未及的是，她來了後做的事。

想到這裡，伏廷便想到那一筆補軍餉的錢。倘若事情傳揚出去，那他堂堂一個大都護，連剛才坐在這裡接受下官拜禮的顏面都沒有了。

他抿著唇，站起身來，去窗邊看馬。

棲遲一直看著他，有些詫異。想起初入府時，他沒將她當回事的樣子，本以為不會有什麼好聽的話了，卻沒想到他直接說會去接她。

忽然聽到外面一連串腳步聲，似乎有不少人上來了。眾人談笑風生地散入各個獨室裡去。皋蘭都督與他們談笑的聲音一併傳過來。

他急急忙忙，竟顧不上棲遲在場，開口就道：「三哥，來了一批上好的馬！」

忽然又傳出一陣驚呼聲，棲遲正奇怪是出了什麼事，門簾一動，羅小義走了進來。

伏廷轉身。

羅小義抬手抹了下額頭，上面竟有浮汗，是急跑過來導致的。他一臉的笑，飛快道：「方才一群西域馬商趕過來的，與我們馬場裡養得不相上下，是可做戰馬的良駒。」

伏廷聞言腳一動，剛要出去，皋蘭都督揭簾而入。

「稟大都護，外面來了一批好馬，但被截住了。」

他皺眉：「什麼叫『被截住了』？」

羅小義也變了臉，他方才見還好好的，那群馬商就待在馬場門口，怎麼忽然有變數了。

臯蘭都督答：「是那些前來賞玩的權貴，眼見得不到我們馬場裡的好馬，便想買這群西域馬商手裡的，剛說好了，要在此地競買。」

棲遲透過簾縫朝外看，什麼也沒看見，猜測方才那一陣驚呼聲便是因為權貴們看到那群新到的好馬。

她悄悄看了站著的男人一眼，他早已冷了臉，雙唇抿得緊緊的。

羅小義見他三哥這般神情，便知不妙，一手摸腰，都有去截的心了。他忍耐著又說了一句：「三哥，那批馬不能放，我們剛擴了軍，急需培養騎兵，馬場的馬又不夠，眼下這批若是能補上是再好不過的。」

伏廷說：「廢話！」他會不知道？

偏偏這批馬早不來晚不來，趕在這群人在的時候來。

臯蘭州數年難以渡過難關，多虧臯蘭都督開放馬場，引那些權貴過來賞玩，賺取了不少厚利，為北地減輕不少負擔。沒想到如今卻又成了壞事。一群散賣的馬商，又與馬場沒有約定，他總不能強迫別人不許買馬。

伏廷看了榻上的棲遲一眼，不想叫她聽見太多，朝左右又看了一眼，說：「出來。」

羅小義和臯蘭都督都跟了出去。

棲遲看著他們出門，暗暗揣度，看眼下境況，是都想要這批馬了。

她站在商人立場，倒是覺得這群胡人馬商很精明。競買，便是人人都有機會，價高者得，既不得罪諸位權貴，又能賺取高價。何況他們也真是占盡了運氣，不是所有買賣都能逢上這樣供不應求的境況的。

她在榻上坐了許久，想著那男人的神情，不由嘆息，那樣一個男人，偏偏遇上這樣的困境。

不知過了多久，門簾又被掀開，伏廷回來了。他走到窗邊朝外看了一眼，回頭說：「走吧。」一似是無事發生。

還沒動腳，羅小義又追進來，直奔他身前，低低說了句話。

棲遲已聽到，他說的是：「三哥，真不要了嗎？」

伏廷低叱：「滾。」

羅小義臉一僵，轉頭朝棲遲身上看了一眼，嘴動了兩下，似是想說話，又看看他三哥，摸摸鼻子，默默出去了。

伏廷看了棲遲一眼，抿住唇，猜到她已知曉。

他方才去看了馬，也命皋蘭都督去周旋過，競價是高利，馬商自然不願放棄。雖看在都護府的權勢上願意讓步，按照規矩，也要一次結清。這筆數目，叫他想到那筆軍餉。

他不禁扯了下嘴角，自嘲：真是所有難關都被她看個夠了。

棲遲起身，攔住他的路，伸手朝窗外指了一下。

伏廷順著她指的方向看去，看見一群皮毛光亮的好馬，遠遠地擠在草場一角。

耳側，忽然傳來女人輕輕的聲音，棲遲踮起腳，在他耳側輕輕問：「你想要是嗎？」

會這麼問，棲遲其實帶了很重的私心。

想要他好，想要他的三軍強悍無可匹敵，他越強，她和李硯的倚靠便會更加穩固。所以明知這男人會有何等反應，她還是問了。

你想要是嗎？

果然，伏廷立即轉頭，死死地看著她，聲音低沉，壓在喉嚨裡：「妳想都別想！」

棲遲眼神微微一動，攏著手站在他眼前：「我身無長處，唯黃白之物多些罷了，也只能這樣幫你了。」

這樣的謙辭，簡直要叫伏廷笑了。她豈會身無長處，一身都是長處。聰慧、狡黠，甚至她口中最不值一提的錢多，就是他現在最大的短處。

他吸了口氣，盯著她：「妳當這是打發一個箜篌女？先前的事還未過去，妳休想再動心思。」

棲遲捏著手心，心說：這男人怎就如此固執，口中卻問：「為何？你分明最需要這批馬。」

伏廷眼睛望向窗外，又看到那批馬，心沉到了底。確實，一批好馬，與其淪為權貴們飼養的玩物，不如衝鋒陷陣保家衛國。但境況如此，莫可奈何。

「妳信不信命？」他忽然問。

棲遲蹙眉，她若信命就不會來這裡了，沒想到這男人看著有骨氣，竟會說出這種話來。

她不禁有了幾分惱意，涼涼道：「不信。」

伏廷霍然說：「我也不信。」

她一怔，又聽他說：「所以眼下得不到又如何，他日終能得到。」

棲遲一時無言，心說原來如此，方才所想竟是輕賤他了。

外面傳來眾人紛亂的話語聲，競買要開始了。一個僕從托著漆盤無聲無息地掀簾進來，放下後便退了出去。

盤中盛著一摞籌牌，這是用以計價的，方便諸位貴人投擲競買。

棲遲知道一定是送錯了，因為伏廷並不打算參與。

他已看見，邁步要走。

棲遲伸手拉住他的衣袖，問：「若一直這樣，你便一直不要馬了嗎？」

伏廷臉僵著，想著之前不得不叫一個都督去與馬商調和，這已是他做大都護以來最為窘迫的境地了。

瀚海首府，統領八府十四州，他本可錦衣玉帶，富享一方，區區一批馬，一口買入，掀個眼的事，偏偏遭逢天災，連逢戰事。這北地各部百姓都是他要兩手攏護的，總不能去強吸他們的血肉來富自己。

看女人拉著他的手，他咬緊牙關，心想一直？他不信會一直這樣下去，驀地冷笑一聲：

「老子不信邁不過這道坎。」

棲遲錯愕，卻見眼前男人身姿筆挺，瘦臉剛正，一雙眼中眸光堅定，說不出的剛毅。她被他一身的傲氣懾住，手指不禁鬆了。

伏廷感到袖口一鬆，抿住嘴角，是察覺到自己的話說得太粗莽了，知道她出身貴重，他自己一身軍營悍氣，在她面前多有收斂，從沒說過這樣的匪氣之言，剛才卻沒管牢嘴。

他看她的臉一眼，見她垂眼看著地，怕是嚇到她了，不禁緩下聲來：「妳別參與就行。」

棲遲抬眼看他：「我說過的，只要你一日還有需要，我便會還願意花。」

「我不需要。」他斬釘截鐵，看見她的眼神，又補了一句，「妳的錢只花在妳自己身上。」

他一個頂天立地的男人，高官之位，重權在握，這幾年都堅持下來了，沒道理如今軍需樣樣都要靠女人。他不想活得那麼廢物。

「好吧。」棲遲忽然說。

伏廷眼一凝，沒想到她會鬆口。

她點頭，又說了一遍：「好吧，我答應你就是了。」

不是真想錯過這批馬，也知道他口是心非，但方才已逼出他那樣的話來，再堅持便是折了他的傲骨了。

伏廷無言，她說服軟就服軟，反而叫他不習慣了。

「三哥。」外面羅小義輕輕喚了他一聲。

他看著棲遲，聲音不覺輕了許多：「妳在此等我。」

棲遲點頭，乖乖地走到榻上坐下了。

伏廷又看了她一眼才離去。

他走了，她的眼睛便看向那漆盤中的一摞籌牌，一指來長的籌牌，各室不同色，送入這裡的是紫竹雕成的，一根便代表一番。

她手指撚了一根，把玩著，琢磨自己退步讓出這批馬是不是做對了。

外面忽然一聲報價，報出的是底價，接著「啪」的一聲輕響，籌牌拋落。

又是一道朗聲報數，競價已開始了。

棲遲又為那個男人感到可惜，那樣一個錚錚鐵骨的男人，若是沒有這樣的境遇，該是何等的作為。

轉而她又想：她沒有看錯人。

突來一聲低喚：「嫂嫂。」

棲遲看向門口。

羅小義並未進來，只隔著門簾低聲問：「嫂嫂可與三哥說好了？」

「說好了，」她說：「我答應他不參與了。」

羅小義竟像是鬆了口氣：「嫂嫂不參與也好，我也覺得再用嫂嫂的不妥，三哥去與皋蘭都督說事了，我在此陪嫂嫂觀個片刻。」是伏廷叫他來的，叫他來看著動靜，他便過來守著了。

他是最捨不得那批馬的，也確實動過心思想請嫂嫂幫忙，但做人得講廉恥，總不能一而再再而三地伸手向她要錢。算了，不要也罷了。

這點說話聲很快就被外面一陣又一陣的報價聲遮掩了。

棲遲方才聽到了底價，在她眼裡不算高價，不免又覺得可惜了，但既然已答應那男人，也只能聽著。

新露領著李硯走動完了，正好回來。李硯沒見過這陣仗，進來便問：「姑姑，外面這是怎麼了？」

棲遲說：「搶馬。」

門邊羅小義接了一句：「可不是。」心在滴血。

李硯方才進來時特地看過，這高臺正中是空著的木板地，用薰香灰澆了個圈圍著，四周獨室門前簾子都掀了一半，裡面時不時有籌牌拋出來，就落在那圈中。只有他姑姑這間，門簾是垂嚴實的。

他回憶了一下，告訴姑姑：「應當是斜對角那間能搶到了，我見那邊拋出來的是最多的。」

門外羅小義聽見，朝那間獨室看了一眼，簾子裡果然又拋了一根出來。他早就注意到，也打聽過對方，「嘖」了一聲道：「邕王的人。」

室內傳出棲遲的聲音：「你說誰的人？」

羅小義以為她沒聽清，又說了一遍：「邕王。」

棲遲在室內已聽清了，都想笑了，還能在此遇上。她問：「他買馬做什麼？」

羅小義說：「聽聞前些時候他纏上了什麼質庫的事，人人都笑他窮到典當王妃首飾，氣得他砸了那間質庫，眼下正四處花錢好鬮謠呢。」話到此處又是一聲「嘖」，他在想這些權貴的閒錢給他們北地多好。

棲遲朝新露看了一眼。

新露過來小聲說：「是有這事。」

邕王不敢大張旗鼓叫兵去砸質庫，畢竟是違律的，只叫幾個家丁去的，沒弄出什麼事來，底下的人也沒損失，便沒上報。

棲遲手上事多，的確不用事事都報，眼下卻是知道了。她想也許是給邕王的教訓還不夠，自己教子不嚴，倒還怪起她的質庫了。

「掀簾。」

門外的羅小義聞聲回頭，就見新露將門簾挑開一半。

一隻手伸出來，一拋。「啪」一聲輕響，籌牌飛落在外面圈中。

立即有人喊：「新增一方競價。」

羅小義愣住了，這才反應過來，他嫂嫂忽然出手了。

伏廷出去一趟，讓皋蘭都督去與那批馬商訂了下一批馬，以給予北地經商便利的條件，壓低了價。

剛返回，就見門口的羅小義在搓手，見到他，立即迎上來，低聲說：「三哥，嫂嫂出手了。」

伏廷臉一沉，轉眼就看見半掀的門簾，女人的手伸一下，拋出一根籌牌。他叫羅小義過來便是防她出爾反爾，沒想到竟成真了。

羅小義怕他動怒，一手推著他的胸膛，解釋了一句：「原本沒動作，不知為何，嫂嫂一聽到『邕王』的名號便出手了。」

伏廷一言不發，越過他進了門。

臨門擺著一張胡椅，棲遲坐在胡椅上，一隻手正要往外拋，看見他進來，便停住了。

伏廷先沉默了一瞬，想到羅小義所言，也沒動氣，只問：「為何？」

「我是答應你不參與。」棲遲自知理虧，語聲軟軟地道：「可你也說過，我的錢要花在我身上。」

她攥著手裡的籌牌，一口氣說：「邕王欺侮過光王府，我花錢殺他威風，便是為我自己花錢，與你無關。」

伏廷凝眉：「當真？」

一旁的李硯輕聲接話說：「姑父，是真的……」他知道源頭在他這裡，看姑父來勢不對，不得不解釋。

「不必多說。」棲遲打斷他，聽到外面報價聲手又想拋出去，停住，眼睛看向身旁的男人。

伏廷看了看李硯，便知這不是謊言，這不是個會撒謊的孩子。他的臉還是冷著的，卻走開兩步，站去門邊。

許久，他忽然說：「拋吧。」

棲遲眼一動，不敢相信：「真的？」

就連羅小義都驚駭地掀了一道簾縫看進來，擔心是自己聽錯了。

伏廷被她盯著，點頭：「妳要為自己出氣，我不攔著。」

身為一個男人，聽到自己的夫人說想出氣，沒道理阻止，否則就是向著欺負過她的外人。這也的確是她為自己花錢。

他又說一句：「適可而止。」

棲遲心裡忽然舒坦了許多，這男人願意站在她這邊，將邕王帶來的那點氣也壓下去了，又看他一眼。

伏廷站在門邊，嫌腰後的佩刀礙事，解下來抱在臂彎裡，就這麼看著她。

她便迎著他的視線，將手中籌牌扔了出去。

外面報：「有一家已棄了。」

伏廷聽著外面的動靜。

競買是先競價，再定要的匹數。這種玩法，只有外面這群權貴敢開。

這些人一個比一個要面子，誰也不會輕易收手，眼下有人棄了，可見價已走高了。他又看向胡椅上坐著的棲遲。

她並未坐正，身體微微傾著，是在側耳傾聽外面的動靜，一隻手撚著手心裡的籌牌，塗了口脂的唇輕輕抿著，眼神專注。

他忽然覺得她這模樣似是無比精通，隨即又覺得是自己想多了，眼睛卻沒再離開她身上。

簾外幾聲腳步響，傳來皋蘭都督的聲音：「不知夫人竟也參與了。」

伏廷不禁抿緊唇，不語。

棲遲帶笑說：「大都護攢了許久的積蓄，叫我拿來揮霍了。」

他喉結動了動，嘴愈發閉緊。這哪是他的錢，她竟還給他臉上貼金，不自覺的就被戳到了軟處。

皋蘭都督在外低聲道：「北地已有數年未收賦稅，朝中援濟有限，大都護年年仍往各都督府撥錢，軍中更是各個吃飽穿暖、金戈錚亮，料想這一筆積攢不易，還望夫人珍惜。」他不知道伏廷就在裡面，竟是好心來勸阻的。

棲遲自然知道這男人的不易，可聽聞此言，還是忍不住又看了他一眼。

伏廷雙臂環抱，倚在門邊，眼落在一旁，腮邊咬硬。

她知道他定然是又生出了骨氣，死撐著，就如同撐了這數年的北地一樣。

室內的新露和李硯皆退到榻邊，不好多聽，怕叫大都護折了顏面。

門口邊的羅小義輕咳了一聲，提醒皋蘭都督，隨後乾脆將他拉走了。

棲遲不緊不慢地又拋一個籌牌出去。知道他一身硬氣，她便當作沒聽到剛才那些話好了。

外面接連有人棄了。

連番的競價，終於只剩下幾家。邕王的人，倒是還在撐著。

「啪」，籌牌落地，僕從喊價。

邕王府的價已高出預期好幾番，惹來一陣驚呼和稱讚。

伏廷聽得清清楚楚，眼轉過來，看見棲遲的手又舉了起來。他身一動，幾步上前，一把握住那隻手。

「就現在，棄了。」他說。

這個價已經夠讓邕王痛放一筆了，她的氣也該出了。他之前說「適可而止」，就是說止在此處，再往下，可就不一定還是為她自己花錢了。

男人的手掌乾燥粗糙，五指有力，棲遲手腕被握著，掙不開半分。她只能往他身上傾，低聲說：「已是騎虎難下了，夫君。」

伏廷看著她近在咫尺的臉，她生了雙杏眼，說話時眼角微挑，風情畢露。他不禁恍了個神，一凜神，伸手已來不及。

棲遲另一隻手端起漆盤，直接倒了出去。

一串聲響，滿室寂靜。

外面，僕從終於高聲報出來：「餘者盡棄，紫竹籌牌競得！」

緊接著，僕從轉身朝那間室門拱手：「敢問競得者是何方貴客，欲購幾匹？」

安靜片刻，門簾裡傳出一道女聲：「瀚海府，包場。」

第八章　剎那心動

一聲豪奢語，引來四面揭簾觀望。

對面的獨室裡，有人探身問了句：「那是何人？」

皋蘭都督正好走入陪同，低聲說：「那是咱們北地的大都護夫人，清流縣主。」說話時內心一樣震驚著，沒料到這位大都護夫人會如此揮霍，可羅小義將他拉走時說了叫他別多管，他一個下官，也只能看看了。

那人聞言不再坐著，竟起身出去看了，一出去，就見對面垂簾被掀開，走出來個高大英偉的男人。緊接著門簾又是一掀，一個女人款步走出。

棲遲是追著伏廷出來的。

她未多加思索，是怕此時若讓他走開了，怕是會和上次一樣，又彆扭上一陣，卻沒料到一出門就迎來各方視線。

她不好失態，頭微垂，小步快行，眼睛往前看，男人的背影就在幾步外。也不好喊他，她低低咳了兩聲。

伏廷早已察覺到她跟了出來，本是硬了心要走的，卻聽四周竊竊私語，轉眼一掃，都是看著他身後的，又聽到她兩聲低咳，他的腳步還是停了下來。

想起剛才，發生的那一幕時，他還緊緊握著她的手。

她也不看他的眼，開口就說：「好了，是我錯了。」語聲又低又軟。

他的嘴抿了又抿，無言。她乾乾脆脆認了錯，反倒叫他無可奈何，總不能像對羅小義那樣賞一通軍棍。沉默半晌，他只能一鬆手，揭簾出來了。

伏廷忽朝對面那間獨室掃去，一個年輕男人走了出來，正盯著棲遲看著。

他閉緊唇，心想自己這是做什麼，大庭廣眾之下，竟把自己的夫人丟在後面任人觀望。一轉頭，棲遲的視線與他撞個正著，似就在等著他。

他終是大步回去，在她身側一擋。

棲遲見他肯回來，心安了許多，看了看他的側臉，心道：還好他不是那種沒擔當的男人。

她眼下理虧，乖巧得很，輕輕挨著他，一步一步離開高臺。

直到不見人影，從對面獨室裡走出來的人才低低說了句：「那就是清流縣主李棲遲？」

羅小義等在外面，眼見他三哥與嫂嫂緊挨著出來，吃了一驚，待看見他三哥的臉色，就知他還是不高興了。

他快步上前：「三哥，你親自去驗個馬吧。」是不想讓他們夫妻有機會生出不快，趕緊支走一個。

伏廷如何不知道他的心思，掃了他一眼，又掃了身旁的女人一眼，沒作聲。

他這次倒真不算動怒，上次是被瞞著，覺得被自己的兄弟和夫人合著夥的當猴耍了。這次當著他的面，眼見了全程，到底如何心裡多少有數。但畢竟是軍需，他不能次次由著這女人。

棲遲手攏了下衣擺，在他身側輕嘆一聲：「我已認錯了，你若還是不痛快，就等回去再罰我，總不能在這馬場裡叫我難堪吧。」

伏廷雙眸盯著她，他有說過要罰她？這是又跟他玩起以退為進了。

旁邊的羅小義不好多聽，已默默走開了。

「你為何還是不痛快？」棲遲看了他一眼，聲音更軟了，「反正我不想那批馬淪為玩物，給你總比給邕王強。」

女人的聲軟，但直到聽了這句，伏廷才終於有些心軟。

他自己也清楚，那一批好馬在他手裡比在那群權貴手裡強。突厥始終虎視眈眈著北地，騎兵是北地最有力的屏障。

他看著她的臉，眼神落下去，又看見她的手。她露在袖外的手雪白，手背上一些紅分外顯眼，是他之前握得太緊了。這麼楚楚可憐的模樣，他半個字也說不出來。

棲遲見他半天沒說一句，便又悄悄看他。

伏廷身體忽地一動，似是要走了。

她立即問：「你去哪裡？」

他停住，從牙關裡擠出兩個字：「驗馬！」

男人的聲音又低又沉，棲遲卻沒聽出多少怒意來，看著他走向羅小義的背影，心想：至少是肯去驗馬了，那眼下應該算是認了。

到此時，她才又回想起之前那番揮霍，不免覺得好笑：真是千金買馬，也難博君一笑。

馬場的事，沸沸揚揚，喧鬧了一整日。

直到翌日清晨，李硯來頂閣裡問安，見到棲遲的第一句話仍與這有關。

「姑姑，妳不知道昨日妳與姑父走後，有多少人跟著看妳。」

他昨日落在後面，跟著新露好不容易下了那高臺。裡面那些人都跟在他姑姑和姑父身後看，險些將道擋住了。

棲遲一早起身，臨窗坐著，聞言只是笑笑，並未放在心上。這種場面，生意場上見識過多次，雖沒昨日那麼大的手筆，但她早已習慣了。

耳中，卻又聽見一陣竊竊私語——

「聽說了嗎？昨日的馬場可太熱鬧了……」

她朝外看了一眼，是兩個灑掃的婢女在廊上饒有興致地閒話，都傳到這些僕從的耳裡了。

也好，料想災後數年瀚海府形同蟄伏，如今也應該揚眉吐氣一回了。

「嫂嫂。」羅小義來了，他剛好瞧見她自窗內露臉，便喚了一聲。

棲遲從窗內看過去。

他笑著說：「請嫂嫂和世子隨我走一趟。」

看他這模樣，倒像是有什麼好事一樣。棲遲轉頭朝新露招手，起身添了件披風，領著李硯便出去了。

羅小義領他們出了頂閣，一路不緊不慢地穿過別院。

這別院是挨著馬場建的，他走的是條近道，穿過一扇小門，就進到馬場裡了。

棲遲還在想怎麼又到馬場來了，轉眼就瞧見一片圍欄。新豎的籬樁，圈了一大圈，裡面是一匹匹毛色光鮮的高頭大馬。

李硯被吸引住，快走幾步過去，手扶著籬樁朝裡看。

羅小義走到圍欄邊，停下說：「三哥說了，請嫂嫂和世子各選一匹當坐騎。」

棲遲看著他，心裡意外，那男人竟會有這安排？

羅小義瞧出她不信，笑道：「是真的，嫂嫂既然會騎馬，世子也到了該有馬的年齡，給你們選一匹是應當的。」

這的確是伏廷的安排，昨天驗完馬後特意交代的。他起初也感到意外，但伏廷說馬是她買的，全是她的，有什麼不能給的。

李硯聞言，從籬樁邊回過頭說：「可我馬騎得還不好。」

羅小義道：「怕什麼，來了北地豈能不會騎馬，我和你姑父都會教你。」

棲遲看看那群馬，猜測著那男人交代這事時的神情，竟猜不出來，心裡倒是越發放心了。

他這回，應當是真沒動氣吧。

天上若有似無地飄起小雪。

伏廷握著韁繩，打馬進了馬場。

昨日瀚海府出盡風頭，那些權貴爭相邀他去宴飲，皆被他婉拒了。後來，他又和皋蘭州裡的官員們議事了一整晚，只睡了幾個時辰，便來了這裡。

遠遠的，他看到籬樁邊只站著羅小義。

他一夾馬腹，策馬過去，勒停了問：「馬選好了？」

羅小義早看見他過來，點頭說：「給世子選好了一匹，他已去試騎了。」

伏廷脫口問：「她呢？」

羅小義一愣，接著才反應過來三哥問的是嫂嫂，朝遠處看了一眼：「嫂嫂說了，少選一匹便是讓軍中多一個騎兵，她只叫我給世子選了個次的用著，她自己就不用了。」說到此處，他不禁感慨，「嫂嫂真是我見過最識大體的女人了。」

伏廷轉頭朝遠處望去，看見站在那裡的女人。

她遠遠地立在馬場另一頭看李硯試馬，渾身罩在披風裡，被小雪模糊成一片紅影。

他看著，想著昨日的種種。其實又哪裡是氣她，他氣得是自己罷了，若非北地拮据，何至於叫她出錢。雖說拮据是天災戰事所致，那也是他的事，不是她的。

他抹去眼前的雪屑，一扯手中的韁繩，往那頭而去。

棲遲只聽到一陣馬蹄聲，轉過頭，身跨高馬的男人已經到了跟前。

「妳沒選馬？」他問。

她點頭，心說：不選馬不是為他好嗎，難道這也做錯了？卻見他腿一跨，從馬上下來了。

伏廷下了馬，走近她一步，先朝那頭試馬的李硯看了一眼，才伸出手抓住她的胳膊。

棲遲被他抓住胳膊，不明就裡。

伏廷一隻手握著她的胳膊，將她拉到自己身邊，另一隻手搭上她的腰，說：「踩鐙。」

棲遲雖疑惑，卻還是抬起腳踩住馬鐙，陡然感覺身體往上一提，竟是男人托起了她。

還未反應過來，她人已經坐在馬背上了。

伏廷一手按住馬額，看著她：「這馬認人，我已兩次抱妳上去，牠會記得妳，以後我用不著的時候，妳可以用牠。」

棲遲意外，坐著一動也不動，好一會兒才開口：「你讓我用你的馬？」隨即她就回過味來了，是因為她沒選馬，叫他心生感動了不成？

想到此處，她臉上不禁有了笑，輕聲說：「我有車，不太用馬。」

伏廷本要說：「那就想用的時候用好了。」卻見她盯著自己，嘴角帶著笑，似是揶揄他的意思。他腿一動，站直，一手繞住馬韁，一手拉她：「那下來。」

「不。」棲遲扯住韁繩，眼在他身上輕輕帶過，說，「我現在忽然又想騎了。」

他嘴角一動，抿住，盯著她，鬆開手。

馬邁蹄，馱著女人在場中緩行。伏廷站著，兩手交替，整理著袖口上的束帶，眼睛盯在她身上。

她披風上沾了一層細密的雪花，悠哉地行遠。他一直看著，直到身後有人見禮才回過頭。

是皋蘭都督，向他見了一禮，而後近前低語了一番。

昨日馬場盛會，有一位貴人自洛陽而來，晚了一步，到了才知道馬已全被瀚海府包了。今日對方便托皋蘭都督遞話，想從他手上買一匹走，眼下人已到了。

皋蘭都督說完，讓開兩步，他身後幾步之外站著另一個人。

伏廷看過去，是個年輕男子，一襲錦袍，束著玉冠，有些眼熟。他看了兩眼，記了起來，是昨日對面獨室裡一直走出門來盯著李棲遲看的那個，當時多看了一眼，因而留了印象。

對方上前搭手見禮，溫聲道：「在下崔明度，久聞伏大都護之名，還望大都護成全我一片愛馬之心。」

伏廷聽到這名字心中就有數了，清河崔氏，是累世公卿的世家大族。難怪皋蘭都督會來遞話，是不得不給幾分顏面。

他說：「這是戰馬。」

崔明度道：「是了，皋蘭都督已與我說過，我自知不該，但渴求一匹西域寶馬久矣，願出價雙倍，並附贈我手上已有的十匹良駒給伏大都護充軍。」

伏廷豎手，意思是不用說了。他相中這批馬是看在精，而不在數。

一旁，羅小義正在與皋蘭都督咬耳朵。他早過來了，想見見皋蘭都督帶個人來做什麼。趁他三哥跟那個崔明度說話，他便向皋蘭都督打聽一下這人的來路。

剛打聽清楚，眼見他三哥豎了手不想多談，已走出去，他連忙快步追了上去。

「三哥，」他追上伏廷，小聲說：「可知道那人是誰？」

伏廷停步，說：「知道，崔氏大族的。」

「不只。」羅小義道：「那還是河洛侯府的世子。」

「那又如何？」他反問。天底下的世子那麼多，他一個大都護，豈用得著都賣面子。

羅小義忙解釋：「我不是說他一個世子有多了不起，是說他的身分，你忘了河洛侯府與嫂嫂的關係了？」

伏廷轉頭，看向遠處坐在馬上的女人。

記起來了。當初他蒙聖人賜婚時，羅小義這個做兄弟的得知他要迎娶一位宗室貴女，頗替他得意，特地打聽一番李棲遲的事來告訴他，那時他便已知道她與河洛侯府訂過婚約，後來不知何故又退了婚約。

只是一樁未成的婚事，他早已淡忘了，今日才想起來。他不禁朝那邊站著的崔明度看過去，一個清朗的世家公子。

難怪昨日會盯著李棲遲看，原來是有淵源的。

棲遲打著馬繞了一圈，緩行而回，再去看伏廷時，發現他和羅小義站在一起，另一頭站著皋蘭都督，身旁還有張生面孔。

她邊行邊上下打量對方一眼，是個白面清瘦的年輕男子。料想應當是有事來尋伏廷的，她便打馬從旁過去，沒妨礙他們。

不想那人轉頭瞧見了她，身一頓，朝她搭手，遙遙拜了一禮。

皋蘭都督在旁道：「夫人，這位是洛陽河洛侯府的崔世子，特來與大都護說事的。」

話音剛落，剛見完禮的人抬頭看了她一眼，又馬上垂了眼。

棲遲慢慢抿住了唇。方才乍見此人有禮，她還準備下馬回禮，聽到這裡卻只坐在馬上，並沒動。

良久，她居高臨下地點了個頭，什麼也沒說，手上韁繩一扯，緩緩打馬，越他而過。

本是與她有婚約的人，沒料到初見卻是在北地的馬場裡。對她而言，也只是個陌生人罷了。

她不曾負過他們侯府，是他們侯府先棄了她，甚至當初還將她重傷在床的哥哥氣得嘔了血，如今還能回應一下，已是給了崔氏莫大的顏面了。

伏廷在那頭已經看見這一幕，打馬而過的女人掩在披風兜帽下的臉沒什麼表情，透出一絲絲冷。

他不動聲色，這是她以往的事，他在這件事裡更像個外人，只能不動聲色。

「伏大都護，」崔明度忽又走了過來，「我知大都護說一不二，但還是想與大都護打個商議，聽聞北地胡人有賽馬習俗，贏的便可討個彩。我願與大都護賽一場，若我贏了，便允我買一匹馬如何？」

伏廷聽他又說回馬上，搖了下頭：「我行伍出身，這又是我的馬場，你不占優勢。」是想叫他打退心思。

崔明度只聽出這男人一身傲意，堅持道：「我一個愛馬之人，自認騎術不差，又多次來此，對這片馬場已十分熟悉，只要大都護應承，輸贏皆認。」

想不到他一個世家子弟竟為了一匹馬這麼執著，伏廷心中好笑，就不知是真執著還是假執著了。他不想應付，轉頭說：「小義，你來。」

羅小義一下被推出來，只好應了一聲，搓了搓手，走過來，請崔明度去選馬。他與他三哥一樣都是日日與馬為伴的人，應付一個世家子弟自認是得心應手的。

崔明度看了伏廷一眼，也接受了，跟著羅小義去選馬。

伏廷站著，又去看騎在馬上的棲遲。她離得不遠，正打馬過來。

小雪紛紛揚揚中，棲遲騎著馬慢慢到他跟前，問：「你不比嗎？」

他才知道她已全聽到了，說：「讓小義應付就行了。」

「可我想要你比。」

伏廷抬頭，看著她的臉。

棲遲看著他，眼神微動，又說：「你可知道他是誰？」

伏廷不知她為何要擺出這種臉色，竟像是心虛了一樣，口中說：「知道。」想想又補了一句，「都知道。」

棲遲便明白他知道那樁婚約。本也不想瞞他，她又不是做錯事被退的婚，是他們河洛侯府言而無信罷了。剛才多少有些不自在，既然他知道，她倒輕鬆了：「那我便更想要你比了。」

伏廷嘴角一扯，是因為多少猜到她的心思，卻還是問了句：「為何？」

眼中見她咬了一下唇，接著聽見她說：「為讓他知道，我如今的夫君比他強。」

伏廷心裡有一處被牽動，忽而覺出她語氣裡的一絲依賴，繼而又想起她先前那帶著一絲冷的臉色。

肩上一沉，是她的手搭在他的肩上。棲遲身稍傾，搭著他的肩，借力從馬上下來，將馬韁遞過來：「我想要你贏。」

伏廷看著她的眼，一伸手，接住了。

馬場多的是地方跑馬。

崔明度選了條線路，羅小義便叫人打馬飛馳過去設了終點的樁子，上面懸了個墜子，是崔明度出的彩頭。他這邊的彩頭自然是買馬的允可。

不過他是不會讓這個崔世子贏的，畢竟每匹馬都是他嫂嫂花重金買來的。他一邊上馬一邊想：若非看在這是個有身分的，直接趕走得了，還用得著搞這些花頭。

羅小義在馬上坐好，正準備衝出去，旁邊忽然衝來一匹黑亮大馬。他轉頭一瞧，訝異：「三哥？」

伏廷將兩袖的束帶又緊了一遍，說：「我來。」

羅小義落得輕鬆，打馬去一邊了。

崔明度騎的是一匹通體雪白的高馬，同樣是匹四肢健壯的良駒。他兩袖也束了起來，朝伏廷抱拳：「大都護肯賞臉一戰，是崔某之幸。」

伏廷一介軍人，耳中聽到一個「戰」字，神情便不對了。原先他只當是尋常跑馬，還有些懶散，此刻端坐馬上，手中韁繩在手心裡一繞，目視前方，一身凜然之氣：「請吧。」

羅小義在旁號令，高喊了一聲「去」，手一揚。

兩匹馬瞬間衝出，迅疾如電，頃刻只留下一陣塵煙。他遙遙看了幾眼就發現，這個河洛侯世子居然還真是個騎術不錯的，竟然能跟他三哥衝在一條線上。

崔明度的確是與伏廷在同一條線上，甚至還甩開了他。

然而很快伏廷就追了上來。

崔明度側頭看了一眼，發現這位大都護臉色沉定，身穩氣平，再看他身下的黑馬比剛才勢頭猛烈許多，才察覺他剛才落後可能是有意叫馬做休整，才沒用全速。

想到此處，崔明度再也不敢放鬆，手中馬鞭一抽，往前疾馳。

過了片刻，他再看身側，伏廷已超過了他，始終比他多出幾尺。不多不少，就是幾尺的距離，他看似可追上，卻又遙不可及。

耳邊風聲呼嘯，斷斷續續的小雪撲在臉上。崔明度瞇眼看路，無暇思索這位大都護是不是有意為之。

過了中途，二人皆已一臉風雪。

崔明度一揚馬鞭，偏了些方向。他知道馬場地形，已入了最坑窪的一片地方，需搶先占到好走的道，才有可能扭轉戰局。

伏廷已留心到，卻也隨他去。

直至面前出現一個幾尺高的土堆，連著一片窪地。崔明度將細窄的平地占了，終於趕上他，超過去。

眼見就要到終點，身側忽來風呼。崔明度一偏頭，看見那匹黑馬躍馬揚蹄而至，一下落在前方，馬蹄上全是積雪，絕塵而出，瞬間便超過他一大截。

他不禁回頭又望了一眼，那一片起伏坑窪的路障對那位大都護毫無用處，他竟是直接一路破障過來的。

雖急急衝至終點，但已晚了，崔明度親眼看見伏廷抽了腰上的馬鞭甩了出去，勾了樁上懸著的墜子收在手裡，一勒馬，回過頭。

「承讓。」他說。

崔明度勒住馬，撫去眉眼上沾的雪花，還在喘氣，悻悻道：「不愧是能震懾突厥的安北大都護，我認輸了。」

他接著又道：「我那十四馬也一併贈予大都護吧，算是彌補我今日的莽撞。」

「不用了。」伏廷從鞭上解下那個墜子，收進懷裡，「這個給我夫人做個彩頭即可。」說罷他馬韁一振，策馬而去。

崔明度望著他遠去的身影，想著他口中的那位夫人。

昨日他的確來晚了，也錯過了競買馬，但今日卻不是為馬而來，是想來看那個與他有過婚約的女人一眼。

那個在高臺上豪奢一擲的李棲遲。

昨日匆匆一面，他未能看清，卻不知出於什麼心思，就想再看一眼，即使明知自己沒有這個顏面。

他又撫了遍眉上的雪屑，想到先前她對著他那冷淡的面孔，默然無言。的確是侯府對不起她，他又憑什麼出現在此處。

默默想完，崔明度打馬從另一頭返回。

棲遲站在籬椿邊，遠遠看見那邊伏廷打馬而來。

她攏著披風，眼看著他馳馬到跟前。

伏廷坐在馬上，一手抹去臉上的風雪，一手伸出來：「手拿出來。」

棲遲伸出手，掌心裡多了個墜子。她早知他會贏，毫不意外。

伏廷看著她將那墜子拎在眼前看。那是個白玉墜子，上面綴了一串流蘇，分外精巧。

他看著她的臉，卻沒看出她是不是喜歡。

一個與她有過婚約的人身上的東西。他不禁咧了咧嘴角，覺得有些嘲諷。

下一刻，卻見棲遲捏著那墜子的手輕輕一拋，墜子滾入積雪的草地裡不見了。

她扔了。

伏廷的眼隨著她手動了一下，問：「為何丟了？」

棲遲本就不打算留，也不稀罕河洛侯府的任何東西，等的便是拿到後扔了。她仰起頭看他：「不過是一個與你搶馬的人身上的，我為何要留？」

風雪裡，伏廷在馬上看著她，心說：原來只是一個搶馬的。

頂閣內，秋霜跪坐在妝奩前，從底層取出一本帳冊。

棲遲坐在一旁，接過來翻開，一手握著筆，勾了幾下，又添上了近日的出帳，合上後再交還給她。

秋霜一面收起來，一面道：「家主近來出帳可是一筆比一筆大了。」

棲遲點頭：「一點兒也不假。」

若不是還有諸多生意的入帳，如此揮霍，怕是早已坐吃山空了。

秋霜雖感慨，卻又想起一件高興的事來，笑道：「說起來，昨日奴婢瞧見邕王的人氣沖沖地走了，當初那個追去客舍向您求情的世子老奴竟也在，聽聞賈家是清流縣主，臉色要多難看有多難看。」

棲遲笑了笑，也沒說什麼。她一向認為給了教訓就夠了，只要他們不一而再再而三的找事，她也犯不著落井下石。

外面傳來喧鬧的鑼鼓聲，她轉頭朝窗外望了一眼，發現今日難得還有日頭。

「今日是什麼好日子不成？」

秋霜聽她問起，想了想說：「聽說今日是有個什麼節慶的，好像是皋蘭州當地胡民過的。」

棲遲明白了，素聞皋蘭州內胡民多，會如此熱鬧也就不奇怪了。

忽然想起今日李硯又在馬場裡練騎馬，她想去看看，起身添了衣，叫秋霜不必跟著，便出了房門。

離開頂閣，循著上次羅小義帶她走過的近道，穿過別院，一路進了馬場。剛進去不遠，就看見坐在馬上的李硯，一旁是跟在馬下教他的羅小義。

李硯的馬還很認生，一直抬蹄。

羅小義要幫他穩著，追著跑了一段，衣襟鬆了，懷裡不慎掉了個東西出來。那東西被風一捲，直吹出去好遠，都快落到棲遲腳邊了。

棲遲一眼看見那是個厚紙冊子，被風吹開攤在那裡。

她走近一步，彎腰撿了起來，拿在手裡，入眼就看見上面密密麻麻的字，寫得大小不一、歪七扭八的，卻都是數目。只看了兩眼，她就看了出來，這上面記的是帳目。

羅小義跑了過來。

她問：「這是你寫的？」

他伸手來拿，笑得很不好意思：「是我寫的，嫂嫂見笑了，我念書少，字寫得醜。」

棲遲將冊子還給他，什麼也沒說，心裡卻有些好笑：這大概是她見過記得最亂的帳了。

羅小義其實不太想讓她看見這冊子，忙將冊子收入懷裡，還掖了兩下，打岔道：「嫂嫂看小世子騎得如何了？」

棲遲看向姪子。

李硯已打馬過來，他身上穿著厚厚的衣袍，坐在馬上，緊緊抓著韁繩，小臉都凍紅了。

自這趟來了皋蘭州，他便愈發崇敬像他姑父和羅小義那樣的男兒，這幾日每日都來馬場裡練騎馬。

棲遲見他有心磨煉，便隨他去了，此時見他這般模樣，不免又有些憐惜。

「還堅持練？」她問。

李硯點頭。

羅小義笑道：「我看世子的確是鐵了心要練好騎馬，今日坐在上面幾個時辰沒下來。」

棲遲笑道：「好，這才是光王府的好男兒。」語氣有些感慨，大概是因為想到哥哥。料想他哥哥看見兒子這樣有恆心，也是高興的。

一恍神間，李硯身下的馬忽又驚起來，抬起蹄。

棲遲回神避讓，身旁一隻手伸過來，扣住馬嘴，重重一扯。

她轉頭，看見伏廷。不知他是何時到的，忽從她身後出來。

羅小義忙過來幫忙：「還好三哥來得及時。」

直到受驚的馬安分了，伏廷才鬆了手，看她一眼，又看了李硯一眼。

李硯被嚇了一下，臉有些發白，忙問：「姑姑沒事吧？」

棲遲搖頭，手撫了下衣襟。她一個會騎馬的，方才應該能及時避開，只是若無人及時出手，怕還是會受些驚。

李硯只怕再傷著她，趕緊去遠處練了。

棲遲這才看向旁邊。

伏廷站在那裡，正在活動手指，剛才那一下用了點力，稍稍扯了一下。感覺到看過來的目光，他抬起雙眸。

棲遲問：「你受傷了？」

「沒有。」他手握了一下，隨後便放下了。

棲遲知道他嘴硬，連脖子上那麼重的傷都扛，這點小傷自然是沒有了。

「真沒事？」她又問了一句。

這是為救她落下的，她不介意為他再治一次。

伏廷看著她，那隻手抬起來，在她面前握了幾下，意思是妳自己看。

棲遲看見他手背上的青筋，修長有力的五指，忽然想起他上次緊緊握著她的手，心想難怪這麼有力氣，這的確是一隻有力的手。

她看了好幾眼，好似是真沒事，眼睛才慢慢轉開，去看李硯。

伏廷收回手，也看向李硯。

馬場的地不平，並不好走，他騎得不穩當，剛才還受了驚，但還是低著頭，緊緊握著韁繩，到現在也沒有要下來的意思。看不出來，這小子看著乖巧，竟也有幾分倔勁。

眼看著那馬又要抬蹄，他大步走了過去。

棲遲視野裡忽然多了男人的身影，伏廷走過去，先穩住馬，跟著李硯走了一段，而後伸出手，在他腰後一拍：「坐直。」

李硯嚇了一跳，抬頭看見身旁不是羅小義，才喚了一聲：「姑父。」

伏廷又撥了下他的腿：「鬆些。」

李硯一一照辦，沒料到他姑父會突然過來教他騎馬，不禁抬頭朝棲遲這裡看來。

棲遲朝他微微笑起來，目光從他身上轉到伏廷臉上，他看著李硯踩鐙的腳，臉色認真。

這兩個男人，是她如今最親近的人。她希望他們能越親近越好，最好真的如她所想的那樣——親如父子。

伏廷教了片刻，見李硯騎得好多了便走了回來，老遠就看見棲遲帶笑的臉。他問：「妳笑什麼？」

棲遲臉上的笑還在，嘆息說：「阿硯沒了父母，只能由我帶著，看到你肯教他，我高興罷了。」

伏廷心想一點小事竟能如此高興，不免聽出弦外之音，盯著她：「難道妳還怕我對他不好？」

棲遲眼神微動，想說怕，可那樣便顯得不信任他了，笑著敷衍了句：「沒有的事。」

伏廷又看了李硯一眼，忽然覺得，她似乎很看重這個姪子。

羅小義繼續教李硯，等他騎到第三圈的時候，不教了，停在那與他說了幾句話。

棲遲看見李硯聽了他的話後，身體抬了一下，似乎想下馬，可又猶豫一下，隨後還是坐了回去。

緊跟著羅小義朝這邊走過來了，邊走邊笑著說：「嫂嫂，今日臯蘭州裡有節慶，不想我們今年來得晚，倒是來巧了，眼下這個時候是最熱鬧的，可惜小世子鐵了心要練馬不肯去，嫂嫂可要去城裡看看？」他說著指了下那頭。

臯蘭都督正從那頭過來，羅小義就是看見了才過來的。

棲遲想起之前聽到的那陣鑼鼓聲，的確很熱鬧的模樣。她轉頭，看向身邊的男人，道：「你去不去？」

伏廷搖頭。他本就是有事的，即將返回瀚海府，他還需與州中官員議事。

棲遲嘆息：「那我也不去了，你去我便去。」

伏廷不禁看向她。

正好臯蘭都督到了面前，搭手請問：「不知大都護和夫人是否要去城中觀一觀節景。」

伏廷手指轉著馬鞭，想了片刻，最終還是點了頭。想著她來此不久未見識過，去一趟也無妨。

臯蘭都督便匆忙去準備。

棲遲迎著男人的視線，得逞一般，戴上兜帽。

羅小義也是好心，眼見此番買馬的事似乎沒叫他三哥動怒，是想著趁這機會再叫他嫂嫂和三哥能將先前的事一併消盡才好，才會如此殷勤建議。

他當先領路出了馬場，看見他嫂嫂看著李硯那邊，怕她擔心，特地說了一句：「馬場裡會有人看著的，小世子不會真摔著，嫂嫂可放心。」

棲遲點頭，跟著伏廷離開馬場。

皋蘭城中前所未有的熱鬧，大街上到處是人，雜聲震耳。

一輛馬車駛至街頭，再難以前進，只好停住。

車簾掀開，棲遲從裡面走了下來。

她站定，手指捏著兜帽看了街上一眼，想不到這城裡人這麼多，難怪車已無法前進分毫。眼下還是白日，看這情形，怕是晚上也要夜不閉戶了。

她看向旁處，一眼便看到伏廷。

雖然人多，但他生得高，又身形偉岸，即使周遭有許多高大的胡人經過，他也是最引人注目的那一個。

馬也是行不了了，只能步行。

伏廷將馬韁交給後面的近衛，怕嚇著人，把腰後的佩刀也解了下來，一併交給近衛抱著。

皋蘭都督著了便服，在前面陪同，已和羅小義走到前面，未見他們跟上，又忙回頭做請。

棲遲緩步跟上。

一群人演奏胡樂，在地上鋪了個氈毯。一個胡女大冬天的竟穿著很少的衣服在氈毯上跳舞，惹得眾人紛紛駐足圍觀。

羅小義瞧見，也不禁「嘖嘖」了兩聲。

棲遲站在人群邊看了一眼，瞥見身旁男人的身影，低聲問：「好看嗎？」

伏廷抬頭掃了一眼，才知道她在問什麼，不禁看她近在咫尺的身影一眼，分明是她叫他來的，現在卻又問他別人好不好看。

他掃到那胡女一截凍得發紅的腳踝，不知怎麼，想起另一雙雪白的腳趾，又看了身邊的女人一眼，故意說：「好看。」

棲遲看他，他頭抬著，目光落在前方，似真是在看那胡女的模樣。她不知真假，低頭，伸手入袖，摸出些碎銀，一下撒了出去。

那胡女發現有人賞錢，馬上停下，面向棲遲這邊道謝。

棲遲手攏著兜帽，笑道：「該賞，誰叫我夫君說妳跳得好看呢。」說完，她似笑非笑地朝身旁的男人看去。

一時引得羅小義和皐蘭都督也看過來。

伏廷眼盯著她，扯了扯嘴角，只好轉頭走開，如今越發知道這女人的滑頭了。

棲遲跟著他走出去，沒幾步，就看見街道盡頭一群戴著五彩斑斕面具的人正舞著往這邊而來，一時間鑼鼓震天，正是她先前聽到過的那陣聲響。

路被占了，百姓們都往後退。

她被擠在伏廷身側，緊緊壓著他的胳膊，問：「那是什麼？」

伏廷看見自己胳膊擠著她，動了一下，側了個身，讓她站到自己身前，頭一低，下巴挨到她頭上的兜帽。那帽上有圈雪白的絨毛，掃在他的下巴上，有些癢，他將頭一偏，說：「胡民的法事罷了。」

好不容易那群人過去了，人散開，周圍才鬆通些。

皋蘭都督方才擋在他們前面，聽見棲遲問這個，回頭便說：「夫人有所不知，那是祛瘟疫的法事。」

說到此處，皋蘭都督不免提及了當初的那場瘟疫。

當年瘟疫爆發，皋蘭州是損失最慘重的地方之一，民生凋敝，難以形容。突厥還趁機過來燒殺搶掠，一時哀鴻遍野，簡直就是人間煉獄。

棲遲雖未親眼所見，只聽寥寥數語也覺得感慨，她問：「現在如何了？」

皋蘭都督答：「比起當初自然是好多了，多虧大都護體恤，又強悍驍勇，北地才能安穩下來，否則今日的景象怕是難看到了。」

羅小義在旁接話道：「那是自然，那群突厥狗還以為我們虛軟了就好捏了，哪知三哥說戰便戰，殺得他們有來無回。」

伏廷已經走出去幾步，回頭說：「你有那工夫，不如來開路。」

說著看了棲遲一眼，這種瘟疫戰事的東西在她面前說什麼，也不怕嚇著她。

羅小義本還想再說些他三哥的英勇事蹟給他嫂嫂聽，被伏廷打斷，只好笑著過去了。

棲遲跟上去，看著那男人，想像著羅小義說的那番場景。

在瀚海府裡還沒察覺，出來了才知道他在這一大片廣袤北地官民心目中的地位。轉而又想，他已為北地如此勒緊腰帶，厚彼薄此，若是還沒這地位，那也真沒天理了。

她跟著，低低在他身後說：「你便一點兒都不膽怯嗎？」

伏廷猜想是真嚇著她了，回過頭問：「膽怯什麼？」

她看了左右一眼，輕輕抿唇，眼波流轉，在他眼前低聲說：「我年紀輕輕，你便不膽怯讓我做了寡婦嗎？」

伏廷看著她的眼，第一次發現，她眉眼靈動，似會說話一般。他將聲音壓低，似是好笑，說：「我命硬。」

棲遲心說：這回的什麼話，轉頭又看向旁處，彷彿剛才的話不是她說的一般。

走動了許久，一行人在道旁簷下停了下來。

是皋蘭都督的提議，他擔心這位嬌滴滴的大都護夫人疲憊，不敢久行。路上依然到處都是人，四周鋪面難得的人滿為患。

棲遲又不知不覺撞上自己的鋪子，一半好笑，一半見怪不怪，攏著手在那裡看著。

耳中聽著皋蘭都督與伏廷在說北地的民生。

羅小義從旁過來，看她盯著鋪子裡的東西，打量一下裡面，說：「嫂嫂上次帶世子入城時逛的便是這商號的鋪子，今日怎麼又看這家呢？」

棲遲心想誰知道會這麼巧，北地比起中原荒涼多了，她在這裡生意原本並不多，也算是有緣了，口中卻道：「也不知這家的東西如何？」

羅小義看了他三哥一眼，小聲說：「巧了，上次流民的事，嫂嫂讓我去城外守鋪子，一大半都是這家商號的。我只知道這家商號的買賣做得廣，又雜，想必是十分富裕的。」

一說到「富」這個字，他便有些心馳神往了，窮了好幾年了，誰不盼著富。

棲遲忍住笑，還得附和著點頭，說：「應當是吧。」

羅小義更想嘆息了。

棲遲看到他的神情更想笑，便用袖口掩著，忽然想起他們之前說的與突厥的戰事。她想著：這北地毗鄰外邦，若是能沒有戰事，安然行商，該有多好，必定是穩賺的。

一動起經商的心思，她便不免覺得有些可惜了。

路上忽然有些突兀的驚呼聲。

棲遲轉頭看過去，就見一群人跑動了起來。幾個高大的胡人被擠過來，逼得她退後好幾步，似是被困住一般。

羅小義用手推了一下：「幹什麼？讓開！」

話音未落，她手腕一緊，是伏廷抓住她的手。

他用另一隻手隔開那幾個胡人，拉著她帶到身邊，說：「跟我走。」

棲遲跟著他走出去時，皋蘭都督已經命人去查問原因了。

伏廷帶著她，一路避著行人。

他人高腿長，腳步快，她有些跟不上，覺得他彷彿帶的不是自己的夫人，伸手扯了下他袖口上的束帶：「你慢些。」

伏廷看見她頭上兜帽已被風吹開，走得太急，臉微微泛紅。他左右看了一眼，不想拖在這道上，手臂一收，將她攬住，說：「先走過這段。」

棲遲一下被他的手臂收著，貼在他胸膛，一時間心口跳了下，也忘了其他，只能隨著他的步伐快行了。

路上有兩個人差點撞上來，伏廷擋住了。直到人少了些，他伸手推開扇門，將她帶入一間道旁的館舍內，才鬆開手。

他在館內走動了一圈，看過四周，覺得安全才回頭說：「妳在這裡等我。」

棲遲走得太急，還有些喘，只能點頭，一手理了理鬢髮。

伏廷大步出門走了。

館內清靜，是因為有人在做茶。這種昂貴的茶尋常百姓難以享用，因而來客寥寥。

棲遲一落座便選了最好的茶。

侍從接了她的錢，畢恭畢敬，連忙為她選調料煎茶。

她坐了片刻，才算緩了過來，朝外看了一眼，突來的混亂還未過去，比上次瀚海府裡的街頭還亂。

一盞茶做好了，侍從捧著請她來品。

棲遲端在手裡，輕輕嗅著茶香，剛抿了一口，抬起頭，無意間從窗看出去，看見個錦衣玉冠的人。

是河洛侯世子崔明度。他帶著一群隨從，被人簇擁著走在街上，腳步很急，大約也是過來迴避的。

棲遲看見時便轉開了眼，放下手中的茶，起身戴上兜帽，直接邁腳出門。

侍從眼見著這最好的一盞茶，這位夫人竟然只品了一口就出了門，更是咂舌了。

伏廷打著馬去源頭走了一圈，皋蘭都督已將亂子止住了。

是有胡人養的野獸牽來城裡雜耍，卻沒管住，不慎咬傷了人，這才引出亂子。

儘管如此，伏廷還是帶著羅小義在城中四周巡了一圈，確定沒有其他緣由才作罷。

羅小義知道他向來防備心重，打馬跟著他說：「放心吧三哥，不會是那些突厥探子，他們被咱們追跑了才沒多久，哪裡敢這麼快就潛入皋蘭州裡。」說到此處，他忙又道：「三哥還是趕緊去看看嫂嫂，萬一要叫她受了驚嚇可怎麼好。」

伏廷點頭，手裡韁繩一振，馳馬而去。

很快便到了那間館舍，他下了馬，進去卻沒看到人。

裡面的侍從還記得他，一是因為這位貴客胡服緊束，英姿颯爽，似是軍中之人，又因那位夫人出手太闊綽了，想忘記都難，忙告訴他說，人早已離去了。

附近一座高亭，背城望山，視野開闊。

棲遲在僻靜處避了片刻，眼見路上行人不再亂了，知道應當是無事了，就來了這裡。

她倚欄而坐，忽然覺得腰上硌得慌，伸手摸了一下，摸到自己的香囊，裡面還放著她當時叫伏廷買的那枚珠球，拿了出來，撚在手指裡看著。

伏廷大步走過來，一眼看見坐在亭中的女人，抿了下唇，險些要以為將她弄丟了。

他走至亭下，就在她對面站著。

棲遲並未發現，斜斜靠在亭欄上坐著，手裡拿著那枚珠球看。

他看了片刻，問：「這種便宜東西有什麼可看的？」

棲遲這才發現他，抬頭看了他一眼，手心握起，將那枚珠球包了起來，反問一句：「便宜便不是錢了？」

伏廷無言以對，心中自嘲：也是，他有何資格在她面前說東西便宜。以她的手筆，恐怕什麼都是便宜的。

棲遲手心握著那枚珠球，竟想起前面的事，忽然說：「我已看見小義身上記的帳了。」

她知道那是什麼，秋霜當時告訴她，羅小義問了打發杜心奴的錢，她再看那數目，便知道了。上面都是她近來所出的數目，最近的一筆，是競買那批馬的。

伏廷眼一沉，羅小義辦事越發不牢靠了，竟讓她發現了，再看眼前的女人，緊抿著嘴，不發一言。

棲遲看著他，男人依舊一身蟒黑胡服，站在她眼前，手指攥著馬鞭。

她看著他英挺的眉骨，深邃的雙目，掃過他緊閉的薄唇，便也看到這男人的一身傲骨，笑了一下，點了點頭：「好吧，便當你是向我借的好了，他日再還我就是了。」

就成全他的傲骨好了，反正終究會有那麼一日的。

伏廷確實就是這麼想的，縱然眼前困頓，但他日未必還會如此。可聽她這麼說了，他又不禁揚了揚嘴角，心裡想著那一筆筆數目，忽然問：「不怕我還不上？」

棲遲眼睫輕顫，心裡回味著，耳邊一瞬間響起這男人的那句狠話——老子不信邁不過這道坎。這種男人，豈會還不上。

她笑起來，手臂搭上亭欄，輕輕搖了下頭：「不怕，只要是你伏廷，就一定能還上。」

伏廷頓住，抬眼看過去。

棲遲倚坐在那裡，身上罩著大氅，脖上一圈白雪似的狐領。她將手臂搭在亭欄上，臉枕著臂，對著他，輕輕地笑。

一瞬間，他甚至覺得，這茫茫北地的冬日，似已過去了。

第九章　冰湖親吻

節慶過後，就到了返回瀚海府的日子。

別院大門口，僕從們進進出出，將行李送上馬車。

李硯抓著馬鬃，爬上自己那匹馬。他眼下已騎得不錯了，此番決心要自己騎回瀚海府。

在馬上坐定後，他看向一旁：「小義叔，我怕姑姑擔心，勞你在旁看著些。」

羅小義正在理自己的馬韁，第一次被他這麼稱呼，頓時笑出聲來：「就沖世子你叫我一聲叔，我也定要看好你啊。」

李硯是看在他是姑父的結義兄弟，喚一聲叔也是理所應當的，卻被他打趣，頓時有些不好意思，於是打著馬跟去後面。

棲遲站在馬車旁，看到這一幕，才轉頭登車。

新露看她的臉色，似是沒多少精神，還以為她是太擔心世子了，一面扶她踩上墩子，一面寬慰一句。

棲遲搖頭，想了想，大概還是節慶上，在那座高亭裡坐了許久受了風。她心裡有數，登上車裡坐下。

伏廷出來時正好看見女人上車的身影，看著那道車門簾子放下了，他才伸手去牽馬。

一旁，臯蘭都督前來拜別。

伏廷跨坐到馬上，聽他說著話，一隻手的拇指按著額角。他為趕著出發，連夜與下官們議事，根本沒怎麼睡。

臯蘭都督拜別完，告退下去，緊跟著一個人走了過來。

「伏大都護。」

伏廷手一停，看著來人。

崔明度立在馬前，正向他搭起兩手，溫文爾雅地道：「這次來北地馬場，能結識安北大都護是崔某之幸，特來拜別。」

伏廷上下看了他一眼，抱拳，回的是軍禮，而後腿一動，打馬到了車旁。

崔明度看過去時，就見他坐在高馬上，貼在馬車旁。馬車的小窗被連人帶馬的擋住，什麼也看不見。

臯蘭都督沒想到這位崔氏大族裡的貴客也會來送行，攀談一句：「崔世子年年孤身來此，今年難得與大都護一見如故，定是怕他走了自己便會無趣了。」

崔明度轉過眼來，笑了笑：「確實。」說完，他又看了馬車一眼，退開兩步，讓了道。

車內，棲遲早已聽到外面的聲音。她沒揭簾，只是聽著。

不想這個崔明度今日竟還會來拜別一番，難道他還想與伏廷結交不成？

與她有過婚約的人若與她現在的夫君結交，那未免有些可笑了。她懶洋洋地倚靠著，忽然想起皋蘭都督方才的話。

記得當初河洛侯府來退婚，理由便是河洛侯世子看上旁人，堅持要退婚。如今卻又說他年年孤身來此，難不成是婚後不和？

她在心裡笑了一下，卻也只是一想罷了，對他們崔家的事並不關心，反正都已與她無關。

車馬上了路。

直到此時，棲遲才揭了下簾子，一掀開布簾就看到男人佩著寬刀的腰身。是因為伏廷比往常離車要近，她幾乎一伸手就能碰到他腰後的刀。

往上看，貼得近了，窗格已擋住他的臉，她也看不見什麼，只好放下簾子。

一行離開皋蘭州，趕了大半天的路，一直沒有停頓過。

不知過了多久，日頭已傾斜，後方忽然傳出李硯一聲詢問：「那是誰？」

車馬這才停了。

棲遲揭簾看出去，就見伏廷自眼前打馬出去了。

道旁是大片的荒涼之地，他馬騎得很快，一路疾馳而去，遠遠地拖出一道塵煙。她一直看著，直到他在荒野那頭勒了馬，發現那裡還有個人坐在馬上，離得太遠，只能看出那人穿了身黑衣，像個黑點。

李硯打馬挨近說：「姑姑也看見了？方才就是看見那個人才停下。」

棲遲心說：難怪他剛才在問那是誰。

羅小義自前方回過頭來，見他們都看著那頭，解釋道：「嫂嫂放心，是熟人，那是三哥的舊部，就住在前面不遠處的牛首鎮上。」

棲遲這才明白，隨即又奇怪，看向他：「既是熟人，為何你不一道過去？」

羅小義笑了笑，手扯兩下馬鬃：「都熟了那麼久了，也就犯不著再見了不是？」

他素來是個會做人的，棲遲是知道的，既然如此說了，那便是真不想再見，她也就不問了。

就這幾句話的工夫，伏廷已打馬回來了。

棲遲再往那頭看，那人已經走了。她放下簾子，撫了下喉嚨，覺得有些口渴。

坐了片刻，卻見車馬未動，她探身下車，才發現大家已原地休整。

道旁一棵粗壯的禿樹，伏廷倚在那裡，正在拔酒塞。

棲遲喚了新露去取水囊，走過去，目光落在他手裡的酒袋上，又想起來時的事。

伏廷瞥見身側女人的衣擺才知道她下了車，抬起眼，看到她正盯著自己手裡的酒袋。

「看什麼？」他問。

她的眼看過來，沒回答，反而輕輕問了句：「你後來，可有給別人喝過？」

他瞬間就明白她在說什麼。來的路上，她喝了一口，留下一句：這下，別再給別人喝了。

以往他常與左右同飲同食，這一陣子下來，的確沒再讓別人動過。今日是有些疲憊，想喝口酒提提神，才又拿了出來。

伏廷手指把玩著酒塞，乾脆將酒袋送到嘴邊，用牙咬住，盯著她，不答，由著她猜。

棲遲看他放鬆兩腿倚著樹，叼著酒袋，卻不喝，就這麼看著她，猜他一定是故意的，就是不想回答，可看到他嘴碰到的地方，想起自己也碰過，還是不自覺地捋了下耳邊的髮絲。

轉而又想，或許他早就給他那些近衛們喝過了，雖沒什麼，想起來還是有幾分難堪，最後一圈想下來，她竟有些後悔問他了。

伏廷看她眼動了幾下，甚至雙頰有了浮紅，猜她肯定是想歪了，不禁想笑，甚至都想告訴她算了，一旁新露將水囊送了過來，打破僵局。

他這才喝了兩口酒，將酒袋收回懷中。

棲遲捧著水囊喝了一口，頓時皺了眉，一路下來，水涼得如冰，從口舌到喉間都是冰的。

新露見狀，忙道：「家主還是別喝了。」

棲遲自認沒那麼嬌貴，還是托起來，又小口抿了兩口才交給她，喝完後眉頭還沒鬆。

伏廷看著她的臉色，越看越有些不對，忽然走過來，一手摸到她的額上，又看她一眼，才明白她臉上為何會有浮紅。

棲遲額上忽被男人的手貼了一下，看過去，就聽他說：「妳病了。」

她怔了怔，伸手也摸了下前額，是稍稍有些燙。

新露頓生自責，趕緊喚秋霜來，要扶她回車裡。

伏廷走到道上，上了馬，喚：「小義，去牛首鎮。」
羅小義正坐在那兒歇著，一愣抬頭：「去哪兒？」
伏廷已握住韁繩，看了他一眼：「聾了？」
羅小義閉上嘴，只好站起來拍拍身上的土，爬上馬背上路。

牛首鎮離此地並不遠，沒耗多少時間就到了。
車馬停下時，李硯來到車邊問了一下。
棲遲倚在車中，不太想動，只輕聲安撫他幾句。
簾子撩起，新露和秋霜一起進來，將她扶了出去。
棲遲腳站到地上，一抬頭就覺得眼前有些熟悉。
一個小小的鎮子，通往鎮外的路下有坡，坡下是結了厚冰的池子，再往鎮子裡面看，看見挑著簾子的酒廬。竟然是她之前隨伏廷來過的地方。
之前隨他來這家酒廬，覺得被耍弄了就沒進去，後來還在那池子的冰面上站了一遭。
伏廷早已下了馬，正站在酒廬門口，回頭看她：「進來。」
棲遲緩步走過去，他的手將簾子又揭高了些，讓她進門。
裡面不大，一條黑土砌出來的橫隔，上面搭了塊木板，便是櫃檯。櫃後幾只酒甕，一屋子都是濃郁的酒氣。

伏廷將馬鞭扔在櫃上，從牆角端了條橫凳過來，放在她身後。

她看了看，坐下問：「來這裡做什麼？」

伏廷說：「妳這樣不能再趕路了。」他知道北地的氣候，又是在路上，一些小毛病可能拖成大病。

棲遲端端正正地坐在這個簡陋的橫木凳子上，看他的架勢，猜測著，他似是對這家酒廬分外熟悉的模樣，難道先前不是第一回來？

李硯從外面走了進來，脫口就說：「好香啊！」是聞到這滿廬的酒香。

新露和秋霜跟在他後面進門，一人手裡托了個紙包，說：「羅將軍剛快馬加鞭買來的，說是能退熱。」

伏廷指了下櫃檯後：「去煎了。」

那裡還有扇垂簾的小門。

新露和秋霜畢恭畢敬地稱「是」，快步進去忙碌了。

李硯見姑姑坐在這廬內吹不著風，又見他姑父在旁站著，也不知該說些什麼，便放下心出去了。

棲遲看著他出去，又看見外面一行人還在乖乖地等著，輕嘆一聲：「要耽誤趕路了。」

伏廷站得離她近，垂眼就看到她一頭烏髮，說：「誤就誤了。」

她又嘆了一聲：「我以往沒這麼嬌弱。」

這是實話，以往走過許多地方，很少在路上生病。來了北地，反倒像是身嬌起來了。

他揚唇：「早告訴過妳北地厲害。」

這也因人而異，李硯那小子至今就未病過一場，她來了這裡卻算是遭了些罪。

忽有一人從外面走入，打斷他們。

「三哥怎麼過來了？」

棲遲看過去，看見一個穿黑衣的人，身形瘦長，皮膚略黑，一臉英氣，卻是個女人。

她看著女人身上的黑衣，越看越覺得熟悉，似乎就是先前遠遠在馬上的那個。

那女人看了她一眼，又問伏廷，臉色已肅然起來：「方才已去見了三哥，為何又過來，莫非是出什麼事了？」

伏廷看了棲遲一眼：「她病了。」

他們方才在道上，離得最近的地方就是這牛首鎮了，來這裡是最快的。

聽了這話，女人才緩了臉色，走近一步，向棲遲抱拳：「末將曹玉林，早聽說嫂嫂來了，今日才見到。」

棲遲打量著她，面上如常，心裡卻很訝異。羅小義只說那是伏廷的舊部，卻沒說是個女人，再聽她也叫伏廷三哥，越發意外。可看她舉止的確是軍中出身的模樣，羅小義應當說得不假。

她心裡慢慢回味著，忽然想起什麼，問：「這是妳的酒廬？」

曹玉林點頭：「是。」

她朝伏廷看過去。上次他來時，說的是要見個女人，她只當被他耍弄了，不想竟然是真的。

曹玉林聞到藥香味，看了看棲遲的臉色，往櫃後走：「我去後面收拾一下，好叫嫂嫂進去歇著。」

棲遲口中應了，看她去了櫃後的門裡，眼睛仍盯著伏廷。

男人漆黑的兩眼看著她，她看見他唇角有了弧度，肯定是與她想到一處去了，也不好說什麼，是她自己想錯了，總不能怪他。

伏廷是想起那晚她在酒廬外，自以為被耍後不願進來的樣子。他抿了抿唇角，忍了笑，說：「以後信我說的了？」

棲遲頓時覺得額上臉上都燙了，更不想說話了。

曹玉林進去一趟，很快又出來了，見眼前兩人神情似有些古怪。

伏廷盯著棲遲，棲遲卻不看他，專心擺弄著自己披風領子上的繫帶。

她也不好多問，走過去說：「嫂嫂，去我屋裡坐片刻吧，裡面暖和些。」

棲遲這才站起身，看了伏廷一眼。

他腳動了一下，讓她過去：「去吧。」

曹玉林過來伸手將她扶住。

棲遲被扶著，穿過櫃後那扇小門，裡面有兩間屋子，一間是灶下，一間是住處，竟然是連在一處的，可見這裡多麼簡陋。

曹玉林自己也知道，剛才特地整理了一下，才請她進來。

棲遲在她那張小床上坐下，看了眼前密閉的小屋子一圈，正好方便說話，問道：「妳也與小義他們一起結拜了？」

曹玉林沒坐，只在她面前站著，答：「不曾，但我也隨羅小義喚大都護一聲『三哥』。」

她說話時臉上無多大變化，棲遲覺得她一定是個不大說笑的人，心裡悄悄回味了一下，原來是隨羅小義叫的，那想來應該是跟羅小義更親近了。

棲遲接著問：「那因何獨居在此呢？」

曹玉林道：「以往受了傷，無法在軍中效力了，便來這裡了。」

說完她觀察著棲遲的神色，知道這是一位出身於宗室的縣主，擔心她第一回到這鼠窩一樣的住處會嫌棄，卻見棲遲只是看著自己，並無其他神情，才稍稍放了心，她又道：「嫂嫂還有什麼想知道的，儘管問便是。」

棲遲說：「也沒什麼，只是剛認識妳，想聽聽妳的事。」

曹玉林沉默了一瞬，說：「我的事，幾句話便能說完了。」

她如今雖已離開軍中，卻還繼續為伏廷效力。這一間酒廬，是個買賣的地方，方便任何人出入，她在此賣酒為生，其實也暗中搜羅著四方消息。

上次伏廷來時，提到跑掉了幾個突厥探子，需防著北面有異動。曹玉林搜羅到一些消息，在道上等了幾日，今日正好等到伏廷經過，便報給了他。

突厥那邊倒是沒什麼異動，伏廷之所以防得如此嚴密，是因為北地如今已有所回緩。前段時間又安置了大量流民，除去軍中的，還有許多落戶的。一旦開春墾荒，便是民生復甦的大好機會，千萬不能叫戰事給毀了。

棲遲聽到此處才明白來龍去脈，一切都是為了北地重新好起來罷了。

心中沉思著，她抬起眼，卻見曹玉林正盯著她，眼也不眨一下，不禁摸了下臉，仍只是有些發燙，並無其他：「怎麼了？」

曹玉林的眼睛這才動了下，道：「我從未見過像嫂嫂這麼好看的人。」

棲遲不禁笑起來，沒料到她會說出這話來，險些要以為是自己的病加重了，偏偏她又生得英氣，站在面前說這種話，像是被男子誇了一樣。

曹玉林以為她不信，點頭說：「真的，我以往想不到什麼樣的人能配得上三哥，今日見到嫂嫂就知道了。」

棲遲笑得更深了：「我第一次聽說這種話。」

自她嫁給伏廷以來，聽得多是伏廷出身寒微，配不上她，這種話的確是頭一回聽。

曹玉林見話已說得夠多了，怕她會累著，轉身要走：「嫂嫂歇著吧，我出去了。」

「等等，」棲遲叫住她，又看了遍這屋子，問，「妳賣酒的生意可是不好？」是覺得她這日子過得太清苦了。

曹玉林不否認：「是，但我只會賣酒，其他的也不會，勉強糊口罷了。」

棲遲心想，軍中出身的人，是圓滑不起來的。也巧，叫她遇上了。她說：「妳若信我，我指點妳一番，或許能叫妳的買賣做得更好一些。」

曹玉林將信將疑地看著她。

棲遲自袖中取出錢袋，遞過去。

「嫂嫂的錢我不能收。」曹玉林推了一下，「三哥每次來都給了。」

棲遲說：「這只是些零錢，給妳做本錢的，卻也不是白借的，我是要請妳幫忙的。」

曹玉林猶豫了一下，這才伸手接了。

接到手中，只覺輕如鴻毛，心想看來的確是零錢，打開一看，卻愣了。

好幾張飛錢，這在她眼裡是零錢？

伏廷出去看了日頭一眼，再回來就見曹玉林從裡面出來了。

「三哥放心，嫂嫂已睡下了。」

他點頭，看了那扇小門一眼，問：「妳進去這麼久，與她說什麼了？」

曹玉林猶豫了下，道：「嫂嫂問了我一些往事罷了。」

拿了錢的事沒說。是棲遲特意交代的，反正要做的不是壞事，她也就答應不透露了。

伏廷在先前棲遲坐過的那條橫木凳上坐下，解下腰後的佩刀，拿在手裡，一隻手的拇指抵著刀鞘，抵開，又扣回去。

曹玉林看他像是在打發時間，只是為了等那位嫂嫂休息。她追隨伏廷的日子不比羅小義短，卻還是頭一回見他在除戰事以外的事情上如此有耐心。

直到新露出來報：「藥已煎好了。」

伏廷才起身，將佩刀又扣回腰後，入了櫃後那扇小門。

棲遲淺淺地睡了一覺。

這小屋只有門能透入光，她睡得不好，很快就醒了，忽然感覺有人進來，抬眼看見男人的身影，他手裡還端著藥碗。

伏廷走到她跟前站定，將藥碗遞過來：「喝了。」

棲遲立即嗅到濃郁的藥味，蹙起眉。

他看見了，想起她怕苦。手往前又送了一些，幾乎要抵著她的唇：「苦也得喝了。」

棲遲退後一些，掃了他一眼，如同剜了他一刀一般，是想起他曾經灌藥的舉動，伸出一隻手來端碗，低低說：「我自己來，免得叫你再逞凶。」

伏廷想笑，看她虛軟無力，怕她端不住，沒放手：「就這麼喝。」

棲遲又看他兩眼，手伸過來，摸到他端碗的手。

他的手指穩穩地托著碗，一動未動。

她心裡又腹誹了一句：石頭。乾脆連他的手帶碗一併托著，低下頭，就著碗口，一口一口喝了下去。

伏廷看著她喝完最後一口，手上被她碰過的地方有些熱，是她手心在發熱。他看了她的臉色一眼，說：「再歇片刻吧。」

轉身要走，身旁人影一動，棲遲已經站了起來。「我歇夠了。」她說著，身體輕輕晃了一下，頓時靠到他身上。

這一下並非有意，她也沒想到坐久了起身後竟會晃一下。但只一瞬的工夫，她便聽之任之。她的肩抵著他的胸膛，頭挨過去，軟軟地說：「我病了。」所以此刻她靠著他天經地義的。

伏廷的臉在上方，她看不見，只覺得他的下巴抵在自己的額角，一定是在低頭看著她。

腰上忽地一緊，是男人的手將她扣住。棲遲一怔，緊接著卻被扣得更緊了。

伏廷的手臂摟著她，手掌緊緊壓在她的腰後，往下，甚至快要碰到她的臀上。她一時沒料到，反而驚住了。

他將她摟得緊緊的，頭更低，聲沉著：「妳想病得更重？」

那聲音似在耳邊，棲遲的心一下一下地如小鹿亂撞。她抬起臉，在這幽暗的屋子裡看著他的臉，看不清，想反問一句：如何就病得更重了？

外面忽有腳步聲接近，很快到了門口，傳出李硯低低的聲音：「姑姑，可好些了，我能不能進來？」

棲遲聞聲收斂，伸手推了下伏廷。

他的手卻沒鬆，還是扣著她的腰。

她又推了一下。

「姑姑？」李硯大概以為她睡著了，聲音更低了。

「何事？」伏廷終於鬆了手，還不想真讓她的病加重。

李硯聽到他在，聲音高了些：「姑父，小義叔讓我來問問姑姑如何了，何時可以走？」

伏廷看著她：「妳到底還歇不歇？」

棲遲撫了下衣擺，輕輕搖頭，又看了他一眼，抿著唇，緩步走出門。

他看見，覺得剛才彷彿是他欺負她一般。

到了外面，李硯已經在門口等著了。曹玉林在櫃檯後坐著，他不認識，所以無話可說，只能站在門口。

棲遲攏了下披風，在凳子上又坐了下來。

曹玉林自櫃後站起身，看了棲遲一眼，覺得她臉上紅暈似退了些，又似更重了，道：「嫂嫂若覺得沒好，再在這裡歇上片刻也好，反正三哥也等到現在了。」

棲遲轉頭，正好看見伏廷從小門內大步走出，眼神在他身上輕輕掃過。

伏廷看了她一眼，對曹玉林說：「不歇了。」說完他先出門去了。

外面的人得了命令都忙碌地準備起來。

棲遲看了門口的李硯一眼，忽感意外，羅小義今日怎會支使起他來了，平常有什麼事都是他自己走動的。

外面已準備好，李硯走過來，想要扶她。

棲遲擺手，自己站了起來，剛站起來又晃了一下，想起方才伏廷在那屋裡幹的事。她撫了下被他的手掌揉過的披風，站了站，才邁腳往外走去。

曹玉林過來送她，一路送到門口，停住了，沒出去，跟在她身後低聲說：「嫂嫂的事我都記著了，他日尋了機會再去找嫂嫂。」

棲遲點頭，出去了。

伏廷站在馬下，看著她過來。

棲遲與他的視線撞上，他迎著她的注視，翻身上了馬。

她看了一眼，忽然見到他身後遠處，羅小義坐在馬上，離這裡很遠，只在那頭等著，回頭低聲問李硯：「他這是怎麼了？」

李硯順著她的目光看了一眼：「姑姑是問小義叔？」他左右看看，猶豫了一下，踮著腳，湊到棲遲耳邊低語。

方才她睡著的時候，李硯聽見他姑父的近衛裡有人閒語。說以前羅小義追著裡面的那個黑衣女子寸步不離，後來被甩了冷臉，便再也不接近了。

李硯不是個愛道是非的孩子，這種事情對他而言也是一知半解，他不明白為何被甩個冷臉就何至於不見了，只能照著原話搬給他姑姑知道。

棲遲聽了詫異，便想起曹玉林先前所說，她是隨羅小義喚伏廷三哥的，卻沒料到能說會道的羅小義還會有這種時候，不禁又回頭看了酒廬一眼，緩步登車。

伏廷打馬過來，貼在車旁。剛才他已聽見她和李硯在竊竊私語，看了窗格一眼，又看了遠處的羅小義一眼。

車馬上道，前行而去。

羅小義打馬迎了上來，又和往常一樣說笑：「三哥，嫂嫂休整了一番好多了吧？」

伏廷掃了他一眼，低罵：「慫貨。」

羅小義嘴一閉，調轉馬頭去邊上了。

因為棲遲這一場病，回程這一路行得很慢，在驛館裡拖了兩日不說，每每馬車上道幾個時辰還會停下來休整一番。

眼下，他們一行又停在道上。

眼前就一條道，左右都是坡地荒原，前不著村後不著店的。若非為了休息而休息，可真不是個適合修整的地方。

羅小義坐在枯草地上，朝著旁邊笑：「三哥可真夠疼嫂嫂的，要在往常，咱們一個來回都走下來了。」

他琢磨著，之前的事一定都過去了。此行帶他嫂嫂出來一趟，可真是帶對了。

伏廷坐在那兒，仰頭灌了口酒，塞上酒塞時掃了他一眼：「管好你自己的事。」

羅小義的笑頓時僵住了，知道他三哥說的是什麼事，伸手摸著鼻子，無言以對。

伏廷平常不說這個，都是男人，犯不著說這些風花雪月的是非，今日也是難得將他一軍，將完他，就起身走了。

棲遲剛從車裡下來，秋霜和新露在旁跟著，李硯也迎了上來。

「姑姑竟還沒好透，這北地的天也太狠了。」他擔憂地看著姑姑的臉，依偎到她身旁。

棲遲攏緊身上的披風，摸了下他的頭，身上的確還有些無力。

看著這遼闊的地方，再聽了他的話，她不禁想起伏廷曾說過的那句：可知道北地的厲害了。她輕嘆一聲，小聲嘀咕：「早知就不來這裡了。」

「那妳又為何要來？」突然被接了話。

棲遲轉頭，看見說話的伏廷。

李硯見到他來便走開了，新露和秋霜也一併退了下去。

只是病中的一句牢騷語，不料竟被他聽到了。她是深思熟慮後才決定來北地的，又豈會因為一場小病就心生退卻。她眼睛遊移開，不去看他，低聲說：「隨口抱怨一句罷了。」

伏廷也沒在意，他過來本也不是為了說這個的，見她臉上還有病色，語氣不覺就輕了：

「為何要下來？」

棲遲看向他：「想走動一下，已在車裡悶了一路了。」

伏廷聽她的語氣，竟覺出幾分可憐來，不像是在車裡坐了一路，倒像是被關了一路，不免好笑。他看了左右一眼，說：「走吧，別太遠。」

棲遲踩著乾枯的茅草走過去，走得很慢。

伏廷在她後面跟著。

頭頂有日頭，照下來，拖出人的影子。男人的影子斜長的一道投在身側，棲遲看見了，故意用腳踩了上去。那位置，似是踩在他肩上。

她有些想笑，有意無意地朝後看了一眼，問：「瀚海府在哪個方向？」

伏廷伸手指了一下。

棲遲順著他指的方向看了一眼，除了荒野，什麼也沒看見。

「你沒指錯？」她故意問。

伏廷看著她：「這是我的地盤。」

是的，沒錯，這裡是他的地盤。她早就聽說，他最早的戰功也是在這裡立的，一戰破千軍，揚威萬里，直至官拜大都護。

她踩著步子，在心裡說：這裡，遲早也會是她的地盤。

又往前走了一段，她腳下踩著的影子突然停住了。

「可以了，回去吧。」他忽然說。

棲遲回頭，看了走出來的距離一眼，說：「我才剛走了幾步。」

「有風。」

她只好點頭，知道已經讓行程落下許多，萬一再讓病加重更麻煩，於是轉身回去了。

經過他身邊時，她特地停了一下，看了他一眼說：「謝夫君關懷。」

伏廷看著她擦身而過，站在那，揚了揚唇角，知道她那恭謹都是做出來的。

棲遲已經走回去了。

突然一陣風吹來，前面地上的茅草被吹得擺動起來，伏廷朝她剛才站的地方又看了一眼，倏然臉色一凜，幾步走過去，身一側，凝神細聽。

棲遲正準備登車，忽聽到一陣呼號，不知是從哪個地方傳來的，轉頭就見一旁的眾人原地站起，迅速上了馬背。

伏廷大步走過來，眉峰下壓，眼神銳利如刀，他手揮一下，一隊人無聲而出，剩下幾人守在車旁。

他翻身上馬，看棲遲一眼：「在這裡等我。」話未盡，馬已縱出。

從未見過如此陣仗，新露和秋霜一左一右立在棲遲身後，都不敢作聲。

李硯走過來，聲音也不覺放低了：「姑姑，是不是出什麼事了？」

棲遲食指掩在唇邊，示意他不要出聲，耳中又聽見那陣呼號聲，似是有人在求救。

她遠遠望過去，只看得見一陣塵煙自遠處而來，塵煙的前方依稀能看出有車有馬，負了重物，渺小如點的人在狂奔，正往這裡疾馳而來。

半道，伏廷的人馬已衝了過去。

「是商隊。」她看出來了，低聲說。

伏廷策馬躍上高地。

眼前馬蹄飛馳，羅小義衝回來報：「三哥，是群散匪，劫了一群胡商，怪他們命不好，遇上咱們。」

他問：「可攜兵器？」

「攜了。」

伏廷肅眉冷眼，自腰後抽出刀：「一個不留！」

北地自從遭遇瘟災，冒出不少匪患，但都被他的兵馬一一剿滅了，不想今日還能遇到一群匪患的殘餘力量，自然一個都不能留。

道上，棲遲堅持在車邊站了片刻，是為了確認那商隊的來源。

很快她就知道，那不是她的商隊。因為聽見了胡語，那是一群胡商。

秋霜在旁小聲道：「還好不是家主的。」

她心說：不是她的也不是好事，哪個經商的願意遇上這種事。

很快，風聲、草響聲，夾雜著駭人的聲響傳過來。她看見李硯還站在身旁，覺得有些不妥，忙朝新露和秋霜看過去：「上車。」

他是光王府唯一的血脈，半點閃失也出不得，否則她無顏面對她死去的哥哥。

新露和秋霜會意，忙左右扶了李硯，送他上去。

李硯上去，掀著門簾急急地喚：「姑姑趕緊上來。」

棲遲舉步登車，忽見左右守衛的近衛軍抽了刀，才發現已有幾人往這裡衝來。

馬受驚，車直搖晃，她無暇多想，先將李硯用力推了進去。

「家主！」新露努力扒著車門喚她。

棲遲本就沒什麼力氣，一用力，更是險些站不穩。

腳下不自覺地退了一步，身側刀光爍爍，她心中一寒，往車後退避。

身後忽有人大步接近，她立即疾走而去，被人自身後一把攬住。

眼前一黑，一隻手捂住她的眼，接著臉上一熱，有什麼在她身前倒了下去。

「拖走。」伏廷低沉的聲音在她頭頂上方響起。

那隻捂住她眼睛的手也拿開了，在她臉上擦了一下。

棲遲低頭，看見身前一大攤血漬，便知道剛才眼前發生了什麼，轉過頭，看見持刀的伏廷。

他的軍服絲毫未亂，只有手中那柄刀鮮血淋漓，一雙眼睛盯著她，森森凜然。她又看見他另一隻手，指尖有血，不禁摸了下臉，知道那是剛才他從她臉上擦去的。剛才他在她眼前解決了一條性命，鮮血甚至濺到她的臉上……

誰也沒料到這一番停頓竟還解救了一支商隊。

羅小義得了命令，跨馬宣威，叫那群劫後餘生的胡商放心，大都護親自坐鎮，可保北地通商安全，此後儘管來此，互通有無。

伏廷叫他這麼說並不是為了揚自己的威風，只是為了不妨礙到北地此後經濟的好轉。眾人重整待發。

一切稀鬆平常，之前的事彷若沒發生過。他們身為軍人，又逢北地多事之秋，早已見怪不怪。

唯有車中的幾人嚇得不輕，新露和秋霜還縮在裡面沒下來。

李硯先自車內出來，腳剛沾到地，身前忽然拋來一樣東西。他連忙兩手接住，是一柄短匕首，不禁愣住，抬起頭，看見打馬而回的羅小義。

「小義叔給我這個做什麼？」

羅小義從馬上下來，邊走過來邊說：「不是我給的，是你姑父叫我給你的。北地是邊疆，不比太平中原，一是給你防身，二是要告訴你，你是個男人，今後若再有此事，記住不要縮在女人後面，要擋在女人前面。」

李硯怔怔無言，想起之前姑姑把他推進車裡的那一下。

羅小義知他年紀還小，今日說不定也嚇著了，又堆出笑來，過來拍了下他的肩：「你姑父是個錚錚鐵漢，因而才有這番話，你也不用放在心上，他像你這麼大的時候都已快入營了，自然是不同的。」

說完，他又腹誹他三哥：真是的，小世子可是金貴身子，這才多大，又不是誰都跟他一樣。

伏廷席地而坐，一手握著刀，一手捏著塊粗布，拭去刀上的血漬。

刀背上映出女人的身影，他抬眼，看見站在那裡的棲遲。

自剛才起，她就一直在那裡站著，一隻手不停地輕輕地擦著臉，那張臉上毫無神情。

想起剛才那一幕，他握刀的手不覺地緊了些，心想可能是嚇到她了，立即收了刀，站起來。

棲遲從未經歷過這種情形，前一刻還在閒步，後一刻就遇上這種事，若不是真發生在眼前，簡直像是做了一場夢。

臉上血跡留下的溫熱似乎還在，甚至鼻尖都還殘餘著那抹腥氣，她只能一遍又一遍地用袖口擦拭，直到手再抬起來，忽被伏廷抓住了。

他一手拿著刀，一手抓著她的手腕，領著她往前走。

棲遲跟在他的身後，看見他袖口束帶上也沾了血，心裡不自覺地想，見慣了他佩刀佩劍，今日才見沾了血。

他忽而回過頭來：「為何不說話？」

棲遲轉著頭，掃視一圈，莽莽荒野，枯草雜生，未化掉的雪一叢一叢，看在眼裡好像四處都是一樣。

她輕聲說：「只是在想你要帶我去何處，這地方會不會迷失方向？」

伏廷腳步不停，拿刀的手指了一下頭頂上方發白的日頭：「迷路便循著太陽。」

「那若是風雪天呢？」

他道：「那便循著風。」

她似是不依不饒：「那要是無日無月無風無雪呢？」

伏廷停步，看著她。

她身上披風的猩紅襯著臉上的白，那白生生的臉上血跡殘留的印記乾了，也被她擦紅了，但是始終沒擦掉，一雙眼只靜靜地看著他，似是想到了就問了。

他看她兩眼，轉頭繼續帶她前行，說：「那就跟著我。」

棲遲被他拉著，走下一塊緩坡，面前是個冰湖。

伏廷停住，拉著她蹲下來，一手抽刀，刺裂冰面。

他放下刀，伸手蘸了水，抹到她臉上。

棲遲觸到水的冰涼，被激了一下，眼看著他，他的手指又在她臉上重重地擦了兩下。她臉上那塊地方很快就熱了，是被他粗糙的指腹蹭的。

伏廷拿開手，盯著她，忽然說：「別怕。」

她眼動了一下，撞入他漆黑的眼，又聽他說：「身為大都護府的夫人，不能怯懦。」

棲遲輕輕笑了。怎會忘了，她嫁的不僅僅是位高權重的安北大都護，還是個刀口舔血的男人。

她轉過臉去，覺得被他小看了，畢竟曾走過那麼多地方，豈會因為此事而怯懦。真正怕的是阿硯出事，是無法完成哥哥的囑託，不是怕死，是不能死。

「我沒怕，」她說：「也會習以為常。」跟著這個男人，遲早會習以為常。

伏廷看著她，她一身柔弱姿態，垂眼抿唇的側臉卻透出一絲堅毅。他牢牢看著，說：「那妳將臉轉過來。」

棲遲轉過臉來，迎著他的視線，往前靠近，緩緩的，越來越近，直至四目相對，輕聲開口道：「難道不信我嗎？那你看清楚好了。」

男人的眉眼近在咫尺，她看見他的眼越發地黑了，無端地想到了狼。

彼此鼻尖就快相抵，甚至他的呼吸就拂在她的臉上。

棲遲輕輕動了一下，終於碰了上去，輕輕掃過他高挺的鼻尖，聲音更輕了：「信了嗎？」

下巴忽然被捏住了，她被迫抬起頭，對著男人冷峻的臉。伏廷手捏著她的下巴，猛地低下了頭。

棲遲唇上一燙，男人的唇已經壓在她唇上。

她心口一緊，接著漸漸心跳加速。

他的唇乾燥溫熱，緊貼著她的唇，重重地碾壓。她氣息頓時急促起來，忽然頸後一沉，是他的手，按著她愈發往他的臉上貼近。

她渾身無力，睜著眼，看見他臉轉了一下，磨過她唇的時候眼似乎還盯著她。

棲遲甚至能嗅到他身上的血腥氣，心口扯得更緊了，一手揪住他的衣襟，就在快要喘不過氣的時候，叼到他的下唇，咬了一下。

伏廷停了一下，接著那隻手按得更緊了，唇上碾得更重。

不知過了多久，他終於放開手。

棲遲身上還是軟的，說不出話來，只能一口一口地呼氣、吸氣。

伏廷捏著她的下巴，舔了下被咬的下唇，說：「信了。」

第十章　隔閡暗生

一隊近衛將周遭迅速清理完畢，一點痕跡也沒留下。

羅小義跟李硯已隨口扯完了一番人生歪理，新露和秋霜也終於緩過來下了馬車，卻無人見著大都護與夫人的蹤影。

眾人無處可尋，只能待在原地等著。許久，才見到二人一前一後地過來。

羅小義當即打趣說：「三哥定是好生安撫嫂嫂去了。」

李硯一聽，想到姑姑為他受了驚，連忙迎了上去。

棲遲走在前面，眼垂著，專心看路。

李硯到了跟前，只見她臉上紅通通的一片，就連雙唇也是鮮紅欲滴，那唇邊卻勾著一抹淡淡的笑，一頭霧水：「姑姑，妳怎麼了，為何遇了險還能笑出來？」

棲遲抬頭，似是才回過神，搖了下頭說：「沒事，你還小，莫多問。」

李硯道：「可姑父說我已是個男人了。」說著恨不得將那柄匕首拿出來給她看看。

棲遲笑了笑，心說：那也等遇到了女人，才算是真正的男人。想完，她悄悄朝後面看去。

伏廷將佩刀扣到腰上，手抓住馬韁，朝她這看了過來。

她被他看著，又想起先前的事，想起他碾著她的唇時，眼還盯著她的樣子，忽然覺得，這男人的嘴就如他的人一般強悍。

唇上還有些發麻，她不禁抿了一下，在此之前，從不知道一個男人的雙唇可以如此滾熱。

到後來，她終於在那片冰湖邊平復了氣息，還是被他拉著站起來的。

他低頭問：「不能走了？」

豈會不能走了，她便搶先一步自己走回來。

她收回目光，不再看了，提著衣擺登車。

伏廷看著她登上車，嘴角不自覺地咧了下，低頭整理下衣襟，那裡皺了一片，是被她的手用力抓皺的。

他懷疑是不是自己太過火了些。

羅小義的臉忽然從一旁湊了過來。

「三哥，你嘴皮子怎麼傷了？」他還以為是除匪的時候傷到的，仔細地看了兩眼，嘀咕，「這也不像是兵器傷的啊。」

伏廷冷臉，掃了他一眼：「上路。」

羅小義被這兩個字切斷，便知他是不想多言，只好不多問了。

半道遇上匪事，之後再也沒有停頓。

一日後，車馬入了瀚海府。

穿過大街，還未到大都護府，一行人馬暫停。

伏廷勒了馬，讓其他人護送馬車回府，只叫了羅小義隨他立即入軍中去，準備再撥人到北地全境澈查一遍。為著民生好轉，哪怕只剩一個匪類也要拔除。

羅小義自是知道他向來雷厲風行，抱拳領了命，就要跟他走。

伏廷卻沒動，先朝馬車看了一眼。

窗格簾子半掀未掀，棲遲臉只露了一半，正看著他。

羅小義眼尖地瞥見，「嘿嘿」笑了兩聲，知趣地打馬先行：「我去前面等著三哥。」

棲遲將簾子挑起，看過去，一路下來，此時才有機會與他說話。

她低聲問：「你就這樣去？」說完她伸出根手指，點了下唇。

是指他的下嘴唇，那裡她咬了一口，破了皮，細細的一點血痕已結痂。她也沒想到那一口竟咬得挺重的。

伏廷眼盯著她，拇指按了一下唇說：「不礙事。」他軍中管束甚嚴，沒人敢閒話。

棲遲看了他一眼，低聲說了句話。

實在是太低了，伏廷沒聽清，問：「什麼？」

她看著他，眼一動，示意他貼近。

他掃了左右一眼，自馬上稍稍俯身，貼近，終於聽見她說什麼了。

她說：「我本不想咬的，是你親得太凶了，讓我喘不過氣來。」

一句話，伏廷瞬間憶起了當時，不禁看了她的唇一眼，心想或許下次該輕一些。

棲遲見他不作聲，只是盯著自己，不自覺地抿了抿唇。

伏廷看見，拇指又按了按唇，忍了一絲笑，調轉馬頭，說：「走了。」

棲遲輕輕倚在窗格邊，目視著他策馬而去的身影，手指捏住衣角，心裡想著：她如今，算不算是已成功取悅他了？

直到馬車重新行駛，眼裡再無那男人的背影，她才回了神，放下簾布，朝外喚了一聲，「秋霜。」

秋霜掀簾進來。

棲遲細細吩咐幾句，囑咐她要特意留心著軍中清剿散匪的消息。

秋霜不明所以：「家主為何要留心這個？」

棲遲笑道：「看到了經商的好時機。」

路上遇到那群散匪，叫她看清了伏廷護商的決心，如今北地各行各業急需好轉，對任何一個商人而言，都是絕佳的機會。她仗著是他夫人的便利，得了先機，豈能不把握。

秋霜恍然大悟：「家主是要將在北地的買賣做大不成？」

棲遲搖頭，何止，她在皋蘭州時就想著，這裡毗鄰外邦，或許還可以更大。

再回到府內，一切如舊。

主屋裡涼了一陣子，如今又燒上了溫暖的炭火，棲遲終於可以脫去厚厚的披風。

窗外已是暮色四合。

她端坐著，喝了一碗藥，先往嘴裡塞了瓣橘子止苦，而後便攤開一張地圖，放在身側的小案上仔細看著。

新露進來添了燈火，勸她一句：「家主病還未好，暫且還是多歇著吧。」

棲遲擺了下手，示意她出去。

新露只好退了出去。

下一刻，眼前的燈火突然一陣飄搖，有人挑高門簾走了進來。

棲遲以為仍是新露，抬頭看了一眼，看見的卻是抬腳邁入的伏廷。

室內燈火瞬間暗了一分，因被男人的身影遮擋了。

伏廷將腰後的馬鞭和佩刀解下，一併擱在門口，而後抽開袖上的束帶，鬆解了袖口，朝棲遲所在的方向看了過來。

棲遲看著他，想了想，問：「剛回來？」

「嗯。」他掃視屋子一圈，忽然想起上次他主動來這間屋子，還是因為那筆錢來質問她的。這次無事，回來後他就來了。

棲遲聽他是直接過來的，唇邊不禁有了絲笑。她心裡想著，為人妻子此時是否該殷勤伺候好夫君，為他更衣，為他煎茶，卻只是坐著，帶著笑看著他。

伏廷已走過來，先看見案上的地圖，問：「看這個做什麼？」

棲遲斂神，實話實說：「看一下北地的商路有哪幾條。」她雖在北地有買賣，但這裡的商路還從未親自走過。

他目光轉到她的臉上，又問：「為何要看商路？」

棲遲聽出他語氣裡的探究意味，盯著那地圖，轉著心思道：「見你為北地好轉忙著，我身為大都護夫人，豈能不多知道一些，又如何能幫得上你。」

伏廷看著她，一時沒有作聲，心裡卻是受用的，大概是因為這話裡全是向著他的意思。

棲遲悄悄看他，見他臉上似是沒有探究之意了。她站起來，伸出根手指，勾了下他垂在身側的手：「幫我看看？」是想叫他幫自己指出來。

伏廷看了她那隻不安分的手一眼，扯起嘴角，走到案邊一掀衣擺坐下，說：「過來。」

案席矮，他向來不似棲遲那般端正跪坐，屈著條腿，手臂搭膝，捲了兩道袖口，露出一雙結實的小臂，看著她，等她過去。

棲遲緩步走近，就見他伸出手，在地圖上點了一道。

她才知道他是願意指給她看的，跟著也用手點上去：「這裡？」

手被握住了，伏廷手掌覆在她的手背上，捏著她的食指，從一頭點住，滑動著，拖到另一頭，說：「這一條，是我們回程時經過的那條。」

她明白了，便是遇上那群散匪的那條，隨即看見線路上標著一個湖泊，她止不住猜想著，那是不是就是他親她的那片冰湖，不由得覺得他握著自己的手似乎變熱了。

伏廷握著她的那隻手，又畫了幾個地方。

棲遲站在他身前，手被他握著，似被他擁在身前，這姿勢瞬間叫人感覺無比親暱。她用心記下那些路線，心說：不要分神。

伏廷感覺她貼在身前，又嗅到她髮上熟悉的花香，混著剛喝完藥的藥香味。他抬頭看了一眼，本想問是什麼花，想想又算了，反正是她身上的。

「都記住了？」他鬆開手。

棲遲點頭，眼睛從地圖上，看到他露出的小臂上。他小臂緊實，搭在膝上，自衣袖間，若隱若現地有道疤延伸而出。

伏廷撞上她的眼神，放下小臂，一手拉下袖口，並不想讓她瞧見，怕她未曾見過，覺得猙獰。

棲遲卻已看清了，問他：「你身上有多少疤？」

伏廷聽了並不以為意，軍旅之人，帶幾道傷疤是常事，他身上也有幾條，算不上什麼。他也不說有幾條，只反問：「妳想看？」話一出口，他就意識到其中所含的意味，似多了一分難言的旖旎。

棲遲不禁抿住了唇，沒了回音，眼睛輕輕掃過眼前的男人。

伏廷被她的眼神掃過，收住下頜，目光落在她身上。她身上穿著交領襦裙，高腰處結繫絲條，收著纖細的腰肢，只要他手一伸，就能將其摟進懷裡。

他抬眼往上看去，看到她的臉，便止住了念頭，那臉上仍有微微的浮紅。他又嗅到她身上的藥味，早知她的病還沒好。

「好好養病。」他忽然說。

棲遲眼神動了動，這話偏偏接在前面那句話後面，反倒更有些其他意味了。她都快以為這男人是故意的。

門外傳來新露的聲音：「大都護，羅將軍來請了。」

伏廷站起來，將兩手的袖口重新束上。

棲遲才知道他只是中途回了下府上而已。她站在那裡，看著他將佩刀和馬鞭拿在手裡，低聲問了句：「何時再來？」

伏廷不禁回頭，眼盯著她，似有笑意：「隨時。」這裡是他的宅邸，她是他的夫人，他自然隨時隨地都能過來。

棲遲也意識到自己多問了，「嗯」了一聲，臉上似笑非笑。

他看了她的笑容一眼，不知她又在動什麼狡黠的心思，揭簾便走了出去。

一直走到府門外，羅小義正在那等著。

「三哥中途返回府上是有什麼急事不成？」他是來請伏廷去點兵的，一切已準備就緒了。

伏廷說：「少廢話。」

羅小義腦子一轉就回過味來了，這府裡有什麼，除了他那位嫂嫂什麼也沒有。

他笑了兩聲，什麼也不說了，只是覺得，以往還真沒見過他三哥這樣。

棲遲雖有一副嬌柔面貌，身體底子卻是好的，沒幾日，病已大好了。

她在房內喝完最後一碗藥，放下碗，秋霜正好自外而歸。

「家主，羅將軍領著搜查的人一夜巡地百里，行事很快，已先行回來一批了。」她近前，小聲稟道，「奴婢方才去打聽過了，都說沒再遇到匪徒。」

棲遲一面用帕子擦著手，一面聽著。

秋霜又道：「羅將軍親口說，當初大都護為了剿匪三個月都沒回過府，那日還會遇上幾個最多算是漏網之魚，料想是真沒了。」

棲遲自皋蘭州回來後，也特地著人打聽了一番以往北地的情形。

最早北地爆發瘟疫是自牧群之中開始的，而後一路蔓延至全境，有人說是天災，也有人說是突厥有意為之，但都已不可考證了。

之後走投無路的越來越多，便不可避免地出現殺人越貨的盜匪。伏廷殺伐果斷地派軍圍剿，緊接著就投身抵擋突厥入侵的戰役之中。料想這幾個殘餘也就是當時藉著戰事的空子才偷活下來的。

如今來看，那些商路應當是安全的。

她放下帕子說：「將地圖取來。」

秋霜轉頭去取了，在她眼前展開。

那上面，她已用朱筆標出路線，都是當時伏廷指給她看的。

秋霜看了那地圖一眼，問：「家主想要在北地擴大買賣，可還要繼續做原先的民生行當？」

棲遲點點頭：「原先的買賣自然還要接著做，而且要選用好貨。北地民生艱難，需要的是經久耐用的好物，妳叫下面的鋪子以後利壓一成，只賣質好的。物美價廉，眼前雖是薄利，但不出半年，所有百姓都會認著我們商號的東西，不會再看二家。」

秋霜稱「是」，暗暗記在心裡。

這是為著長遠著想，以後自然都會再賺回來的。棲遲細細想好了規劃，招手，喚秋霜附耳過來。

秋霜捲上地圖貼近，認真聽完，接著便悚然一驚，低呼：「家主竟想將買賣做出邊境？」

棲遲食指掩唇：「如今在都護府中更要分外謹慎，千萬不可走漏一丁點消息，知道嗎？」

秋霜連連點頭，她進房時連門都關上了：「家主放心，自古商人位低，奴婢決不會叫大都護知曉半分。」

棲遲這才露了笑，安撫她：「沒事，按我說的著手去辦吧。」

她最初做買賣時，是迫於無奈，但占了出身的好處，有足夠本金，可以很快立穩腳跟，又眼觀六路，善取時機，才能發展到如今的規模。但無論如何，人若無膽，終將是一事無成。

倘若當初沒有邁出那一步，今日光王府早已不是光王府。如今，也要敢於邁出那一步才行。

秋霜得了吩咐要走。

「對了，」棲遲往外看出去，「他回來了沒有？」

秋霜自然知道是在問誰，回：「時候已不早了，料想大都護就快回了。」

棲遲沒作聲，在心裡想：不知他這次會不會又直接過來。

這幾日，伏廷雖在軍中忙著，但真的隨時會抽空過來。就在昨日，他還過來與她一同吃了頓飯。

當時兩張小案擺在一起，兩個人也坐在一起。

她在他身側坐著，問他：「以前我不在時，你都吃什麼？」

他答得簡略：「與常人無異。」

她便知道，那是吃得不好了。

一個大都護怎能與常人吃得無異。

他似也意識到自己說漏了嘴，拿著筷子不再言語。

她不禁笑起來，想讓他多說一些往事，可他卻不肯再說了，最後專注地看著她說：「下次。」

下次便下次吧，反正來日方長。

棲遲將眼前的地圖收起來，自己常翻看的帳本也一併合上疊好，讓秋霜放好了再出去，免得被他來時看見。

在軍中聽完澈查散匪的回報後，伏廷馳馬回了府邸。

他將馬韁交給僕從，剛要進門，羅小義打馬而至。

「三哥，軍中有你的信！」

伏廷停步：「何處的來信？」

羅小義下了馬，快步過來：「說出來你怕是不信，竟是那個邕王的。」說著他自懷裡摸出那信函遞了過來。

伏廷掃了一眼，沒接。他與邕王素無往來，唯一有過的交集便是上次在皋蘭州競買馬匹一事。

雖遠離二都，他對朝中皇親貴冑卻有所瞭解。邕王是當今聖人的親姪子，仗著與天家血緣親近，歷來驕縱跋扈，為人氣量狹小，來信能有什麼好話，必定是因為買馬的事生了怨尤罷了。

「不看，你看吧。」他說。

羅小義也不客氣，當即使拆開了，邊看邊念地看了個大概，嘴裡「咦」了一聲：「這個邕王竟是來道歉的？」

伏廷的腳本已邁入了府門，又轉過身來。

羅小義見他看著，又往下看了兩眼，便明白了：「我說為何這般呢，原來是暗諷，表面上是說他家小子欺負過小世子，來道歉的，卻是想說嫂嫂買馬是挾私報復他，可真有臉……」

話戛然而止，信已被伏廷奪了過去。

他拿在手裡自己看著。邕王在信中說他教子不嚴，致使兒子欺侮了光王世子，更是讓清流縣主帶著光王世子遠避北地。

然而都不過是幼子無狀、孩童耍鬧罷了，何至於讓清流縣主惦念不忘？連個民間的質庫都願為她出頭不說，後來竟還讓他在諸多權貴面前折了顏面。

如今給大都護修書，是想化干戈為玉帛。有安北大都護庇護，又有何人敢再對光王世子無禮？彼此皆為李姓宗室，何至於互相生怨，只會讓人覺得心無氣量罷了。

羅小義說得沒錯，通篇所言，明面上是替兒子致歉，言辭間卻無歉意，反而在指責棲遲沒有容人氣量。

伏廷卻看到了別的，李硯被邕王世子欺負過。他想了起來，競買那日，棲遲說過，邕王欺侮過光王府，莫非是指這個。

他將信紙丟給羅小義，轉身進門。

「三哥？」羅小義不明所以，看著他的背影轉了個彎，入了院落。

西面院落裡，李硯剛下學。

他站在院子裡，手裡拿著那柄匕首，小心拔開，試了試，卻不太會用，正思索著是不是該找個人請教一下，就見伏廷自院外走了過來。

「姑父，」李硯難得見到他，鼓起勇氣，將匕首遞了過去，「可否請您教我用一用這個？」

伏廷接過來，想起教他騎馬的事，也就一併記起當時棲遲的話，她很看重這個姪子。

他將匕首塞回李硯手裡，握著，轉兩下手腕，一刺，一收，就鬆開了手。

李硯很聰明，開了竅：「明白了，是要出其不意時用的。」說著，他就將匕首仔細地收入鞘中，別在腰間。他穿著錦緞袍子，別了匕首後，頗有些少年意氣。

伏廷看了兩眼，開門見山地問：「你被邕王世子欺負過？」

李硯聽了這話不禁抬起臉去看他，心裡驚詫姑父為何會知道，自己分明沒有說過。他搖搖頭，不想搬弄是非，主要是不想給姑父添麻煩。

伏廷直接說：「邕王已來信為此致歉了。」

李硯一愣：「真的？」

邕王世子一向標榜自己與聖人血緣更親，目中無人，囂張跋扈慣了，他父王竟會忽然致歉？李硯實在是難以相信。

伏廷見到他的反應就知道確有其事了，沉默片刻，才又問：「你們是為此才來北地的？」

李硯不答，是因為記得姑姑說過，來了之後便忘卻以往那些糟心事，好好在此修習，他日揚眉吐氣。

他看著面前的姑父，總覺得他臉色變了，卻不知為何，也不能一直不說話，只能避重就輕地說了一句：「事情都已經過去了。」

伏廷聽了這話也用不著再問了。

是北地的事太多了，叫他險些忘記，光王都去世好幾年了，光王爵位卻還懸著遲遲未曾落在這個世子身上。他點了下頭，良久，又點了下頭，終於想通了許多事情。

想明白那一筆一筆花下去為他強軍振民的錢，想著那個女人，心裡不由得發出一聲冷笑，原來是因為他是個強而有力的依靠。

天已快黑了。

棲遲核對完一筆積攢的帳目後，才走出房門，站在廊下，遠遠地看著後院的門。

過了片刻，她看見男人走來的身影，果然他是直接朝這裡來的。

伏廷腳步略快，要到跟前時才停下腳步。

棲遲看著他，問：「今日可是回來晚了？」

他站著，一言不發。

只一會兒，他便自她身側越過，往前走了。

棲遲盯著他的背影，蹙了眉，這男人為何又如往常一般成半個啞子了。

她心中奇怪，不禁慢慢跟了過去，他沒去主屋，去的是書房。

一直走到書房門口，伏廷推門進去。

他如平時般解開腰上的帶釦，鬆開兩袖的束帶，看見門口站著的女人，手上的動作才停了下來。而後他忽而兩臂張開，看著她，等人伺候寬衣的模樣。

棲遲身為妻子，責無旁貸，走過來，接了手，去掀他的軍服。

他手臂忽地一收，將她抱了個滿懷。

她怔了一下，抬頭看向他。

伏廷抱著她，低下頭，在她耳邊說：「妳還有什麼取悅的手段，對我用出來。」

棲遲聽見他這低沉的一句，心中一撞，以為聽錯了：「什麼？」

他的嘴貼在她的耳邊，一字一字地重複著：「取悅我。」

這男人何曾是個會玩閨房情趣的人，何況這語氣也不像在玩什麼情趣。棲遲想不透，轉過臉，對著他的側臉看了看，終是踮起腳，在他的臉頰上親了一下。

退開時，她輕聲問：「如何？」

摟著她的那雙手臂箍得更緊了，他轉過臉來看著她，室內無燈，看不清他的神情，只聽見他說：「很好。」

很好？棲遲愈發覺得古怪，總覺得他像是在跟自己打啞謎一般。她一動不動地任他抱著，心中揣測，他是不是藏了什麼事。

伏廷終於鬆開她，抬手在自己臉上抹了一下，轉過身說：「今日累了，妳先回去吧。」

棲遲想了想，試探地問了一句：「那明日我等你？」

伏廷背著身，沒有回話，一隻手搓著手指，那上面沾著她親在他臉頰上的口脂。

他一直搓著，直到搓得乾乾淨淨，也沒搓明白，這其中到底包含多少女人的柔情？

翌日一早，城外的一間鋪子裡。

棲遲戴著帷帽，在屏風後面靜靜地坐著。

屏風外，是穿著圓領袍的秋霜在與一干商人說著她新定下的安排。

一番計畫剛說完，就聽外面漸漸喧鬧起來。眾人你一言、我一語的，討論著秋霜說的要做境外買賣的事。

有人嘆息著道：「要做境外的買賣談何容易。」

秋霜問：「商隊、人手都已備足，有何不容易的？」

那人面朝屏風道：「東家有所不知，在北地出境做買賣，是需要大都護府出具憑證的。」

其他人也紛紛附和：「正是如此。」

棲遲一字一句全聽在耳裡。

很快，秋霜進來了，低聲道：「家主都聽見了？」

她點頭，擺兩下手。

秋霜出去，將人都遣散了。

棲遲站起身來，走出屏風，將頭上帷帽戴好。

秋霜返回到她跟前：「家主，聽說不僅要大都護府出具憑證，還得要大都護本人親自批的才行，這可如何是好？」

棲遲想了想：「先回去再說。」

出了門，登上馬車。

秋霜跟上來時，正好見她摘下帷帽，看了看她的臉色道：「家主似是睡得不好。」

棲遲無奈地「嗯」了一聲。自然睡得不好，昨晚從書房離開後，回到房裡她困擾了一宿，也沒有想通那男人究竟是怎麼回事。

甚至後來還數次站在門口朝書房看過去，那裡一直未亮燈火，她不知道那男人是睡下了，還是在昏暗裡坐著，什麼動靜也沒有，看起來似是無事發生，可總覺得那並不是他該有的模樣。

她思來想去，總覺得不對勁。

不想今日一早來到鋪子裡商議買賣的事，竟然又說到要有他本人親批的憑證。她不禁嘆了口氣，忍不住想：他到底是怎麼了？

馬車向大都護府駛去，秋霜坐在車外。沒走多遠，她就隔著門簾小聲稟報：「家主，前面似是遇上大都護的人馬。」

棲遲揭簾往外看，恰好快到城門口，沒看到伏廷，只看到幾個跨馬肅整的近衛在城下候著。

就這片刻工夫，已經遇上了。

一趟皋蘭州之行，伏廷的近衛早已識得夫人的馬車，當即有人打馬上前來問：「可是夫人在車中，是否要通知大都護？」

棲遲想了想，通知了必然要問她是從何而來，還要遮掩，便小聲問秋霜：「這附近可有什麼去處？」

秋霜揭簾，壓低聲音回：「只有間佛寺，家主問這個做什麼？」

棲遲說：「妳就與他們說，我是要去佛寺，就讓他們如此通知大都護。」

秋霜放下簾子，在外回覆了。

近衛稱「是」，回去稟報了。

秋霜在外叫車夫轉了方向，駛去附近的佛寺。

那佛寺就在緊鄰城門一座峰勢平緩的小山上，並不遠，很快便到了。

棲遲自車裡下來，踏著山門石階，入了寺院。大雄寶殿裡寥寥幾個香客，皆在跪拜求著什麼。

唯獨她一人，在塑像前站著，最後覺得太過突兀了些，才在蒲團上跪了下來，心裡思忖：方才已叫近衛通知伏廷，也不知道他會不會過來。

不知過了多久，身旁有女香客在竊竊私語，不停地往殿門處望，身後有人自殿外進了門。

棲遲沒動，直到身側出現熟悉的身影，才側頭看了一眼，看見男人腿上那雙見慣了的黑色胡靴。她揭開帽紗，露出臉來看他：「你來了。」

竟像是鬆了口氣，他終究還是來了。

伏廷剛才自城外軍中而來，在城門口停頓一下，就聽近衛來報說遇到夫人去了佛寺。

棲遲端端正正地跪在蒲團上，臉對著他。其他香客都看著他們。

他在旁邊走動了一步，掃了佛像一眼，問：「為何來拜這個？」

棲遲想了一下，答：「為北地祈福。」

伏廷盯著她，手裡的馬鞭在腿上輕輕一敲，疑惑地說：「我記得妳不信命。」

棲遲竟被他說住了，她確實從不拜神求佛，她只信她自己。若求佛真有用，她一定認認真真求老天開眼，好讓她知曉這男人此時正在想什麼。

她轉過臉，正對著佛像，合起雙掌：「那我便求問佛祖，我夫君可是對我藏了什麼事？」說完她轉頭，眼睛看著他。

不是在問佛祖，而是在問他。

伏廷下巴繃緊，又放鬆，說：「無事。」

棲遲站起來，避開左右香客的視線，細細地看著他的神情，柔聲問：「可是我做錯了什麼，惹你不快了？」

他臉上卻什麼也看不出來，唯有一雙眼是黑沉的。「沒有。」他的聲音亦是低沉的。

她千里迢迢來投奔他，是應該的，豈會有錯。不過是他一番下來，錯將她的取悅當成了真情罷了。

想到此處，他臉上愈發沒了表情，心裡冷笑，覺得自己有些可笑。所以不如不說，說了也不過是徒增不快，身為一個男人，只當無事發生就是了。

棲遲看不出端倪，也問不出東西來，只在心裡思索著。她不信是真無事。

佛寺住持不知從何處聽得風聲，從殿後過來，拜見大都護和夫人。

「大都護可要與夫人點上一盞佛燈？」見二人只是站著，住持便開口為兩位貴客推薦廟中可玩賞的東西，道：「夫婦同點，有祈願長生與姻緣和美之意。」

棲遲看著伏廷：「你要為我點嗎？」

他頷首：「妳若想要便點。」答得乾脆，毫不拖泥帶水。

棲遲卻蹙了眉，他說話時雙眼根本沒有看她，這樣一味地包容也只是包容，反而叫人不安。

「算了，不要了。」她改了主意，心說反正她也不信命。

接著她故意似的，轉頭問那住持：「佛燈便算了，請大師慧眼明辨，為我斷一斷婚姻如何？」

住持呼一聲佛號，雙手合十說：「夫人婚姻必然美滿，他日子孫滿堂。」

棲遲聞言不禁想笑，想不到佛門中人也如此畏懼權勢，面相手相一個未看，張口就來。她去看伏廷的神色。

他抿著雙唇，一言不發。

棲遲看了兩眼，又不知他在想什麼，將帽紗放下，嘆息一聲：「走吧。」

走出殿門，羅小義正等在外面，見到她出來，笑著問：「嫂嫂今日怎麼有興致來佛寺了，求什麼？」

棲遲眼神往後一瞥，說：「什麼也沒求到，只聽了幾句不知是真是假的好話。」

羅小義還以為她是來了一趟不盡興：「那何不多待片刻，求到了再走。」

「不用了。」她問，「你們這是又要去軍中？」

羅小義道：「不是，正要跟三哥去過問一下那些圈地墾荒的新戶呢。」

棲遲看了伏廷一眼，他自殿門裡長腿闊步地走了出來。

她想了想說：「我同你們一起去吧。」說完她先行走向馬車。

羅小義看著她上了車，轉頭看向伏廷：「三哥，那信還回嗎？」雖不想提，但畢竟是個親王的信，他不得不問一聲。

結果剛說完就後悔了，因為已見他三哥臉沉了。

伏廷寒著兩眼，冷冷說：「回什麼，我大都護府的夫人要如何行事，還輪不到他邕王來指手畫腳。」話音未落，他已大步下山門石階。

羅小義好一會兒才跟上去，他知道他三哥的脾氣，向來是說一不二的，只能暗想，早知他三哥如此維護嫂嫂，還不如爛在肚子裡不問呢。

所謂新戶，是那些先前安置下來的流民。一半年輕力壯、自願從軍的已經收編在軍中，剩餘的都落戶成了新戶。

瀚海府廣袤，任由墾荒。開春在即，眼下多處已被開墾，便到了將田畝錄入冊的時候，便於他日收成過後收繳賦稅。

棲遲下了車，見眼前一大片荒郊野嶺，四處都是被翻動的痕跡，地面是灰白的，翻過後露出黑色的鬆土。秋霜在旁和幾個墾荒的新戶已說上話了。

她一看過去，那幾個新戶朝她作揖，嘴裡說著拜謝的話，正奇怪是怎麼回事，秋霜過來說：「家主可還記得曾打發奴婢們去給這些流民散過碎錢？不想還有人認得我呢，我告訴他們是大都護夫人出的錢，他們可感激壞了。」

那是剛來北地時候的事，棲遲早已忘了，不承想這點小恩小惠還被他們記著。

她朝那些人點了點頭，朝前望過去，看見伏廷在遠處巡視著，高大挺拔的一道身影，面容冷肅。

她看了片刻，又見另一頭羅小義和幾個下官正在手忙腳亂地領著人在算田畝，想了想，對秋霜說：「去幫幫他。」

伏廷將四處巡視過一遍，往回走時，眼睛已先一步看向那頭。棲遲穿著披風，戴著帷帽立在那裡，手裡拿著本冊子。他看著她的模樣，心想看起來病應當是好了。

羅小義走過來：「三哥，嫂嫂可真厲害，將那些田地都算出來了。」

伏廷這才知道她拿著冊子是在幹什麼，掃了羅小義一眼：「你們幹什麼吃的？」

羅小義乾笑：「誰知道嫂嫂算帳那麼厲害，她這也是為了幫你。」

伏廷只覺得她已幫得夠多了，這裡的人有一半都是靠她提供的錢銀安置的，現在竟又勞累她做這些。他看棲遲一眼，對羅小義說：「送她回府。」

羅小義怔了一下，只好回去請棲遲登車。

棲遲眼睛從冊子上抬起來，剛望過去，就見伏廷又往遠處去了。她跟來這一趟，還是沒弄明白他是怎麼了，總覺得他似是離自己遠了。

乘車回到府裡，一日已過去大半。

棲遲走回正屋，腳剛邁過門，就看見坐在那裡的李硯。

他似乎等了許久，一見到她站起身說：「姑姑，我有件事，思來想去還是要告訴妳。」

棲遲解下披風，問：「何事？」

李硯走到她跟前，小聲說：「姑父來找過我。」說完不等棲遲多問，他便將那日的經過一五一十地都說了。

伏廷交代過，那些話問過就算了，只當他從沒去過李硯那裡。往後只要他們還在北地一日，就絕無人敢欺壓他們一分。

只不過李硯自小對姑姑是沒有半分祕密的，還是沒忍住，前來如實相告了。

棲遲聽完良久未言，手指捏住衣擺，想著那男人昨晚突兀的一句「取悅我」，終於明白是怎麼回事了。

李硯見姑姑想著事情入了神，愈發自責，忍不住道：「一定是因我的事拖累了姑姑。」

棲遲搖頭，緩緩坐下：「終究會有這一日的。」

又不能瞞他一輩子。

第十一章　破局引誘

伏廷已許久沒來主屋。

棲遲一面想著，一面看著新露將眼前的炭盆從房中移了出去。一晃，天已經不再那麼冷了。她推開窗，在房中緩緩走動著，想起李硯來找她時說過，伏廷去問他話時，提到邕王來過信。那男人心思深沉，一定是信裡露出什麼蛛絲馬跡叫他發現了。又是邕王。這一筆，她記住了。

秋霜忽然進了門，稟報說：「家主，人已到了。」

棲遲提提神，在椅上坐下，就見一人跟在秋霜身後進了門。來人一身黑衣，滿臉英氣，向她抱拳見禮：「嫂嫂。」是曹玉林。

棲遲笑了笑：「許久不見了。」

曹玉林點頭，自懷間取出一塊捲著的羊皮：「嫂嫂之前叫我幫忙的事已做好了，全在這上面了。」

秋霜接了，送到棲遲手中。

棲遲拿在手裡打開，上面是用小筆記下的境外物產以及一些地方的大致情形。

上次在酒爐裡得知曹玉林善探聽消息，她便動了心思，請她幫忙留心一下境外的情形。當時倒是沒想太多，只是為了讓她安心接受自己給的本金，也是想著留一手備用。不想如今送來的正是時候，她要擴展新買賣，正需要這個。

她收好了，伸手入袖。

眼前曹玉林瞧見，搶先開口說：「嫂嫂莫再給錢了，這本就是拿錢替嫂嫂辦的事。」

棲遲手便拿了出來，不與她客氣了：「妳現在買賣做得如何了？」

曹玉林道：「多虧嫂嫂提點，又給了本金，已好多了。」

「說到這個，」棲遲想了想，又問：「妳可願隨商隊走動？」

「商隊？」

她點點頭：「我想妳既然需要出入探聽消息，必然要四處走動，若跟著商隊行走會方便許多，秋霜認識些商戶，讓她為妳引薦好了。」說的自然就是她自己的商隊。

她想著曹玉林出身軍中，是有身手的，探聽消息時又需要遮掩身分，而她眼下正好需要用人，可謂一舉兩得。

秋霜在旁接到示意，立即接話：「正是，曹將軍若願意，點個頭即可，奴婢自會為您安排。」

曹玉林略一思索便答應了，抱拳道謝：「嫂嫂想得周到，這樣倒是方便許多。」

說到此處，她想起伏廷，轉頭朝外看了一眼：「不知三哥何時回來，我既然來了，理應是要拜見的。」

棲遲聽她提起那男人，就又想起如今自己與他的情形，搖了下頭：「妳若要見他，在這裡是等不到的，還得親自去找他。」

曹玉林一愣，似是不信，這是他們夫妻的屋子，豈會等不到他？但看棲遲臉色，又不像說笑，她忍不住問：「嫂嫂可是與三哥生出齟齬了？」

棲遲抬了下手，等新露和秋霜都會意出去了，才笑著說：「沒什麼，妳莫要多想。」夫妻間的事情，她不想叫太多人知道。

曹玉林沒說什麼，心裡卻覺得不應當。當時在酒廬裡，伏廷那樣子她是看在眼裡的，分明是很在意這位嫂嫂，若沒什麼，不大可能會這樣。

她也不會說什麼漂亮話，只能照著自己對伏廷的瞭解來寬慰：「三哥不同於其他男人，是孤狼一樣的性子，向來說得少做得多，料想嫂嫂是受了委屈。但他是個頂重情重義的漢子，既然娶了嫂嫂，就決不會對嫂嫂差的。」

說的都是實在話。她親眼見著伏廷如何一步一步走到今日的，他是個恪盡職守的軍人，可以為你擋刀擋槍，但恐怕不太會在嘴上哄這樣嬌滴滴的妻子。

棲遲對她笑笑，點了點頭，算是聽進去了。她知道那男人對她不差，便是眼下，也願意做她的庇護，但她要的又何止是不差。

她要的是他寵她、愛她，將她放在心尖上。那樣，他才會全心全意地向著她。

大概是她太貪心了吧。

棲遲轉頭，眼睛落在窗外一截挑出的枝丫上，臉上的笑漸漸斂去，心想不能再這樣下去了……

曹玉林離開主屋後，一直在都護府的前院等著伏廷。

她也有耐心，差不多等了快兩個時辰，才等到來人。

伏廷從府門外走入，步下生風。

她快步上前，抱拳，道：「三哥。」

伏廷停步，看見她在，瞬間沉眉：「有事？」沒事她不會突然來瀚海府。

曹玉林忙道：「沒什麼大事，我來送消息，順便探望一下嫂嫂。」

伏廷這才鬆了眉目，眼往後院方向一掃，沉默一瞬，問：「她如何？」

曹玉林頓了一下，才知道他是在問誰，愈發坐實了心中想法，回道：「三哥何不自己去看看？」

伏廷嘴角一揚，轉了下手裡的馬鞭：「忙。」

曹玉林見他一雙胡靴上沾了塵灰，的確是在外忙碌而歸的樣子，料想不是虛話。她猶豫了下，還是開了口：「身為屬下，本不該過問三哥的家事，但也正因追隨三哥多年，更知你孤身一人撐著這北地的艱辛，如今理應有個自己的家了。」她自懷裡取出一只小袋，手心一張，從裡面倒出一堆東西。

伏廷看了一眼，是幾樣混在一起的種子。

曹玉林道：「上次在酒廬裡，嫂嫂聽我說了三哥在扭轉北地的民生，便指點我去尋一些易種好活的花果種子來賣，還指點了其他的法子。可見嫂嫂不是尋常的貴女，是個精明能幹的女人。三哥既在意她，更要對她好才是。」

伏廷看著那把種子，說：「會的。」自然會對她好，她是北地的恩人，豈能對她不好。他還欠著她一身債呢。

曹玉林見他答得乾脆，也就不好再僭越多說了。她取出自己袖口裡捲著的一小條紙，遞給他：「雖無大事，但近來三哥還是多留心城中狀況。」

伏廷接過去，點了點頭。

曹玉林抱了抱拳，出府而去。

伏廷將紙上的消息看完，不動聲色地撕了，走入後院。

直到書房門口，他看見門虛掩著，推門進去，一眼看見榻上倚坐著的女人。

棲遲坐在那裡，衣裙長長地自榻沿垂下。她本垂著眼，似在想著什麼，聽到開門聲才抬頭看過來。

伏廷還沒開口，她先說：「你不去見我，只好我來看你了。」

他合上門，看她一眼，手上解了腰帶，褪去軍服，穿著素白的中衣，如往常一般取了架上的便服換上，心裡回想了一下，的確很久沒去過主屋了。

想完他隨手將腰帶一繫，走過來，在她身旁坐下。

「看吧。」他任她看著，也看著她。

棲遲原本就伸著腿，他一坐便碰到了她。她的腳挨著他身下的衣擺，就靠在他大腿側，不禁縮了一下，卻見他只是坐著，大約是因為近來忙碌，那刀削似的兩頰瘦了一些，兩眼沉著地看著她，仍是那副無事發生的模樣。

棲遲很快便想起來此的用意，眼睫顫了顫，那隻腳挨著他的腿，輕輕蹭了過去。他坐下時腿上繃緊，她腳尖碰過的地方是一片硬實。

伏廷眼一垂，就看見貼著自己腿側伸出的一隻腳，掀眼看住她，沉了聲：「妳想幹什麼？」

他已用不著她取悅了，本就欠她的，理應做她和她姪子的依靠，又何需她再如此費心。

棲遲迎著他的眼，捏緊手心，暗暗給自己鼓勁。良久，她終於低聲說出口，卻是一句反問：「你說我想幹什麼？」

如此露骨的舉止，她不信他看不出來她想做什麼。一個女子，只會在自己的夫君面前這樣。她的目光落在他唇上，想起之前他親自己的模樣，就不信他會無動於衷。她想回到讓他願意親近她的時候。

腳上陡然一沉，她一驚，腳背被男人的手抓住。伏廷坐著未動，一隻手死死按在她的腳上。

棲遲動了一下，卻掙不脫，隔著一層襪布，他的手將她的腳背焐熱了。

伏廷曾見過她白嫩的腳趾，知道她有一雙好看的腳，此刻被他掌心握著，不禁緊了腮。隨即他就看見，她的眼神落在一旁，耳根又紅了。

以前他就想，如她這般出身，因何能在他面前一次一次地展露出這等勇氣，如今才知道緣由。他險些就要問一句，為了她的姪子，她還能做到哪步？想到此處，他嘴角竟露出笑了：「可我還不想。」

棲遲蹙眉，看了過去。

伏廷穩穩坐著，除了嘴角那一點笑，臉上什麼多餘的神情也沒有，唯有那隻手，緊緊抓著她的腳，不讓她動彈半分。

她不動，他也不動，就這樣僵持著。

直到她覺得腳背都疼了，才動了下腿，說：「放開吧。」

伏廷這才鬆了手。

棲遲坐正，兩條腿放下榻，默默穿鞋，又看身邊一眼，他仍盯著她。

她站起身，一時找不到能說的，抿住唇，往門口走去，轉身時衣裙掀動，掃過他的腿。

伏廷看著她拉開門走出去，緊咬的牙關鬆開，周身似才鬆弛，一隻手伸進懷裡，下意識地想摸酒，卻空無一物，才想起剛換了衣服，酒不在身上。

他紋絲不動地坐著，想著她方才所為，嘴角揚了一下，說不出什麼意味，又緊緊抿住。

棲遲一直走出去很遠，才在廊下站住，抬手摸了下耳根，方才的熱度終於緩緩地消去了，但下定的決心，是不會消的。

她倚著柱子，又回頭看了書房一眼，捏著手指，心裡想：他是定力太好，還是真不想。

如今，她竟有些猜不透這男人了。

房中，新露剛點上燈。

棲遲回來後先理了理鬢髮，免得被看出什麼，才在案席上端端正正地跪坐下來。

新露笑道：「看家主這模樣，一定是好生與大都護說過話了。」

都知道近來大都護沒過來，她們做奴婢的不敢多言，但見今日家主已主動過去了，有什麼事定然也沒了，心裡也是高興的。

棲遲聞言輕輕一笑，無言以對。她也想好生與他說一說，但從何說起呢？本就是為了姪子，為了哥哥的遺願來的，她總不能騙他說都是出自一腔真情吧。何況那男人又豈是好騙的。

在這件事上，她自知是理虧的，並不怪他，也知他不是那等沒擔當的男人。她只希望能撬開他，偏偏他又撬不動。

想到此處，棲遲不免又想起那可恨的邕王，臉色都冷了。

新露點完了燈，忽然過來，自袖中取出一封書信遞到她眼前：「家主，這是您去書房時送過來的。」

又是信。棲遲一看到信便蹙了眉，待看到信封上的字跡，又覺得奇怪，居然是洛陽來的，接過來，抽出一看，眉心又是一蹙，是崔明度寄來的。

她拿到燈前，細細看到結尾。

崔明度在信中說，因為她先前在皋蘭州買馬的豪舉，邕王已去聖人跟前說了一嘴。聖人倒是沒說什麼，但他既然知曉了，還是來信告知她一聲。

整封信言辭恭謹，知禮守節，只是為了說這個罷了。

棲遲兩指夾著信函，湊到燈座上，引燃，扔到地上。

新露見了吃驚：「家主怎麼燒了？」

火苗映著棲遲的臉，她臉色平淡，語氣也淡：「我已是有夫之婦，豈能與其他男子私通信件。」

新露一聽，這才知道信是別的男子寄來的，連連點頭，忙蹲下，將地上的灰燼收拾了。

信裡說的事，棲遲並不在意，她決定買馬時就想到了這一層。聖人礙於其他都護府跟著要錢，早已不怎麼過問安北都護府的境況，每年給的援濟本就沒有多少，聽聞去年都沒有。

既然如此，如今就算聽聞瀚海府有了錢，又豈會說什麼？反倒是邕王上趕著去說舌，更有可能招引聖人嫌棄。

如此小事，她不知道崔明度為何要特地寫信過來說，而且還不是寄給伏廷，是寄給她。難道……

她眼睛動了動，想著在皋蘭州遇到過他的情形，忽然失笑。

新露抬頭，詫異地問：「家主笑什麼？」

棲遲搖頭：「沒什麼。」

只是忽然覺得，天底下的男人真是古怪，沒得到的便記上了，送到嘴邊的又反而不要。

城中接連晴了兩日，似乎再無風雪的蹤影了。

秋霜將馬車簾子打起，扶棲遲上去。

棲遲戴著帷帽，登到車上，車夫立即趕車而去。

秋霜坐在車外小聲問：「家主，憑證還未拿到，要如何是好？」說的還是商隊出境的憑證。

棲遲說：「再等等吧。」她暫時也沒辦法，至少得先過了伏廷那關才有可能。

她坐在車中，理著頭緒，忽覺一路十分安靜，問了句：「外面無人？」

秋霜回：「今日街上的人的確很少。」

說話間，馬車已駛到城門口，停住了。

「家主，城門落了，出不去。」

棲遲掀開簾子望出去，看見街上走動的人，三三兩兩的，都是往回走的模樣。城門的確已經落下了。她看了日頭一眼，不知為何會落得這麼早，難道又出事了？

秋霜正打算下車去找人問一下，路上幾個騎著快馬的士兵衝過來，一路喊：「戒嚴！各自退避！」她忙貼著車不敢動了。

棲遲又往遠處看了看，後方忽有聲音傳過來：「嫂嫂？」

她回頭，看見騎馬而來的羅小義，身後還領著幾個兵。

「嫂嫂這是要出城？」

棲遲隨意找了個說辭：「隨處走走罷了，今日是怎麼了？」

羅小義道：「嫂嫂有所不知，三哥收到消息，城中怕是又混入突厥的探子了，盯了一整日，抓了兩個，剩下的還在搜捕呢。」

棲遲憶起來，曹玉林剛來過不久，看來不僅是來給她送消息的，也是來給伏廷送消息的。

她點點頭，放下簾子，喚了一聲，「秋霜。」

秋霜揭簾進來，她小聲吩咐：「妳設法遞信給手底下的鋪子和商隊，都幫著留意一下。」

記得曹玉林說過，伏廷防得緊是為了民生恢復著想。既是為北地好，她理應要出力。

秋霜點點頭，從車裡下去了。

棲遲又揭簾去看羅小義：「你若忙便先去忙吧。」不想耽誤他的事，畢竟抓突厥探子拖不得。

羅小義也想走，可思來想去覺得把她扔街上不像話，何況眼下也不一定安全。他望了望回去的路，又覺得遠，乾脆說：「嫂嫂便隨我一起吧，我要四處巡查，待到都護府附近，便將嫂嫂送回去就是了，這樣才好向三哥交代。」
棲遲聽了，不禁問：「何出此言？」她都快以為那男人要對她絕情了。
羅小義卻是一頭霧水：「什麼何出此言？」他想著他三哥那般維護他嫂嫂，還用說，自然是不能出岔子的。
「便聽你的吧。」棲遲放下簾子，不願多說了。
羅小義不知她這是怎麼了，細細一想，近來他三哥也有些古怪，好似不怎麼說話了，有時竟比之前脖子受傷那會兒話還少。眼前還有事在身上，他不多想這些私事了，招手叫車夫跟上自己。
車夫駕著車，隨著他繞城巡查。
一圈下來，還沒到都護府附近，有一個兵快馬來報，說又發現兩個，已被攔截了。
羅小義立即問：「在何處發現的？」
「是一支商隊來報的，說有兩個可疑的，去了果然逮到了。」
棲遲在車裡聽得分明，猜測著是不是她的商隊。
近來城中似乎沒有別家有什麼大商隊，只有她手裡有，因沒有都護府的憑證，一直壓著未能出去，才盤桓在城中。
外面羅小義已經叫轉了方向，往那裡去了。
似是繞了個大圈子，停下時，棲遲聽到秋霜的聲音。她將帷帽戴好，下了車。

面前是城西的一間鋪子，賣糧食的，廳堂很大，此時裡面都是官兵。兩個絡腮鬍的胡人被刀背押著跪在門外。

秋霜本在門口站著，見到家主到了，立即迎上來，小聲說：「家主，巧得很，真發現了。」

棲遲便明白，還真是她的商隊發現的。或許是探子以為商隊可以出城，便暗暗藏了過來。她問：「這間鋪子的掌櫃可信得過？」是怕眼下有羅小義等人在搜查，萬一待會兒詢問起掌櫃的詳情來，會扯出和秋霜的關係，那便會將她的身分撞破了。

秋霜扶住她的手臂，小聲道：「家主放心，按照您的吩咐，北地所有鋪子裡的人手皆已換過了，都是信得過的。這一家的掌櫃，正是當初冒死為世子出面教訓邕王世子的那個質庫的掌櫃，怕邕王家使壞，離開質庫藏了幾個月，現今正好調過來用。」

棲遲點頭：「做得好。」從決心親自來北地做生意後，她便有意將這裡的人手都換了，免得日後在伏廷眼皮子底下走動多了被他發現端倪。

說話時，她正隔著帽紗盯著那兩個胡人看，忽見其中一個晃了下身體，她一愣，脫口而出：「不好。」

一道身影過去，一把捏住那人的喉嚨。

棲遲又是一怔，看見伏廷胡服筆挺地立在那裡，一隻手卡著那個胡人的脖子，一隻手捏住他的嘴。她轉頭看了他過來的方向一眼，不知他何時就在了，方才竟沒看到他。

伏廷轉頭說：「拿東西來！」

左右皆懂，是防著這探子咬舌自盡，要找東西塞住他的嘴。

棲遲快步上前，從袖中摸出個東西就塞進那探子的嘴裡。

伏廷看了她一眼，又看了探子嘴裡塞的東西一眼，竟然是她的錢袋。他抿住唇，一時顧不上說別的，轉頭喚：「小義！」

羅小義早已跑過來，拿了布條換下他嫂嫂的錢袋，將那探子的嘴結結實實地捆住，口中說道：「想死哪那麼容易！」

混亂中，另一個探子趁機掙開了束縛，一下衝出來，直撲向棲遲。

棲遲拉著秋霜便往後退，眼前忽地飛來一刀，正中那人後背。

探子雙膝一彎，痛嘶倒地，被兵及時按住。

棲遲抬頭看過去，伏廷大步走過來，抽走探子背上的刀，帶出一道淋漓血跡。

羅小義將那兩人制服了，才有空說話：「三哥既然過來了，餘下的是不是都逮到了？」

他「嗯」了一聲，看向棲遲。

羅小義忙道：「是我欠考慮了，不該將嫂嫂帶來這地方。」

棲遲這才清了清喉嚨，開口說：「不怪他，因緣巧合罷了。」

她猜那探子突然尋死是為了讓同伴逃脫。逃脫的那個肯定是從衣著上看出她有些身分，想過來挾持她做人質。不想沒能逃過這男人的戒心。

伏廷看了看她，忽然說：「近來妳總出府。」

棲遲心思一動，低低回：「原來你都知道，我還以為你並不關心。」伏廷抿唇無言。是他疏忽了，今日事發突然，應該留句話給府上叫她別出來的。他又看鋪子一眼，說：「去裡面。」裡面更安全一些。

棲遲點點頭，想著待會兒還是尋個機會再與他說話才好。

伏廷見她進了鋪子的門，才握著刀走去探子跟前，刀刃貼在那探子扭曲的臉上左右一撥，看過一遍後說：「不是之前那批。」

羅小義在旁「嘖」了一聲：「可不是，幾條小雜魚，輕而易舉就逮到了，最可恨的還是跑了的那幾個，尤其是那個傷了你的突厥女，再見到非剮了她不可。」

棲遲聽見，自鋪中門邊看出來：「什麼突厥女？」

「就是使一柄鐵鉤，傷了三哥喉嚨的那個。」羅小義比畫一下那鐵鉤的模樣，這麼長，這麼寬。想想又怕說得駭人嚇到她，羅小義沒說幾句話就不說了。

棲遲想起來，看了伏廷一眼，轉頭去鋪子裡面。

裡面搜查完畢的兵卒們正從後院收兵出來，掌櫃的跟在後面，見到頭戴帷帽的棲遲款步走來，忙搭手見禮。

棲遲隔著帽紗與他點了下頭，掌櫃的便退開了。

等確定裡外都沒有問題了，搜查的兵卒們才盡數撤走。

棲遲站在櫃檯邊，聽秋霜與她描述搜出那兩個探子的過程，一面時不時朝外看一眼。

沒多久，伏廷解了武器，低頭走進鋪門。

掌櫃的忙迎上前拜見。

他擺一下手，抬眼掃了鋪子一圈，目光落在牆上。

棲遲順著他的視線看了一眼，看到掛在那裡的魚形商號。那是她名下鋪子的標誌。

伏廷問：「就是你們報的信？」

掌櫃恭謹地回道：「回大都護，正是。」

棲遲忽然心裡一動，問：「你要賞他們嗎？」

伏廷朝她看過來：「嗯。」

棲遲心裡回味一下說：「方才聽聞掌櫃正愁無憑證出境做買賣，你不如給他們出具個憑證好了，便算是賞了。」

掌櫃立即附和：「是，請大都護恩准。」

伏廷又看那商號一眼：「東家何人？」

棲遲聽了暗暗無言，還好隔著帽紗看不出來。

掌櫃回：「東家是外地人，不在北地，因而只能托小的代辦。」

伏廷想了想，點頭：「擇日將詳情呈報入府，我會過問的。」

掌櫃的千恩萬謝地退下了。

伏廷這才走過來，將她的錢袋遞過來。

繡著金線的錢袋，內裡是襯著皮子的，他怕她嫌髒，特意說：「已命人擦乾淨了。」

棲遲接過來，將裡面的飛錢抽出來拿著，還是不想碰錢袋，便交給秋霜。

秋霜捧著出去了。

伏廷看著她，想起方才那一幕，也不知她是怎麼想的，竟然直接拿錢袋就塞過去了。

棲遲抬頭撞上他的眼神，將帽紗揭開，道：「如何，很怪嗎？我早說了這便是我唯一的長處，想到就用了。」還不是為了幫他。

伏廷沒說什麼，轉身道：「走吧。」

棲遲站著不動：「我還不想走。」

他站住了，回過頭。

棲遲看著他，「才與你說了幾句話，我還不想走。」

剛說完就想起書房裡的事，她兩耳又生熱，臉上卻沒有表情，淡淡地說：「你分明就是開始躲避我了。」

伏廷聽了在心裡好笑，也想起先前的事。他有什麼好躲避的，無非是不想她一而再再而三的輕易得逞罷了。

她已得逞太多次了。

他乾脆兩腳一動，就在她面前站定了：「好，那便等妳想走的時候再走。」

外面有近衛問：「大都護可否動身返回了？」

他直接說：「都滾。」

羅小義在外面跟著罵：「瞎嗎，看不見大都護在陪夫人？滾滾滾！」

一行人紛紛走了。

棲遲聽在耳裡，被他高大的身影擋著，看不見外面那些人是不是笑了。

她不想仰頭看他，只盯著他胸前，發現他衣領處有道細小的劃口，也不知是不是抓探子時動了手弄破的，看久了，甚至想抬手替他撫平，手動了一下，撚到手裡還攥著的飛錢。

眼見他在跟前一動不動，她低頭，乾脆抽了張飛錢，手指一折，忽地往他腰間一塞。

伏廷低頭，看見腰帶裡多出的一張飛錢，沉眉問：「幹什麼？」

「買你與我說句實話。」棲遲說著，又撚出一張，「不夠我還可以加。」

伏廷抿住唇，險些要被氣笑，將腰間的飛錢抽出來拿在手裡。

棲遲看他抽了出來，將手裡新拿的那張折了，真的又塞入他腰間。

手指一伸進他腰裡，又覺出那緊實的觸感，她收回來，撚住剩下的飛錢，不自覺地撚了一下又一下，眼睛卻還盯著他，一副只要他不開口，她就還準備繼續下去的架勢。

伏廷捏著張飛錢，看看腰裡新塞的，抿了抿唇，終於開口：「說。」

棲遲眼睫一顫，垂眸問：「你可還會與我好好做夫妻嗎？」

伏廷看著她的眉眼，似比平時多出一絲冷冽。他沉默了一瞬，點頭：「會。」

棲遲這才抬起眼來看他，想起在馬場那日，他也沒有丟下她一走了之，應當不會言而無信。她說：「那我也會對你好的。」

伏廷眼眸一動，盯著她。

棲遲知道他明白自己在說什麼，她索求於他，也會對他好。她是如此做的，也是如此教李硯的。

她的聲音輕了不少：「我既嫁給了你，就只會對你好。」只想讓他知道，他是她的丈夫，她便會一心一意對他好，絕無二心。

伏廷走入書房，回過頭，棲遲就跟在他後面。

入府後，她身上的帷帽披風都交給了侍女，唯有手裡，還拿著他還給她的那兩張飛錢。此時被他看著，她才想起這個，將兩張飛錢收入袖中。

伏廷又想起她在鋪中說的那番話，什麼也沒說。她要對他好，也的確對他好，到底什麼意思，他心裡有數。正因為明白，更無話可說。

他轉頭，解了佩刀，放下馬鞭。

一隻手伸來，扶住他的胳膊。棲遲站在旁，手搭在他胳膊上，眼看著他。四目相對，她慢慢貼近，靠在他的胸膛上。

伏廷看著胸前女人的臉，下巴一動就掃過她如雲的黑髮。他沒迴避，卻也沒動。

棲遲靠在他胸前，聽著男人胸膛裡有力的心跳聲，心想他親口說過會與她好好做夫妻，可她說完那番話後，到現在也沒聽見他回應。現在就想看看他的反應。

可是好一會兒，沒等到他有什麼動靜。棲遲不禁抬頭看他，難道他對自己的話反悔了不成？

伏廷忽而低頭，眼睛看著她說：「再不走，怕妳會後悔。」

棲遲微挑眉頭：「為何？」

門外廊上，忽然遠遠傳來羅小義的聲音：「三哥，人都來了！」伴隨著話語聲的是一連串腳步聲。有人來了，還不只一個。

棲遲立即退開，咬了唇，懊惱地看著他。他要在書房裡見外人，為何不早說！

伏廷看著她，嘴角動了動，低聲說：「早定好了抓完探子便要議事。」他收到消息後在城中布防時就已經定下了。

棲遲越發懊惱，耳中聽著門外腳步聲近了，要出去已來不及，轉頭就往屏風後走。

書房中本就是處理公事的地方，屏風擺在角落並不常用，也未擺好，她用手推了一下，推不動。

羅小義的聲音已到門外了：「三哥，回了沒？」

「都等著！」伏廷忽然說。

外面頓時聲停了。

棲遲看過去時，他已走了過來，一手拉開屏風，看著她，手在屏上拍了一下，示意她進去。

棲遲立即走到後面。

伏廷看著她在後面端正地跪坐，才走開兩步說：「進來。」

羅小義打頭進來，就見他站在屏風前換著軍服，笑道：「我說要等什麼，原來三哥剛回，衣服還未換下。」

他差點就要打趣一句是不是陪嫂嫂在那鋪子裡待得太久了，實在是眼下還有別人在才沒往下說，回頭招了下手。

四五個人跟著走進來，皆身著官服，朝伏廷見禮，都是他瀚海府中的下官。

伏廷將軍服搭在屏風上，繫上便服，說：「坐。」

棲遲看著屏風上繪景的屏紗，又隔著屏紗看外面影影綽綽的來人一眼，擔心這擋不住什麼，坐著一動也不敢動，隨即卻見伏廷就在屏風外的案席上坐下，正好隔著屏風擋在她身前。

她稍稍放了心，否則叫這群下官撞見她一個大都護夫人這般藏頭露尾的，豈非更難堪。

外面，他們已開始說話了——

「大都護已許久未召我等議事了。」

「是，這都護府都許久未曾進過了。」

伏廷說：「說正事。」

羅小義接話：「三哥，那幾個探子身上搜出來的都是有關咱們北地民情的，連牧民的牛羊、農人的田地都記了，倒是沒有探到軍情。」

他說：「突厥狡詐，要謹防這幾個只是打頭的。」

「是。」

棲遲默默聽著，他們說完那幾個探子的事，又說到北地民生上。幾人提了一番下面各個州府的現況，眼下都是忙碌的時候。

「八府十四州已數年未收一分賦稅，大都護先前只緩作安排，現今大刀闊斧，擴軍安民，似是迎來轉機了。」

羅小義笑道：「三哥時來運轉，如有貴人相助，你們懂什麼。」

貴人卻正躲在屏風後。她輕輕笑了，看了屏風外的男人一眼，他端坐如鐘。

「如此還不夠，也虧得大都護一早便定下了一番詳細的安排。」

「倘若這口氣能緩過來，那便算挺過去了。」

「那是自然，安北都護府遲早要重回當初一方豪勢的鼎盛。」

棲遲聽到此處忽然心中一動，是因為聽到那句「大都護一早便定下了一番詳細的安排」。

她心想這男人原來早有擴軍富民的計畫了，那定然是早存了雄心。既然如此，此番真能回緩，安北都護府又何止是回到當初。

外面談了許久，一直沒結束。

棲遲也不知他們要說到何時，只能等著。她掖了下領口，將錦緞輕綢的衣擺細細拉平整。

時候不早了，天似也比之前冷了，她在這裡坐久了，感受得明顯，袖中雙手握在一起，輕輕搓了一下。

談話仍在繼續。

身上忽地一沉，她些微一驚，才發現身上多了件衣服，手拉了一下，是軍服，往上看，記起來，是剛剛伏廷脫下後順手搭在屏風上的。

她不禁看了屏風一眼，男人寬肩的一個背影映在那裡，穩坐著在聽他人說話，根本沒有動過的模樣。莫非是自己掉下來的？

直到窗外暮色暗了一層，幾人終於起身告辭。

棲遲身側亮堂一分，是伏廷自屏風外站了起來。

她還未動，聽見他問：「你還不走？」

羅小義在那兒笑：「我許久沒來三哥府上打擾過了，今日想留下吃個飯再走，三哥是要轟我不成？」

伏廷說：「去前院等我。」

「成。」羅小義出去了。

室內再無其他聲音了，棲遲這才敢動，拿下身上披著的軍服。

那上面似有他的氣息，她也說不上來那是什麼樣的，總覺得是靠近他時聞到過的，就是他身上獨有的。她手指在衣領那道細小的劃口上撫了一下，覺得該換件新的了，好好放在一旁。

屏風被移了一下，伏廷走了進來。

棲遲已準備站起來，看見他，又坐了回去：「我腿麻了。」

伏廷走過來，握著她的胳膊，拉她起來：「是我叫妳這樣的？」

其實他已提前結束了，真要議完所有事，怕是天都要黑了，她得在這裡躲上幾個時辰。

不是，這都是她自找的。棲遲扶著他胳膊站起來，心裡氣悶，卻又想到他方才好歹替自己遮掩了一下，也不說什麼了。她彎下腰揉了揉腿，鬆開他的胳膊：「算了，小義還在等你。」

伏廷「嗯」一聲。若不是他支走了羅小義，還得耗上一會兒。

棲遲看了他一眼，走出屏風，出門走了。

伏廷等她走了，才把軍服撿起來，拎在手裡抖了一下，隨手抛回屏風上搭著，許久，才終於出去找羅小義。

新戶們的墾荒還在繼續。

隔日，李硯騎著自己的馬，跟著姑姑的馬車到了地方。看到一大片翻墾出來的田地，他便稀奇地下了馬背，四下張望。

棲遲從車中出來，看了看他：「看見了？這又不是什麼有趣的地方，非要跟來做什麼？」

昨晚她一回房就被他纏上了，說想來這裡看一看，今日只好帶他過來。

李硯是從教書先生那裡聽說了這事，北地民事正興，先生說不可閉門讀書，也要多看看窗外事，他便央著姑姑帶他同來。

其實，他也有其他心思。

「我想看看姑父在做的事，自上次之後許久未見他，心裡總有些不安。」他說著，又想起伏廷去找他時的情景。

棲遲摸了摸他的頭，輕嘆：「與你無關，你何時能少想一些，我倒還高興。」

李硯聽了便不說了。

新露自車上取了帷帽過來，棲遲戴上，走在前面。

這種墾荒都是大片的，百姓眾多，因而各處都有專人守著，這裡也不例外，田邊建了簡易的棚舍，是供往來查看的官員歇腳的。

她一走過去，立即有人迎了上來，不是羅小義是誰。

「嫂嫂今日怎麼又來了？」

棲遲說：「來幫你們不好？」

「好啊！」羅小義打心眼裡覺得好，他嫂嫂上次短短來了一趟，記起冊子來可真是太快了，算東西又快又清楚。但他還記著伏廷的話，忙說，「就怕太辛苦嫂嫂了。」

「無妨。」棲遲不以為意，恰好能在這上面幫幫忙，又不是什麼大事，能累到哪裡去。

伏廷過來時，就看到棚舍裡，女人坐在那裡，握著筆記著東西的樣子。

他鬆開馬韁，低頭走入。

一旁的羅小義張嘴就想叫他，被他一個眼神制止，本想與他解釋一番是嫂嫂自願來幫忙的，也沒能說，默默地出去了。

棲遲記得專注，毫無察覺，直到眼前冊子已翻到底，才說了句：「該換新冊子了。」

一隻手捏著本新冊子按在她面前。她看見那隻手和手腕上緊束的袖口，抬眼看過去，才知道身邊站的是誰。

伏廷看了那冊子一眼：「妳從何處學的算帳？」宗室之中的女子，學的多半是琴棋書畫女紅描紅之類的，不曾聽說有算帳這一類。

棲遲說：「我打小便算術學得好，如今不過是半學半用罷了。」前半句是實話，後半句是編的。

伏廷似是信了，沒再多問，低頭出去：「我去外面巡一遍。」

棲遲將冊子合上，擱下筆，跟著走出去，看著他上了馬，自眼前縱馬去了遠處，馬蹄過處，拖出一道塵煙，馬上的人身挺背直。

伏廷將四下巡視了一遍，停在一片山下。

這山原本很高，已因墾荒弄出了許多坑窪，還掏出了巨大的空腹。他轉頭喚了一聲：「小義。」

羅小義自遠處打馬過來：「怎麼了三哥？」

伏廷說：「叫他們別墾這山了。」

為了民生，田地本是多墾多得，不限制百姓的，只是也不能總盯著一處墾。

羅小義得了令去傳訊。

伏廷勒馬回頭，到了棚舍外，看見棲遲還在那站著。

「站著做什麼？」他問。

「看你。」棲遲直言不諱，目光落在他身上，輕輕流轉。她看自己的夫君，有何不可，看多久都行。

伏廷嘴一扯，是被她的直白弄的，腿一跨，自馬上下來，覺得她現在簡直是無孔不入。

身後忽然傳來羅小義的呼喚：「三哥！」

伏廷回頭，看見羅小義打馬自遠處一路衝過來，後方跟著許多人，皆往這裡跑。

他臉一沉，往前走了兩步，只聽「轟隆」一聲巨響，遠處那座他剛去看過的山塵煙四起，峰頭正緩緩下滑。

羅小義衝過來，喘著氣說：「晚了一步，那山在眼前說塌就塌了，已叫人都跑了！」

伏廷已看出來了：「帶人過去。」

羅小義一抱拳，匆忙調頭，招手喚了官兵過去。

伏廷本也要跟著過去，轉頭看了一眼，腳停住了。

棲遲站在那裡，遙遙望著那山。她本就生得雪白，眼下一張臉沒了血色，越發地白，雙眼凝著，似陷入怔忪。

伏廷蹙眉：「妳怎麼了？」

棲遲眼睛動了動，看向他，彷彿才回神，搖了下頭：「沒什麼。」

伏廷從未見過她這般模樣。便是之前面對散匪、面對探子，哪怕見了血她也從未有過這樣的時候，像是驚到了一般。他丟了韁繩，走過去，盯著她的臉，又問了一遍：「到底怎麼了？」

棲遲被他身體一罩，猶如無處可逃，眼抬起，看著他的下巴，只好說了實話：「只是想到我哥哥罷了。」

伏廷記了起來，光王是死於山洪，聽說也是半路山體下滑，將他砸傷的。

棲遲哪裡是受到了驚嚇，驚人的不是場面，只不過是這一瞬間想到親人，感受便不同了。

她想著哥哥，連周遭紛亂的聲音也聽不清了，倏然抬頭：「阿硯！」

李硯隨著新露，不在周圍，她看了一圈，也沒有看到他，無暇多想就跑了出去，一手扯住伏廷的馬韁，踩鐙上去。

羅小義剛又打馬過來，就見他嫂嫂騎著馬衝了出去，頓時一驚：「三哥……」

伏廷大步走過來，將他扯下馬，翻身而上，朝著她追了過去。

第十二章　終為夫妻

棲遲從未騎過這麼快的馬。

自坑窪不平的田地間一路疾馳過去，到了山腳附近，也未見到李硯的蹤影。

頭上的帷帽已被風吹落，她顧不上，轉頭四顧，只見那山已被塌下的塵煙遮擋，看不清楚。

眾人紛亂，往她反向跑。只有她，逆著人群，一遍又一遍地喚著：「阿硯！」

身後快馬而至，她一回頭就被伏廷抓住手腕。

「下來。」他沉眼盯著她。

棲遲平復一下輕喘，說：「我不可讓阿硯出事，他是我唯一的親人了。」

伏廷盯著她的兩眼又壓低了一分，臉頰繃緊了。

她看得分明，另一隻手伸過去，握住他抓她的那隻手：「我知道不妥，你讓我在附近找一找便是了，他是我哥哥交托到我手中的，我不能負了哥哥的臨終囑託。」幾句話說得又急又快，語氣低軟，像是求他。

伏廷看著她發白的臉色，她鬢邊被風吹亂了的髮絲，此時此刻，她甚至算得上是失魂落魄的。讓他想起光王去世時，他瞥見的那一眼，她那副合眼垂淚的模樣。

伏廷抿緊唇，腿一跨，下了馬，抓著她的那隻手用力一扯，不由分說地將她抱了下來。

棲遲沒料到這男人竟如此強橫，心中生急，掙扎了一下，用手推他：「我要尋我自己的姪子也不成嗎？」

伏廷手臂一收：「我幫妳找！」

棲遲被他緊緊抱在懷裡，無法動彈，抬頭看著他的臉。

他沉聲說：「我幫妳找，就是掘地三尺也一定給妳找出來。」一句話，擲地有聲。

棲遲眼珠動了動，點頭。大概是因為他的語氣叫她定了心。

伏廷放開她，為防止她再次亂跑，一手抓住她的手，五指緊緊鉗住：「走。」

棲遲被他拉著走出去。

當時百姓們大多見狀不對就跑了。

山底一片狼藉，散落著犁車等農具，甚至還有沾了泥的破布鞋。滾落的土石掩埋了田地，山道也被隔絕了一段。

伏廷的身邊近衛很快聚攏過來，行動迅速，已在四周搜尋過一遍，是來報信的。

「稟大都護，目前有傷無亡。」

聽到「無亡」，他看了棲遲一眼：「將光王世子找出來。」

近衛領命散去。

棲遲的臉色緩和了一些，只要李硯生命無憂，其他都好說，但又怕下一刻便會送來不好的消息，她眉目緩和，又凝起。

山上仍不斷有山石滑落，直滾到腳邊，帶出塵土飛揚。

伏廷緊緊拉著她，自己走在裡側，每一步都走得很穩。一路下來，他肩頭沾滿了塵灰，棲遲幾乎沒有挨到一粒飛濺的土石。

她並沒發覺，一顆心全落在姪子身上，眼睛始終看著四周：「我們尋了多久了？」

「沒久到無救的地步。」他說得直接，是不想讓她胡思亂想。

棲遲不自覺地點頭。

不知為何，這種時候有個男人在身邊說著這種不容置喙的話，反而叫她心安。

不多時，羅小義領著兩個人一路找了過來：「嫂嫂，新露回來了！」

棲遲拉了下伏廷，站住了。

新露剛剛安然無恙地回來了，她說跟著李硯一起，根本沒有到山附近走動，可也突然就找不到李硯了，只好回頭去找家主說這事。

羅小義聽了這情形，便立即跑來稟報。他說完，抹了下額頭上的汗，問伏廷：「三哥，這就奇怪了，小世子應當是沒出事的，為何偏偏不見人影？」

棲遲想了想，李硯平日裡是頂乖巧的，任何時候出事都會第一時刻便跑到她跟前來，豈會平白無故懸著讓人擔心。她看了那塌下去的山一眼，低低呢喃：「莫非……」

莫非也是牽扯到前塵往事。

手被一扯，伏廷拉著她離開山腳。

瀚海府的官兵又來了一批，皆忙著為這場不大不小的塌山善後。

天光已轉暗，一棵低矮的老樹下，李硯抱著雙膝在那坐著。

伏廷到時就看到這一幕。

他鬆開棲遲的手，另一隻手裡握著刀，那上面沾了他方才一路找過來時砍過的荊棘土石。

他手蹭了下刀背，收入腰後鞘中，看棲遲一眼。

棲遲站在他身後，鬢髮仍亂，臉色已恢復往常般鎮定，卻沒有上前，只是看著那裡。

伏廷又轉頭，看向李硯，走近一步。

李硯似是聽到了動靜，忽然抬頭：「父王！」

伏廷凝眉止步，看著那張年少的臉。

天色暗淡裡，李硯臉上隱約可見哀哀戚戚，似掛了淚痕，茫然無助地縮在那裡，如一隻受驚的家雀。

伏廷想起他口中的父王。

他與光王只有一面之緣，只在成婚當日，彌留之際，他過去看的那一眼。印象裡是一幅人躺在榻上的蒼白畫面，那張蒼白的臉與李棲遲有著相似的眉眼，如若無恙，應當是個溫和俊雅的男子。

後來北地急報，他匆忙返回，半路聽說光王就在那一眼的幾個時辰後便離世了。

光王於他而言，僅是那一面的印象，但對李棲遲和李硯而言，顯然遠遠不止。

「起來。」伏廷看著李硯，甚至想接一句：你父王早已沒了。是看在他眼下哀慟才未開口。

坐在這裡一味傷懷有何用，光王也不會再回來。

李硯聽到這道冷肅的聲音，身體一僵，像是回過神來了，低聲喚：「姑父。」

緊接著，他看見了姑父身後的姑姑，頓時站了起來，澈底回神，小跑幾步過來：「姑姑，我……」

他之前遠遠看見塌山，就想起父王當初遇險時，將他死死護在身下的情形。若非那一護，他只怕早已不在人世了。

一回想到此處，他便難以自抑，縮在這裡許久未動。直到此刻，他姑父一句話，將他打回現實。現在又看見他姑姑找了過來，他才想到自己的行徑必定是惹了她擔心，心中慚愧，吸了吸鼻子，說不出話來。

棲遲站著未動，看著他，涼涼地說了一句：「我平日裡都白教你了。」

李硯愈發慚愧。姑姑教他不要沉湎過去，要往前看，如今自己卻半分也沒做到，他垂下了頭，又吸了吸鼻子。

棲遲說：「若有下次……」

「沒有，」他連忙抬頭接話，「姑姑放心，再沒有下次了。」

棲遲這才自袖中伸出手來，按在他的肩頭。

知道他難受，她又何嘗不是，心中一半酸楚，一半無奈。但事已至此，光王府不需要一個孱弱的世子，要的是能承接光王爵位的男人。

李硯以袖拭淚，不再消沉，自姑姑身側站直，又低低保證一句：「再無下次了。」聲音雖低，卻語氣堅定，彷若瞬間長大了。

她點頭，知道他這回已認真了。

伏廷站在數步之外，一直看著他們。

羅小義手裡舉著火把，悄悄湊到他身邊來：「三哥看什麼呢？」他心想虛驚一場，此時嫂嫂和小世子都正需人安撫呢，應當上前去說話才是啊，光站著看做什麼。

伏廷不語。視野裡，火光映著棲遲低垂的眉眼和她身邊清瘦的李硯。

他看見一對相依為命的姑姪，看清了以往沒有留心過的許多事。此時此地，如此情形，如果不說，誰能想到這一個是親王之後，一個是位縣主。

他什麼也沒說，一按佩刀，轉身：「回吧。」

羅小義領命，過去請嫂嫂和世子。

棲遲這才轉頭去尋找男人的身影。他已走遠，身隱在暗下的天光裡，頎長的一道孤影。

她低頭，揉了下手腕，又捏了兩下手指，此時才發覺他先前抓她的手勁有多大。

回都護府時，已是入夜時分。

伏廷親自護車，持令讓開城門，才得以順利到達府門前。

其餘眾人仍留守在原處徹夜善後。

李硯回來時沒騎馬，陪姑姑坐了一路的車。棲遲與他說了一路的話，先前的事似對他沒什麼波瀾了。

他從車裡下來，看見剛剛下了馬的姑父，想了起來，先前姑父也一併去找過他，頓時便覺得自己今日是給他們添了麻煩，他應當去與姑父說句話才對。

棲遲跟在後面從車裡下來，就看見李硯正站在府門邊，畢恭畢敬地與伏廷說了什麼。

伏廷拿著馬鞭，拍了拍身上的灰塵，嘴動了動，應是回了他一句。

李硯似是怔住了，一動不動地站了許久，才點頭入了府門，回自己的院子去了。

棲遲走過去，看著他：「你方才與他說什麼了？」

伏廷停了手，說：「沒什麼。」

如何會沒什麼，她都已看見了。「到底說了什麼？」她想知道。

伏廷朝前往府裡走：「真沒什麼。」

方才李硯在他面前慚愧地說：「我以後決不會再給姑父添麻煩了。」

他回了句：「你若將自己當成麻煩，那你永遠都是個麻煩。」

李硯無言了半晌，默默走了。

伏廷不想說，是覺得這話或許對李硯而言是重了。但道理總要有人讓他知道。

這北地數年的困境，若個個都如他這般沉浸在過去，那永遠也站不起來。

棲遲沒問出什麼，只跟著他的步子前行，穿過迴廊時，藉著廊下的燈火，看見他軍服上一邊的肩頭至半邊胳膊都沾滿了塵土，甚至那肩頭處都磨破了一塊，卻記不清是在何處沾上的，但還記得他緊緊抓著她找人的情景。

她唇一動，本想說謝，可又覺得那樣太生疏了，他們是夫妻，她恨不得與他關係近些，豈能再拉遠，於是轉口說：「今日多虧有你！」

昏暗裡，伏廷的腳下似慢了一步。

棲遲看著，他手裡的馬鞭，從左手換到右手，又塞入腰間。

許久，她才聽見他一聲低沉的「嗯」。

李硯再來到棲遲跟前時，已恢復如常。

他站在窗前，聽著外面的動靜，去塌山處善後的官兵們都回來了，有整隊而過的聲音。

「放心，料想已處置好了。」棲遲在旁說。

李硯回頭看了姑姑一眼，在她面前坐下，忽然像想到什麼一般，開口問：「姑姑近來與姑父還好嗎？」

棲遲正坐在胡椅上看帳，抬眼看了看他：「好得很，不是都一起去找你了？」

李硯猶豫了一下，道：「可最近似乎不常見你們在一處。」只除了找他的時候。

棲遲翻紙的手未停，甚至還笑了笑：「沒什麼事，便是有事也與你無關。」一句話，就將他的胡思亂想止住了。

李硯雙手搭在膝上，看著她。

棲遲察覺到，看過去：「還有事？」

他「嗯」了一聲才說：「我想將乳母送回光州。」

「為何？」她問。

他的乳母王嬤嬤一直負責貼身照料他，若送回光州，他身邊便無人使喚了。

「乳母來了北地後身體一直不好，正好，我也不需人照顧了。」李硯說得很認真。

他想著他姑父和小義叔一個身為大都護，一個身為將軍，身邊也沒見總有奴婢僕從跟著，他不想做那等被人前呼後擁的無能之徒。

棲遲知道他是想獨立了，也是好事，點了頭：「好，我會叫新露好生安排送王嬤嬤回光州。」

李硯手在膝上搓了一下，又說：「我還想學武。」

棲遲看見他腰間別的那柄匕首，據說是伏廷送他的，問：「你決定了？」

「是。」李硯回答得乾脆，臉色比剛才還認真。

她想了想說：「也好，但這是你自己選的路，你自己走，若有困難，我也幫不了你。」

學武不是學騎馬，她需提醒一句。

「是，我記住了。」李硯是仔細考慮好才來與她說的，說完就站了起來，「姑姑忙吧，我走了。」

棲遲看著他出了門，不知是不是錯覺，總覺得經過這一次，他似真長大了一些，眉眼越發像她哥哥了，轉而想到他問的那句：姑姑近來與姑父還好嗎？

她手裡的帳本一合，想著那晚回來後的情形，心說好或不好，或許只有那男人自己清楚。

新露自外面進了門，喚一聲「家主」，雙手捧著件衣裳，放在案上。

棲遲看了那衣裳一眼，眸光輕轉，說：「出去等著吧。」

新露稱「是」，便退了出去。

房內無人了，她將帳本收好，起身走去妝奩邊跪坐下來。

銅鏡中映出她的臉，她手指撫過鬢邊髮絲，想著近來的種種，對著鏡中的自己靜靜地說：「再試一次。」而後一手捏了筆，對著鏡子，細細描妝。

天快黑時，伏廷自馬廄裡拴了馬出來，身後跟著羅小義。

二人都是剛處置完墾荒的事回來，一身風塵僕僕。

「三哥，都處置好了，那些田冊可還要過目？」

伏廷想起回來前剛看過的那些冊子，有一半都是棲遲記的，清清楚楚，一目了然，還有什麼可看的。

「不用。」

羅小義感慨，就是那塌山的地方要重新量地了，不過也不是什麼大事，轉而又道：「就憑如今多出來的這麼多地，秋後收成，真收了賦稅，得比以往多出許多呢。」

「做好眼下再說。」還沒到眼前的事，伏廷從來不會先想著好處，那是白日做夢。

羅小義想得卻美，正笑著，就見李硯迎面走了過來。

「小義叔，能否請您教我習武？」

羅小義一愣，下意識就去看他三哥。

伏廷看著李硯，那張粉白臉上沒有露怯，不像說笑。他用腳踢了下羅小義：「問你話聽不見？」

羅小義一聽就知道他三哥是許了，笑起來：「這有什麼，只要世子你能受苦，我還不好說。」說著走上前，也不顧身分，伸手搭在李硯肩上，「不是我吹，跟著我學，定叫你成為北地第二。」

李硯抬頭看他，疑惑地問：「第二？」

「是了，第一自然是你姑父了。」羅小義拍他兩下，「走，先教你幾招。」

伏廷看著兩人走遠了，走入後院。

踏上迴廊，廊下垂手立著恭謹的侍女。新露向他見禮：「家主交代，請大都護回來後往主屋一趟。」

伏廷停步，朝主屋望了一眼，沒作聲。

新露垂著頭不敢多話。大都護已許久不去主屋，她擔心這次怕是也不會去了。

正擔心就要完不成家主的吩咐，卻見大都護腳一動，往前走了，她連忙跟上去，發現他正是往主屋方向去的，暗暗鬆了口氣。

伏廷一手掀簾，進了主屋，解劍卸鞭，皆隨手扔在門邊，身後門一聲響，自外被合上了。

他看了一眼，似是明白了什麼，轉過頭，就看見室內屏風後女人的剪影。

棲遲自屏風後走出來，眼看著他：「差點以為你不會來了。」

伏廷看見她時，唇角便是一扯。

她身上穿著件坦領衫裙，裙帶齊胸，衫是薄薄的透紗，雪白的胸口一覽無遺，一雙手臂若隱若現，頸線如描。

他偏了下頭，故意當作沒看見，問：「有事？」

「看你軍服已破了，我為你做了件新的。」她指了下案頭放著的新衣，走過來，鬆開他袖口的束帶，解他的腰帶。

如往常一樣緊扣的腰帶，她這次順利解開了，抽開，掀開他的衣領，剝下去。

伏廷由著她將自己的軍服褪了，看著她取了那身新的過來，送到他眼前。

「試試？」她展開，走到他身後。

他二話不說，手臂一伸，套上去。

棲遲繞過來，為他搭上衣襟，繫好，手指在他肩上滑動著比量了一下，說：「我看得真準，正好。」

蟒黑的厚錦胡服，與他原先的很像，是她特地選的。日日看著他著胡服的模樣，竟也將他的身形摸準了。

伏廷扯了下衣領，低頭說：「試完了。」

試完了，還有呢？他知道她叫他來，不會只是為了試衣服。何況還是不怕冷地穿成了這樣。

棲遲的手指自他肩頭緩緩滑動著，踮起腳，兩隻手臂搭上去，攀著他的肩，低聲說：「我還備了酒。」她眼往旁輕輕一掃。

伏廷目光看過去，小案上擺著酒菜。

她又說：「合巹酒。」

成婚至今，那杯他們還未曾喝過的合巹酒。話至此，意思已經昭然若揭。

伏廷眼轉回來。

她臉上精心描過，眉黛唇朱，皎若秋月，那雙勾在他手臂上的薄紗滑下，嫩藕一般，無遮無攔地露在眼前。

他看著她微紅的耳根，遊移的雙眼，喉結微動，抿緊唇。

棲遲看見了，手見縫插針地撫了上去。他脖子上治好的傷留下淺淺的疤，她用手指輕輕地摸過去。

伏廷眼沉住，牢牢盯著她，一動也不動，似在看她有多堅持。

棲遲被他看著，卻不見他有其他動靜，臉上神情漸漸淡去，心沉到了底。

她今日，已經是破釜沉舟般的姿態，他卻只是看著。不禁有些洩氣，她拿開搭在他肩頭的雙臂，咬了咬唇，嘀咕：「石頭。」

伏廷眉峰一壓，沉聲：「什麼？」

不料已被他聽見了，棲遲眨了眨眼，想著連日來在他眼前拋卻的矜持，情緒一湧，斜睨過去：「如何，我說錯了？你伏廷就是塊焐不熱的石頭。」

不，不只，就是塊石頭，也該被軟化了。只有他，焐不熱，也撬不動。還要她怎樣？

手臂忽被抓住。

伏廷抓著她，一把將她拉到身前。

棲遲撞上他的胸膛，蹙眉，伸手推了他一下，轉過臉去。

他冷臉盯著她，忽地一攔腰，將她抱了起來。

本想不動聲色地揭過，這可是她自找的。

「妳看我是不是熱的。」他抱著她大步走到床邊。

棲遲一驚，人被他按到床上。

他拖著她的手放到腰上，俯下身，貼在她耳邊，又沉沉說了一句：「剛才怎麼穿上的，就怎麼給我脫了。」

她心口頓時怦怦亂跳，似是遂了她的意，又猝不及防，那隻手抓著他的腰帶，竟沒來由地有些慌了，兩頰瞬間轉燙，手上怎麼也解不開。

伏廷盯著她，終是自己一手扯開，一手剝她的衫裙。她下意識地縮了下腿，被他死死制住。布綢裂開聲輕響，身上一涼，坦誠相對。棲遲被他壓著，垂眉斂目，呼吸漸急。

伏廷捏起她的下巴：「看著我。」

棲遲心口又是一緊，捏著手心，暗暗想：慌什麼，不得到他的人，又如何能得到他的心。於是如他所言，棲遲掀起眼簾，盯著他。

伏廷眼裡的人如白玉一般，他盯著她的臉，咬緊牙關，手下如摧城。

她身體輕輕地顫動，臉上的紅暈開了妝，眉頭時緊時鬆。

忽然眉頭緊緊一蹙，眼睫顫動不停，死死咬住了唇，一聲脫口而出的悶吟被生生忍了回去。身如輕舟，他如驚浪，狠撞顛搖。

男人在這種事上似有絕對的掌控，她只能任由擺布，一雙手無處可放，伸出去，揪住身下鋪著的羊絨。

伏廷忽然抓住她的手，搭在他身上。

她掌中如觸烙鐵，用力掐了一下，如同發洩。

他沉笑一聲，愈發凶狠。

有一瞬間，棲遲甚至後悔了。男人與女人竟可以如此貼近，近到深入彼此，密不可分。

她仰頭，急急地呼氣吸氣，身上覺不出冷，反而出了層薄汗。

「下次還敢不敢了？」許久，她聽見他在耳邊問。

她努力轉頭，貼上他的耳，輕喘著回：「我也不知道。」

又是這般回答，伏廷已不意外了。他又笑了一聲，咬牙，心說：非制服妳不可。

不知過了多久，棲遲才終於感到被他鬆開了。她輕輕動了一下，卻又被他抓住了腳。

伏廷撈住她，一雙眼黑沉，如狼似鷹：「去哪兒？」

還未結束，他不說停，就沒到停的時候。

***

直至朝光照到眼上時，棲遲才悠悠醒來。

睜眼的瞬間，便又記起昨晚的事，她一張臉頃刻間紅透。

悄悄往旁看了一眼，身側無人。她竟像是鬆了口氣，一手貼住臉頰，一手扶著胸前厚被緩緩坐起。

已是日上三竿。

床沿搭著她的衫裙，裙擺至腰處都已撕裂。她記得昨晚是被扔在地上的，大概是他臨走時幫她拾起的。

也不能穿了，她心想他是故意放在這裡的不成，反而叫她赧然。

想著昨晚的舉動，她甚至有些佩服自己的大膽了，不自覺地清了下嗓子，竟有些發啞。

門推開，新露和秋霜走了進來，合上門後看向她，半遮半掩地笑：「家主醒了，早為您備下熱湯沐浴了。」

棲遲拉高被子，輕輕「咳」了一聲，二人便立即收斂了笑。她左右看了一眼，問：「他呢？」

新露回：「大都護一早起身入營了，和往常一樣的時辰。」

她若無其事地點頭，臉上卻更燙，心說：這男人難道是不會累的，昨晚那般折騰，今日居然還能起得那麼早。

新露和秋霜不多站了，轉頭去為她準備沐浴。

棲遲以綢裹身，走入屏風，坐入浴桶中時，渾身仍痠痛難忍。這種事，竟然是如此痛的。

她手臂搭在桶沿上，一身的氣力仍未回來，頹然如傾。

新露取了軟帕為她擦著肩背，無意間掃到她腰上，吃驚地道：「家主腰後竟青了一大塊。」

棲遲伸手摸了一下，凝眉低語：「出去吧。」如此私密模樣，不想再叫她們看見了。

新露又想笑又心疼，忍住了，退出屏風。

棲遲手撫過腰，又想起昨晚身上的男人。

她想忍，一直死咬著唇不出聲，直到後來，他手指捏開她的唇，在她耳邊說：「想叫就叫，只怕妳會哭。」

她不禁往下坐了坐，水浸到頸上，也漫過急跳的心口。

看著水中映出自己泛紅的臉，許久，她才低聲說出一句：「莽夫。」

第十三章　一句威脅

日薄西山，軍營整肅。

羅小義追著伏廷的腳步出了軍帳：「三哥，你今日好似有些不對啊？」

伏廷一邊走一邊往腰上掛上佩劍，頭都沒回一下：「有何不對？」

「今日入軍中時我明明白白瞧見你往身上灌了三桶冷水，不是不對是什麼？」

羅小義早就想問了，那一大早的，天還沒亮透呢，他一入營就瞧見他三哥立在軍帳外，光著上身往身上澆冷水。

他險些以為眼花了，那可正是一天裡最冷的時候，光是看著都要牙關打戰，也就他三哥能扛得住了。忍一天了，直到現在要離營了他才問出口。

伏廷接過近衛送來的韁繩，翻身上馬，面不改色地道：「沖個冷水澡罷了。」

羅小義忙也解了馬，坐上馬背後又上下打量了一番，還是什麼也沒瞧出來，心想難道真是洗個冷水澡？在那舒舒服服的都護府裡不洗，到這軍中洗什麼？

這麼一看，倒是看出他身上胡服有些不同，雖和先前那件相似，卻分明是簇新的，羅小義驚訝地問道：「三哥穿的是新軍服啊，原先還沒看出來，莫非是嫂嫂做的？」

「少廢話。」伏廷抛下一句，策馬而去，頃刻就出了營地。

羅小義一愣，不過也被他說慣了，根本不在意，趕緊又打馬追上去。

一路疾馳而回。

羅小義跟著他回了府上，還要去繼續教李硯習武，便先往世子住的院子去了。

伏廷落得耳根清淨，走入後院，一個僕從來報：「有個商戶送了待批的文書入府，已送入書房。」

他想起來，是先前那個幫著抓到探子的鋪子提過的，想要出境做買賣的憑證，便轉向先去書房。

推門進去，書房桌上果然擺著份文書。他拿在手裡，還未處理，先掃了周圍一眼。這書房他已居住很久，皆是他的東西。

他朝外喚了一聲：「來人。」

兩個婢女很快進來聽命。

「將東西都搬去主屋。」他說完，拿著文書出了門。

棲遲換了身高腰襦裙，腰帶繫得很鬆，是新露怕她覺得疼，特地沒繫緊。

左右都退了出去。

她仍有些累，斜斜倚在榻上，抿著新露剛煎好的茶湯，眼睛盯著窗口。那裡冒出頭的一截細枝，已能看出些綠意了。

看到這個，她才察覺到自己來北地有多久了，卻似才與那男人開始做夫妻一般。

她放下茶盞，忽然聽見李硯的聲音，又聽見羅小義的聲音——

「昨日教你的那兩下練得如何了？走，去後面耍給我瞧瞧。」

棲遲動了動，緩緩坐起來，忽然聽見有人入門，轉頭就見兩個婢女捧著東西走入，向她見禮。

見完禮，婢女將手裡東西規規矩矩地在房中放下，又退了出去。

她看了下，認出來，這些都是伏廷的衣物。

緊接著又有人進了門，她一轉頭，就看見走入的伏廷。

鏗然一聲響，他解了腰上佩劍按在案上，另一隻手捏著份文書，眼睛朝她身上掃來。

棲遲與他四目一撞，移開，竟有些不自在。

餘光裡，他的目光卻一直落在她臉上，反倒坦蕩得很。

新露匆忙進門伺候：「不知大都護已回了，是否要傳飯？」

伏廷頷首，捏著文書在案後一坐，仍是那般隨意的坐姿，胡服未換，就連胡靴也未褪。

棲遲看著這穩如泰山的男人，暗暗捏住手心。不知道的還以為他是日日都在這主屋裡出入，所有的不自在都叫她一個人占了。

新露很快領著人進來，擺案傳菜，一面端水伺候淨手。

棲遲起了身，走過去，在他身旁跪坐下來，看見他手裡的文書。

伏廷將手裡的文書展開，察覺她在身側看著，也沒阻攔，只是看到文書上寫的商戶東家的戶籍時，眼才朝她看了過去。

「清流縣人。」棲遲瞥了一眼，說，「真巧，竟是我采邑裡的人。」她為了暗中經商，身分做得滴水不漏，有憑有據的，並不慌張。

伏廷又掃了文書一眼：「清流縣的人都這麼富？」

她一怔：「什麼？」

「否則因何妳能如此富庶。」貴族受采邑，他不過問她的私錢，但料想也都是出自采邑。

棲遲眼珠轉了轉，輕輕點頭：「大概是吧。」

「筆。」伏廷伸手。

新露連忙取了桌上一支筆，在硯臺裡蘸了蘸墨，過來雙手奉給他。

他接了，下筆如刀，在文書上批了字。出境做買賣有風險，但正經商戶又立了功，沒道理不准。

棲遲看見，暗暗定了心，甚至還拿起筷子，為他夾了菜。

伏廷看了一眼，掃到她的指尖，那上面凝了一點青紫，不是在他身上，就是在別處掐的。

他早意識到自己昨夜有多狠了，親眼看到，還是覺得有些過了。

一頓飯吃完，天早已黑透。

房內點上燈火，新露和秋霜進來伺候安置。

棲遲梳洗過，轉頭看見伏廷自屏風後出來，已換上便服，就在床邊站著，理著袖口，臉上不覺又是一熱。

左右退下，房門掩上。

伏廷自進門就一直看到她臉上這般神情，心想昨日大膽得很，今日才記起羞怯了，衣擺一掀，在床邊坐下。

棲遲緩步過去，挨著他坐下來。

燈火照著他的側臉，她目光轉過他身上，便又難免想起昨夜的癲狂，心口難以抑制地急跳，一邊伸出手，為他寬衣。

伏廷一把抓住那隻手，低聲說：「今晚免了。」

棲遲眉頭輕挑，有些詫異，還以為他主動搬入是食髓知味了，聽這話又似乎不是，有些摸不準他的心思，故意問：「難不成是昨夜勞累，今日疲了？」

伏廷險些沒笑，敢說這種話，與明目張膽的挑釁無異。想要制服她，難，這女人永遠都敢。

他手一扯，將她拉到眼前：「妳當我走到今日靠的是運氣？同樣的法子，不能在我面前用兩次。」得叫她明白，他不是任由她牽著鼻子走的。

棲遲一隻手被扯著跌在他身上，正對著他的臉，另一隻手勉強扶著他的肩，分明是曖昧的姿勢，卻又被他制著，動彈不得。

她一時竟被他說住了，慢慢才回味過來。倘若他是這麼好激的人，陣前被突厥軍激個幾次，命早就沒了，又談何能做到大都護。

伏廷一隻手伸到她腰後，聲沉沉的在她耳邊道：「以後這種事，我說了算。」

她耳廓被他呼吸一拂，又聽著這話，瞬間心又是猛地一跳，緊接著腰後忽然一疼，險些輕嘶出聲。

是他的手掌扶在上面按了一下，甚至還重重揉了兩下。

她蹙眉，手揪住他的衣襟，忍不住輕哼道：「你弄疼我了。」

伏廷盯著她輕皺的眉目，可算是聽到一句像求饒的話了，這才鬆開她：「睡吧。」

棲遲被這一下提醒了腰後還疼著，咬唇上了床，躺去裡側，眼下無心與他計較，背過身不理睬他。

伏廷看著她的背，心如明鏡，明明就還沒好，逞什麼能。難道她以為套牢了他的身，就能套住他的人？就算那樣，也得由他來掌控。

他在她身側躺下。她的身體與他比起來實在算得上嬌小，背抵著他的胳膊。

與昨晚不同，今夜起，他才真真切切覺得身邊多了個女人。

「大都護又一早入軍中去了。」

新露再拿著梳子為棲遲梳妝時，如常稟報。

棲遲「嗯」了一聲，摸了下腰後，覺得似是沒那麼疼了。這麼一想倒是慶幸伏廷沒再碰她，要真被他再如那晚般折騰一回，怕是好不了了。

新露為她梳好了髮髻說：「曹將軍來了，已等了片刻了。」

棲遲想起來，那憑證已下，她定然是打算隨商隊出發了才來的，起身說：「為何不早說？」

新露怕她身上還疼，忙伸手扶了一下。

都護府園中的涼亭裡，曹玉林正在裡面坐著。她來時聽秋霜說大都護剛從主屋走，也沒去打擾棲遲，料想夫妻二人應當是沒事了。

亭外傳來輕輕的腳步聲，曹玉林看過去，起身抱拳：「嫂嫂。」

棲遲步入亭中問：「今日是準備走了？」

曹玉說：「是，虧了嫂嫂的主意，是準備隨商隊外出探一趟了，既然又來了瀚海府，自然要先過來見一見嫂嫂。」

她是個耿直人，從酒廬裡那一次便覺得這位縣主沒有看不起人的架勢，甚至還出手相助，多少生出了些親近之心。

棲遲示意她坐，身後新露和秋霜一併上前，將手中捧著的漆盤放在石桌上。盤中盛的皆是北地難見的瓜果小食，一份一份地拼在一起，品類繁多。有好幾樣甚至是曹玉林從來不曾見過的。

她察覺到這位嫂嫂出手似乎一直很闊綽，不免就想到伏廷這些年的艱難。兩相比較，甚至懷疑先前他們夫妻就是因此而生出不快的，可又想到三哥並不是那等吝嗇之人，應當不至於。

她看向在對面坐下的棲遲，端詳那張臉一番，忍不住道：「嫂嫂似有些不同了。」

棲遲襦裙曳地，頸上圈著雪白的狐領，臂彎裡挽著披帛，眉眼看來，唇邊帶笑：「有何不同？」

「說不上來，」曹玉林斟酌著，「總覺得更似個女人了。」

棲遲聽到這句，不免就有些想偏了，反問：「難不成我先前不似個女人？」

曹玉林語塞一瞬，解釋說：「怎會，是覺得嫂嫂比起上次見眉目舒展了許多，想來還是與三哥無事的緣故了。」

她原先就覺得棲遲生得貌美，少了上次見的鬱色，神態一轉，自然而然遮不住的風情，可不就是更似個女人了。但她表述不好，也說不過棲遲，險些要被弄到無話可說了。

棲遲也是逗一逗她罷了，笑了笑：「算是吧。」一邊將小食往前推了推，「到底是個姑娘家，臨出遠門，不該吃些好的嗎？別多說了，吃吧。」

曹玉林一愣，臉上雖無變化，心中卻是一暖。軍中出身，已忘了自己是個女子了，今日卻似真有了個嫂嫂一般，與她用這樣的口吻說著話。但她節儉慣了，還是捨不得動那些貴重的小食，想說上幾句話便告辭了，手遲遲未伸出去。

正坐著，有人自廊下一路走了過來：「嫂嫂。」

話音至，人已到亭外，頓時沒聲了。羅小義身著甲冑，站在亭階下，眼看著亭內，神情有些訕訕。

棲遲看看他，又瞥了對面的曹玉林一眼，當作什麼也不知道，問：「軍中已無事了？」

羅小義口中「嗯」了一聲，回了神一樣，乾笑道：「也不是，我是特地來送東西的。」說到此處，他才看向曹玉林，仍端著那點笑，「許久不見了。」

曹玉林點頭：「是許久不見了。」

他問：「妳的傷都好了吧？」

她又點頭：「早好了。」

羅小義「哦」了一聲，似是沒話說了。

曹玉林朝棲遲抱拳：「既已見過嫂嫂了，我便先走了。」

棲遲點頭，叮囑一句：「在外要多加小心。」

曹玉林道了謝，起身離開涼亭，越過羅小義走了。

羅小義還在亭下站著，也沒看曹玉林離開。

棲遲朝後看了一眼，新露和秋霜退去，她才說：「你既對她有意，又為何要躲著她？」

羅小義自然聽出她是在說誰，眼睛都瞪圓了，隨即又笑得有些尷尬：「不瞞嫂嫂，我與阿嬋的事已過去了，沒什麼好說的，我也不是非要躲她的。」

「阿嬋？」棲遲以為自己聽錯了。

羅小義這才反應過來：「是了，是我忘了告訴嫂嫂，曹玉林是被胡人養大的，她以往有個胡名叫玉林嬋，入軍中後嫌沒氣勢，改回了漢姓曹，才有了現今的名字。」

棲遲不禁笑起來：「可真是個好聽的名字。」

羅小義聽她這麼一說，愈發尷尬，笑笑說：「我先回軍中了。」話音剛落，他就頭也不回地走了。

棲遲沒再多說，畢竟是他們自己的事，她不好多插手。

新露很快返回來，手裡捧著盒子。

「家主，真巧，方才羅將軍給了這個，說是如今世子習武恐有損傷，放我這兒備用著。這是軍中的膏藥，治別的不行，對跌打損傷是效果最好的，我想著世子暫時也用不著，不如先給家主用，料想對您腰後的傷見效很快。」

棲遲意外，他特地跑一趟就為了送這個？

伏廷一手拿刀，立在演練場裡，望著正在操練的新兵。

當初這些流民剛入營時如散兵游勇，如今訓練下來，已經像模像樣了。

羅小義自營外而來，一路走到他身旁，道：「三哥，藥已送回去了。」

他點了個頭。

羅小義這趟回去得夠久，是因為先前撞見了曹玉林，心裡複雜難言，特地在外溜達了一圈才回軍中的。

他忍不住嘀咕：「三哥對世子忒好了，眼下又沒受傷，也不是什麼急事，大不了我晚點去時帶過去就是了，何苦多跑這一趟。」

伏廷掃了他一眼：「要你送就送。」

羅小義堆出笑來：「是，我只是想世子那金貴身子，要什麼藥沒有，也不缺這個不是。」

伏廷唇一抿。說得沒錯，李棲遲一身富貴，要什麼藥沒有。

一個近衛匆匆走來，近前呈上奏報。

伏廷接了，翻開，裡面還夾了個細小的紙條，寫著暗文，他迅速看完，合起來問：「曹玉林來過了？」

羅小義愣住：「三哥怎麼知道？」

「她的消息和斥候探的一起送到了。」他將奏報扔過去，轉身說，「點夠人手，跟我走。」

羅小義兩手接住奏報，匆忙打開看了一眼，臉色一變，快步跟上他。

伏廷大步走在前面，原本腳步很急，忽然一停，招來一個近衛，吩咐一句：「傳個消息回府中。」

棲遲不在府中，已到了鋪子裡。

商隊已經出發，她來此是為了交代幾句，囑咐一番後續事宜。

掌櫃的聽了吩咐退去，她伸手撫了下後腰。那藥竟然真挺有效的，原本就好了一些，現在塗了之後，都不覺得疼了。

秋霜收了鋪中帳本，揣在懷裡，過來請她：「家主，可以回去了。」

棲遲轉身出門，剛好有幾人進門，其中一個與她迎頭撞了一下，擦肩而過。

秋霜連忙扶住她的胳膊，叱道：「怎麼走路的？」

棲遲扶住帷帽，看了那人一眼。

是個胡人，頭戴一頂絨帽，掃了秋霜一眼，眼神竟有些凶惡，一言不發地進了鋪子。

秋霜直脾氣，差點就要上去再與他理論一番，剛好新露趕了過來，才止住了。

「家主，」新露在門口小聲說，「大都護命人回府傳了話，請您這兩日最好不要出門。」

棲遲想起他一早入軍中後到現在也未回，料想是有事在忙，點頭說：「那便回去吧。」

登車時，掌櫃匆匆出來，也不與她說話，只與一旁的秋霜小聲說了幾句。

秋霜過來，在她耳邊說：「掌櫃的說，方才新來了幾個談買賣的，聽說家主手上有商隊，想談筆大的，他無法做主，問家主是否要親自過問。」

棲遲看了頭頂的日頭一眼，不好多耽誤，說：「叫他自己談，我在旁聽個片刻便走。」

秋霜稱「是」，便和新露扶著棲遲返回鋪中。

耳房裡，豎起屏風。

棲遲在屏風後面坐下，聽著掌櫃的將人引入，你一言、他一語地談論起來。

聽口音，對方不似漢商，隔著屏風看了個大概，似乎就是剛才進門的那幾個胡人。

只幾句，她便覺得對方不是真心要做生意，說得天花亂墜的，卻皆是空話虛言，買賣列了一大堆，卻不說詳細。還未談成，先許了一堆不切實際的好處，又叫掌櫃的派車送他們出城。

她覺得不對勁，起身說：「回吧。」

新露和秋霜一左一右，自後面開了門，隨她出去。

到了外面，她登上車，才捏著門簾，對秋霜低聲吩咐：「叫掌櫃不必談了，那幾個不像正經商戶。」

秋霜點頭，回去傳話。

棲遲叫新露登車，不管對方是什麼人，先避開總是對的。

新露還未上來，嘴裡一聲驚呼，竟被誰扯了下去。

忽然人聲雜亂，護衛們大聲呵斥起來，馬車毫無預兆地駛出，像是被什麼扎到一般，尖利嘶鳴著衝出人群。

棲遲在車廂內猛地晃了一下，勉強坐正，就見門簾被人揭開。

先前那個撞過她的胡人就牢牢攀在車門邊，一隻手摘去頭上的絨帽，在臉上抹了抹，嘴邊泛黑的鬍鬚被抹掉後，竟露出一張女人的臉，正朝著她冷笑，另一隻手勾著門簾。

之所以用勾，是因為那隻手裡拿著一柄鐵鉤。

日頭斜移一寸。

枯草亂石之間，一群人靜靜蟄伏。

「三哥，既已收到消息，為何不在城中設防？」羅小義趴在地上，悄悄看向身旁。看到奏報時他就想問了。

伏廷半蹲著，藏身石後，纏著袖上的束帶，低語道：「這幾個你不是沒交過手，應當心中有數。」

羅小義閉上了嘴。那幾個不是一般的探子，應當是突厥特地培養的精銳。

眼看開春，北地民生恢復有望，突厥到底還是按捺不住了。伏廷故意沒在城中走漏風聲，而是在這裡伏擊，就是防著再讓他們有可逃之機。

遠遠的，有馬車駛來。

眾人瞬間凜神，悄無聲息，四周只餘風吹草動輕響。

忽然，那馬車停了。駕車處坐著個帽檐低壓的人，跳下車來，人高馬大，一看就是胡人。門簾掀開，兩三個胡人接連躍下，最後一個出來的是個女人。

羅小義握緊手中的刀，認了出來——那個天殺的突厥女。他冷笑，輕輕地說：「可算叫老子等到你了。」

下一刻，那突厥女從車裡又扯了一個人下來。

羅小義悚然一驚，轉頭：「三……」

一隻手死死地按住他。伏廷按著他，眼盯著那裡，牙關不自覺地咬緊。

棲遲被那個突厥女扯著胳膊，頭上帷帽被她一鉤子揭去，迎風立在那裡。

她為何會在這裡？

棲遲冷靜地站著，瞥了抓著她的女人一眼，寬闊的前額，鼻似鷹鉤，兩頰高顴。

在看見那柄鐵鉤時，她就知道這女人是誰了。羅小義曾比畫過——那個使一柄鐵鉤，傷了伏廷的突厥女。

棲遲又想起伏廷曾在議事時說過，要謹防先前那幾個探子只是打頭的，不想被他說中了。

那突厥女牢牢抓著她，防著她跑，鐵鉤就對著她的腰，一面警覺四顧，與其餘的人說著突厥語。

片刻工夫，又有兩個人騎著快馬自城中方向疾馳而來，下了馬後聚攏過來。

很快，又是一個。

棲遲才明白，他們是在等人聚齊。

直到她身上已被風吹冷，眼前已經聚集了六、七人。

突厥女用力扯了下棲遲，不知說了句什麼，所有人同時看向她。

棲遲發現此女似是頭目一般，其餘都是男人，卻都聽她一個人說話。

突厥女說的是：這就是從上次那個端了我們人的鋪子裡捉來的。

她眼見著棲遲進的耳房，倒是不信中原女子有能經商的，只當她是那間商戶的家眷。既然端了他們的人，豈能好過，今日去那間鋪子，就是報復去的。

棲遲聽不懂突厥語，只覺得她話是沖著自己說的。

那突厥女說完，用鐵鉤勾出她腰裡的錢袋，往一人手裡扔過去，伸出另一隻手來摸她腰間的其他東西，沒摸到，又用鐵鉤抵住她的手腕，伸入她袖中去摸。

棲遲袖中藏著隨身攜帶的魚形青玉，是她作為商號東家的信物，向來不輕易示人。她暗中經商不以真身示人，只靠此作為憑據，是極其重要的。

突厥女搜了過去，以為是塊名貴的玉石，得意地一笑，揣進自己懷裡。

棲遲蹙眉，看他們已開始瓜分她的財物，可能是準備走了。他們要走，她恐怕很難全身而退。

果然，那突厥女再看過來，眼神裡已多了些狠意，甚至左右的男人都露出笑來。

她提提神，朗聲問：「可有能傳話的，問她，要多少錢可將我放了。」她知道這突厥女是當她做商戶挾持來的，不管他們動不動心，能拖一刻是一刻。

無人應答，只有人笑。

忽有道聲音傳過來，說了句突厥語。

棲遲心中一震，轉頭看過去。

是伏廷的聲音。她聽出來了，卻不見他的蹤影，也不知是從何處發出來的，似離了段距離。

左右皆驚，頓時按腰，圍住四周防範。

突厥女一把扣住棲遲，鐵鉤抵到她的頸邊，一雙眼來回掃視，嘴裡吼了一句。

伏廷的聲音緊跟其後回了一句，冷得似刀，聲音來源卻像是換了個方向，聽不出所在。

越是如此，越是叫人忌憚，彷彿他隨時都會神不知鬼不覺地出現一般。

棲遲不知他們說了什麼，只覺得突厥女抓她更緊了，腳步在動，彷若想逃，鐵鉤抵得更近。她不得不被迫昂起頭。

伏廷的聲音再次傳來，聲音沉靜，簡短有力，毫無波瀾。

棲遲聽著那突厥女的呼吸，一下又一下。

接著突厥女忽然鬆了鐵鉤，用力拉她上車。

車又駛出時，她才明白，這突厥女是要帶著她繼續潛逃。

入夜時，棲遲被拽下車。

頭頂有月，慘白的一片月光。

她被按著坐在樹下，那突厥女始終親自守著她，大概以為她嬌弱，倒是沒給她捆手捆腳。

那幾個男人影子一樣聚攏過來，聽突厥女低低說了一句，又全散去。只剩下她與突厥女二人，在這月色裡相對。

她暗暗思索著，到現在沒再聽見伏廷的聲音，竟要懷疑先前所聞是不是自己出現了幻覺。

就算如此，新露和秋霜應當也及時去找人了，只要她能拖延住，便多出一分勝算。

月影拖曳，漸漸轉淡。

即使很冷，突厥女也沒生火，應當是怕引來追兵。她坐在棲遲對面，鐵鉤不偏不倚，鉤尖正對著她的腳踝。

棲遲撐著精神，等著她睡去。但見她如此防範，恐怕稍微一動就會引來她的鐵鉤，只能耐心等待時機。

不知過了多久，她兩腳都已僵住，悄悄看了頭頂一眼，月色已經隱去了。也許再過兩個時辰天就要亮了。

她暗想：府中也許已經亂作一團了，阿硯必然擔心壞了。

忽地身前人影一動，突厥女拔地而起。

她一驚，看著那身影。

突厥女扯著她起來，左右走了幾步，口中低低說了句什麼，如同低罵。

棲遲忽然想起來，之前出去的那幾個男人，到現在一個也沒回來。

罵完了，突厥女又低吼一聲，如同發狂一般。

棲遲頸上一涼，又被她手中鐵鉤抵住了，只聽見她又急又快地說了幾句，鐵鉤在頸邊比了又比。

好幾次，棲遲懷疑她下一刻便要鉤下去了，不知為何又忍住了。

「妳是他什麼人？」忽來一句，突厥女威脅著她問。

棲遲才發現她是會說漢話的，故意不露聲色，有一會兒才回：「哪個他？」

「姓伏的！」

「我不認識什麼姓伏的，」她低聲說：「我只不過一介商戶罷了。」

突厥女咬牙切齒：「最好是真的，若非見妳還有點用……」她冷笑一聲，沒說下去。

棲遲說：「我自然有用，北地正興民生，扶持商戶，我家纏萬貫，頗受重視。妳若殺了我，只會叫如我等這般富戶愈發貼近安北都護府，以後皆對都護府大力出資支持，對你們又有什麼好處？」

昏暗裡，突厥女似被她說住了，罵了句突厥語。

棲遲不再多說，說多了怕刺激到她。

突厥女喘了兩口氣，又朝左右看了一眼，終於接受了等不到同伴回來的事實了，不再久留，揪住她便往前走。

棲遲抵不過她的力氣，被拽著，跌跌撞撞，再下去，已不知身在何處。等察覺到一絲青白時，她才發現天已泛出魚肚白。

突厥女扯著她進了一片茂密的枯樹林。

雜草叢生，碎石遍地，一棵一棵的樹光禿禿的還未長出新葉，在這天色裡猶如嶙峋斑駁的精怪。

突厥女停住了，嘴裡冒出一句，似是又罵了一句。

棲遲猜她是迷路了，其實自己也迷路了。

忽而沒來由地想起上次遇險，她問伏廷，迷路了該如何？他說跟著他。現在他在哪兒，該怎麼跟？

忽然一聲話語，自外傳來。

突厥女頓時又將她挾緊了。

是伏廷的聲音。棲遲眼睛動了動，依然分不清他所在何處，心卻漸漸扯緊了。

伏廷倚在樹後，左右都已包抄而至。

他沉著雙眼，盯著林中若隱若現的身影，將刀輕輕收入腰後鞘中，上面還沾著血，是其他探子的血。

等到今日才等到這幾條魚再入網，但原定的安排卻被打亂了。因為棲遲被挾持，他不得不耐著性子慢慢來。

羅小義在另一邊樹後，悄悄看了他一眼，只看到他沉凝的側臉，暗想他三哥實在沉得住氣，簡直是布了陣似的在與這群突厥探子周旋。

天上又亮了一分時，棲遲感覺到突厥女拿鉤子的手鬆了一分，剛猜她是疲憊到鬆懈了，她又陡然拿緊了。

緊跟著，她口中低低說了句突厥語，竟還冷笑了一聲。大概是意識到無法再耗下去了，她拖著棲遲不管不顧地往一個方向走。

棲遲一夜水米未進，口乾舌燥，已有些沒力氣了。

突厥女也沒好到哪裡去，走了沒幾步就開始喘氣。她不明白，為何每次入瀚海府都會被追捕，那姓伏的究竟有什麼本事，次次都能防得如此嚴密。遲早，遲早要將他置於死地。

時有時無的腳步聲跟著。

突厥女喘息漸亂，挾著棲遲一路迴避，越走越深，忽覺四下無聲，已經走到一片空曠之地。

意識到時已經晚了，破空一聲呼嘯，霍然飛來一箭。

棲遲只覺耳側掠過一道風，擦過她的鬢髮，緊接著又是一箭，射中了頸邊持鐵鉤的手臂。

身上一輕，突厥女直挺挺地倒了下去，連聲音都沒發出。

她幾乎立即朝前跑了出去。

沒幾步，有人大步走來，一把抓住她。

棲遲一眼看到他的臉，下意識地抓住他的衣袖。

伏廷一手持弓，一手拉住她，掃了地上的突厥女一眼，說：「走。」

她緊緊跟著他，直到出了林外，才停下。

「不是讓妳不要出府嗎？」他沉聲問。

棲遲一時無言以對，總不能說是出來做買賣的，只好抿了抿唇，輕輕地說：「我錯了。」

伏廷看她鬢髮已亂，衣裙髒污，一張臉發著白，也說不出什麼責怪的話來，抓著她的手太緊，至此才鬆了些。

棲遲手撫了一下鬢髮，看了他一眼：「方才你的箭差半寸，我就死了。」

「有我在妳死不了。」他拉著她，往前又走了一段路，看見他的馬。他扔下弓，從馬腹下摸出水囊遞給她。

棲遲接過來，擰開喝了兩口，才算好受了一些。

伏廷將水囊拿過去，拖著她站到馬鞍前，兩眼盯著她：「妳知不知道那些是什麼人？」

她咽下口中水，點了下頭：「知道，那個是傷了你的突厥女。」

他問：「妳不害怕？」

「我說過，我會習以為常的。」

伏廷記了起來，曾在冰湖邊，她說過。

棲遲嗅到他身上隱約的血腥味，又看到他馬上兵器齊備，似是早就準備好的：「你早就等著了？」

他沒作聲，就是默認了。

她心想：還以為是特地來救她的，原來是剛好遇上罷了。「若我再出事，你會不會特地來救我？」

伏廷不禁皺了下眉：「妳很想出事？」

「不想。」棲遲看了看他的臉，又問：「你怎會突厥語？」

「為了防敵。」伏廷站直一些，看了她兩眼，忽然察覺到她是想借著說話儘快回緩。

「那你昨日最後，與那突厥女說了什麼？」棲遲又問了一句。她記得這句話後，突厥女就改變了主意，帶上她潛逃了。

伏廷漆黑的眼眸一動：「一句威脅罷了。」他轉頭，去看林中的人有沒有出來，回想著當時他說的話，的確只是一句威脅罷了。

他說的是——妳敢動她一下試試。

第十四章　暗藏柔情

棲遲說了一通話，漸漸恢復些氣力。

伏廷站在她身旁，眼睛一直看著林中的方向，待她看過去時，就見林中的人陸續出來了。

羅小義走在最前面，嘴裡恨恨地道：「這突厥女死得太容易了！」幾個近衛抬著那突厥女跟在他後面。

棲遲轉過臉去，沒多看。

羅小義很快走到跟前：「嫂嫂受驚了，沒事吧？」

她摸了下脖子，那裡先前被那突厥女用鉤子抵著，有些疼，口中卻說：「沒事。」

羅小義又看向伏廷：「三哥，還是老規矩處置？」

伏廷頷首：「搜過之後處理了。」

棲遲知道他們說的是那突厥女的屍首，聽到一個「搜」字，忽然想起什麼，倏然將臉轉回來。

羅小義抱拳領命，正要去處置那屍首。

她走出一步：「等等。」

伏廷看住她：「怎麼？」

棲遲說：「她身上有我的東西，我要拿回來。」她的那塊魚形青玉，還在那突厥女的身上。

伏廷記了起來，先前藏身暗處時，的確看見那突厥女奪了她的財物。他將袖口一扯，轉頭走向那具屍身。

棲遲跟上幾步，拉住他的衣袖：「我自己來。」

他回頭：「我替妳摸出來就是了。」如她這般的貴女豈會願意去碰什麼屍首，他來動手就好了，又不是什麼大事。

棲遲想了想，輕聲說：「那是我的貼身私物，我不願被人瞧見的。」

羅小義在旁看見她拉著他三哥，不禁笑起來，心想這麼急切，一定是女子不能被瞧見的東西，當下揮著雙臂招呼眾位近衛轉身：「都聽夫人的，別瞎看！」

伏廷卻覺得她有些古怪，看了她拉著自己的手一眼，問：「什麼樣的私物？」就算別人不能看，難道連身為夫君的他竟也不能看一眼。

棲遲只能順著往下圓：「是我哥哥留給我的，他說只給我做個念想，不想被別人瞧見。」說完，她先在心裡向哥哥賠了個不是，竟搬出他的名號來。

聽到光王，伏廷便不奇怪了，想起她當初那漣漣淚眼，又想起李硯縮在樹下哀戚的模樣，知道她有多在意這個哥哥。他收回手：「隨妳。」

棲遲看他收手站去一旁，走近幾步，在屍體旁斂衣蹲下。

那突厥女致命的一箭在額心，也不知伏廷哪來的力道，一箭竟然沒入了半截，人死了連眼都沒閉上。

她只掃了一眼，看見那傷處血肉模糊，屍首雙眼圓瞪，便將眼移開，忍著不適，伸出隻手往屍首懷裡摸去。

伏廷看她這模樣，便知她是在強撐，忽見那屍首抽動了一下，她立即將手縮了回去。

他有點想笑，忍住後說：「死透了。」正常的，只是她沒見過罷了。

棲遲方才真以為這突厥女還沒死，聽他這麼說了才又伸出手去。她不怎麼看那屍首，一時沒摸對地方，好一會兒也沒摸到。

伏廷看著她那緩慢的動作，走過去，蹲下，抓了她那隻胳膊往裡一送。

棲遲停住，就見他眼朝屍體一掃說：「摸，我碰不到。」

她的手在屍體懷裡，他手握在她胳膊上，的確碰不到東西。

棲遲放了心，由他的手帶著，在屍體發冷的懷間摸了一圈，直到抵近腰間，才終於摸到。

她緊緊握在手心裡，拿出來時手藏在袖裡：「好了。」

伏廷真就一眼沒看，鬆開她站起來，喚了聲：「小義。」

羅小義聞聲而動，招了兩個人過來，接著來搜突厥女的身。

棲遲走開兩步，背過身，將那塊魚形青玉收回袖中藏妥當了，再轉頭時，他們已經將那突厥女從頭到腳搜過一遍。

羅小義拿著幾樣東西送到伏廷手中。一捲羊皮卷，裡面都是他們探來的消息。

伏廷展開看了一遍，裡面用突厥文記了瀚海府裡的民生恢復情形，各城門防守狀況，還有幾張地圖，是他軍營附近的。軍中深入不了，倒是沒叫他們探出什麼。

羅小義手裡還捏著個圓珠墜子，給他看：「三哥，瞧見沒，這突厥女身上有這個，倒是讓我發現她的身分，是突厥右將軍府上的，八成還是個寵妾之類的。」他們與突厥交手多年，許多情形也摸清楚了，憑個東西便能大致推斷出對方身分。

他沒好氣道：「說不定以後是要報復回來的呢。」

伏廷將羊皮捲拋過去：「他們想來還需要什麼藉口。」

羅小義兩手兜住，笑了一聲：「也是。」

向來都是那群突厥人先挑事，哪裡需要什麼理由。

幾個近衛去處置那突厥女的屍首。

伏廷看了棲遲一眼。她自拿到東西後，就十分安分。

他手招了一下，喚來一個近衛，吩咐兩句。

沒多久，那近衛便將棲遲的馬車趕了過來。他們一早正是循著車轍的蹤跡於附近藏匿的。

馬車門簾已被扯壞，好在還不妨礙行駛。

棲遲先進車裡去等他們，將門簾仔細掖了掖，才終於有機會將袖中的魚形青玉拿出來看了看。

還好沒丟，她又仔細地收回袖中。

這一天一夜下來，早已遠離了瀚海府。

等他們趕到城外時，天也要黑了，城門早就落下。

羅小義打著馬在附近看過一圈，回來問：「三哥，附近有間客舍，是要繼續前行入城，還是就近休整？」繼續入城要再拖上個把時辰才能歇下，他們倒是無所謂，這話是替他嫂嫂問的。

伏廷看了馬車一眼，到現在她還未眠未休，卻也沒出聲說過半個字。

「就近休整。」

棲遲在車中一直強撐著精神，忽感馬車停下，揭簾下去，眼前院落圍擁，門內燈火昏黃，是間客舍。

她看了兩眼，覺得實在湊巧，是她名下的客舍不說，還是當初剛到瀚海府時，她落腳過的那間。

羅小義在那頭拴馬，似乎也記起來了，轉頭過來笑：「對了，這裡是我當初迎嫂嫂去府上的地方。」

棲遲還當他忘了，看了站在她前方的男人一眼：「是，當初還有人在此地對我執劍相向過呢。」

伏廷手上解著刀，朝她看過來，記起了當初他以劍尖挑起她帽紗的那一幕。

他提了提唇角，什麼也沒說，往前一步，站在門口看著她。

棲遲眼下裙擺被勾破了幾處，也未戴帷帽，料想鬢髮也亂了，如此儀態，不想被生人瞧見，只能小步上前，跟在他身側。

伏廷擋在她身側進去，左右近衛環繞，也無人敢近前。

客舍裡迎上貴客，不敢怠慢，遣了一個粗使老婦來伺候棲遲。

棲遲被送入房中，先清洗了手和臉，才吃了些東西。

東西本就算不上可口，她餓過了頭，也食之無味。

老婦走了，她對著鏡子細細理好了鬢髮，又照了照頸上，那裡被突厥女的鐵鉤抵出了幾個血點來，還好沒弄得鮮血淋漓，心想已是萬幸。

男人們都在外面守著。

她在床沿坐下，聽了片刻他們的說話聲，不知不覺疲倦上湧，靠到枕上。

伏廷推門進來時，就見她歪著身子在床上一動也不動，顯然是睡著了。他靠在門上，忽然想要是這趟沒遇上怎麼辦，或許就真出事了。

隨即，他又抹了下嘴，自己笑自己，胡想什麼。

棲遲忽然醒了，也不知自己睡了多久，坐起身的一瞬還以為是在都護府的房中，藉著昏暗的燈光見到室內簡單的擺設，才記起先前的種種。

外面已無動靜，至少也是半夜了。

沒看見伏廷，她順著光亮看去，角落裡擋著屏風，燈火亮在那後面，在屏上映出人影。

她起身走過去，轉過屏風，就見男人近乎赤裸地坐在那裡，拿著汗巾擦著身上。

一大片脊背裸露在她眼前，肩背緊實，蜿蜒著幾道傷疤，腰上如有線刻，低低地圍著一圈布巾，卻似什麼也沒遮住。

燈火裡氤氳著迷蒙的光，他手一停，轉過頭。

棲遲匆忙轉身，快走兩步，站到桌邊，才發現心已怦怦亂跳起來。

後面響了兩聲，又沒了動靜。

她這才轉過身去，一轉頭，正撞上男人的胸口。

伏廷已經到了她身後。他將油燈放在桌上，聲音沉沉地問：「躲什麼？」

棲遲一怔，心想也是，躲什麼，她是他夫人，又不是沒見過。可方才也不知是怎麼了，竟然像是受了莫大的觸動一般，下意識就避開了。

「沒什麼，不想妨礙你。」她低聲說著，目光掃過他的胸口。

他胸膛上青紫了一塊，可能是之前動手時落下的，她才知道他方才也許是在處理這點小傷。往下，是他勁瘦的腰腹，橫著溝壑般的線條。

她轉開眼，想走開，眼前的胸膛忽然貼近一分。

伏廷低頭看著她：「睡夠了？」

棲遲抬眼看他，似晃了個神：「嗯？」

他兩眼沉黑，沒有隻言片語，一彎腰將她抱了起來。

棲遲躺在床上，細細理過的鬢髮又亂了。

她忍著不吭聲，所有思緒都被在她身上馳騁的男人引領著。

伏廷一手摸到她後腰，看著她的神情，沒見到痛色。

她察覺到，還以為他是又想用手去按，一手推了他一下。

他發出一聲笑，說：「還很有力氣。」

棲遲頓時咬了唇，是他又狠起來了。

伏廷用手捏開她的唇，不讓她咬。

她一聲輕吟沒忍住，羞赧難言，緊合住牙關才忍耐住，眼盯著他的下巴，忽然想起，他一直沒親她。他似乎很久都沒親她了。

她勉強伸出手臂，勾住他的脖子。

伏廷看著她直勾勾的雙眸，她不用直說，眼睛便會說話。

他雙唇死死抿著，恨不得將她這眼神撞散，手在她頸上一撫，托起她的下巴，頭低下去。

棲遲頸上一熱，他嘴碰在她被鐵鉤抵過的地方，似吻似啃，有點微微的疼，又有些麻，她不禁揚起了脖子，卻又細細地蹙了眉，心說還是沒親她。

伏廷如往常一般醒來。

天還沒亮，他坐起身，先朝身旁的棲遲看了一眼。

棲遲還在睡，安安靜靜地窩在裡側，嬌軟如綿。

他心裡自嘲，覺得高估自己的克制力。分明沒想這麼快就再碰她，昨晚竟然沒忍住。

起身穿戴整齊時，外面羅小義已在喚眾人起身了。他端了桌上的涼水灌了一口，扣上佩刀出去。

「三哥，可要馬上回城？」羅小義邊走過來邊問。

「嗯。」

眾人立即著手準備。

他正要回頭進房，門打開，棲遲已經收拾妥當，走了出來。

她站在他身前，看了他一會兒，口中低低說了句：「莽夫。」

聽到這兩個字，伏廷竟笑了一聲：「不錯，妳嫁的便是個莽夫。」

棲遲臉上升起紅暈，又想起了半夜的事。雖仍是莽夫，比起上次，卻已是手下留情了。

朝日初升時，一列輕騎，環護著馬車，入了瀚海府。

羅小義打頭，剛至城中，早有安排好的士兵等候著，見到隊伍，便上前向他稟報一番城中的情形。

羅小義聽完，扯馬回頭到伏廷身邊：「三哥，有些狀況。」

伏廷提韁一振：「去看看。」

棲遲聽到這句，揭了窗格簾，就見他們轉了方向，看了片刻，發現似乎是往她鋪子所在的方向。

約莫過了三刻，馬車到了地方停下。

棲遲再看出去，真的就是她當時出事的那間鋪子。

門庭處還好，一邊耳房已被燒沒了，燒得黑乎乎的牆和半塌的磚瓦在那裡，火早滅了，只餘了一陣殘煙還未散盡。

一個近衛進去一趟，掌櫃聞訊出來，向眾人見禮。

伏廷下了馬，問：「怎麼回事？」

掌櫃垂著頭道：「稟大都護，前兩日有幾個胡人冒充商人來談買賣，卻點火燒了鋪子，還傷了人。」

棲遲簾布揭了一半，沒想到當日遇險還出了這種事。

掌櫃對她被劫的事自然是隻字未提。

伏廷看了看鋪門，走回她車邊，一隻手扶在窗格上，低聲問：「當日妳是在何處被劫持的？」

她想了想：「附近。」

伏廷轉身過去，對掌櫃說：「你們被盯上了。」

棲遲也猜到了，難怪城中無事，那突厥女直奔她而來。但她總不能不幫北地，這一劫看來是避不過了。

羅小義已進那間耳房查看過一圈，出來說：「還好，救火及時，只燒了這一間。」

伏廷朝他看了一眼。

羅小義明白意思，對掌櫃傳話道：「你們商號對北地有功，都護府不會讓你們白白損失，以後有任何事可來報官，這次損失了多少，也一併報上。」

棲遲抬起手，攏著唇，輕輕「咳」了一聲。

伏廷看向她，問：「怎麼了？」

她撫了下喉嚨：「被煙嗆著了。」

掌櫃已得到提醒，回話道：「並無多大損失，鋪中夥計只受了些小傷，也已無礙了，只求日後能安穩經商，便不上報了。」

伏廷對羅小義說：「記著。」

羅小義點頭：「記下了。」

如此好說話的商號，真是別無他家了，自然是要記著，以後多加照拂的。

棲遲又看了看鋪子，確定沒出大事才算放心。

忽聽道上傳來一陣馬蹄聲，幾匹快馬衝到跟前，急急勒住。

她還以為是自己的馬車擋住他們的去路，轉頭看過去，卻見那幾人全都下了馬，朝這裡走來。

「大都護，不想在此遇見了。」說話的是個老者，絡腮白鬍，高鼻深目，身上穿著帶花紋的胡服，腰帶上有玉鈕裝飾，向伏廷見了禮。

他身邊跟著個同樣大眼高鼻的姑娘，看起來才十幾歲的模樣。

剛從與他們有相似容貌的人手裡逃過一劫，棲遲不免多看了他們兩眼。

都是胡人。她記得只有有身分的胡人，才能在腰帶上繫玉鈕。

伏廷眼神掃過幾人：「剛到？」

「正是。」老者回了話，又轉頭與羅小義打招呼。

羅小義熟門熟路地與他們閒話了兩句，笑道：「我與三哥近來太忙了，竟忘了三月已到了，今年來瀚海府議事的是你們僕固部？」

老者跟著笑了兩聲，道：「是，今年輪到我們了。」

羅小義又看向他身後的姑娘，打趣道：「喲，小辛雲已長這麼大了。」姑娘靦腆地笑笑，眼睛看著伏廷，又轉頭，看向馬車。

棲遲被她盯著，不知她在看什麼，勾唇朝她一笑。

那姑娘似愣了一下，接著也笑了笑，臉轉開了。

伏廷翻身上了馬：「回頭再敘，我先送人回府。」

老者稱「好」，隨即是姑娘家的一道聲音：「送大都護。」

伏廷沒回話，打馬回府。

李硯匆匆走至後院，就見他姑父剛從後院裡離去，顧不上問候，便朝主屋跑去。一進門，他見姑姑坐在胡椅上，才算鬆了口氣：「姑姑，可有受傷？」

棲遲剛回來不久，重新梳洗過後，換了身衣裳，正坐在胡椅上，飲著手中的熱茶湯。

新露在旁道：「世子都急壞了，奴婢們報官後，還領著奴婢們在城中找了好幾圈，直到官員說大都護早有安排，應當無事，讓我們放心，才回了府。」

棲遲看到李硯眼下泛青，料想這兩日他定沒睡好，安撫道：「放心吧，沒事，北地不比中原安穩，你我要習慣才是。」

李硯自然是明白的，可姑姑是他唯一的親人，豈能不擔心。

「還好有姑父在。」他想來仍有些後怕。

棲遲想起這一路驚險，的確多虧了有伏廷，隨即想起剛回城時的情形，將茶盞放下，看向新露：「妳當日可有受傷？」

新露當時被扯下車，摔傷了一處，養了兩日已好多了，搖頭道：「沒有護好家主已是該死，哪裡值得家主惦念。」

「莫要胡說。」棲遲輕叱一句，「他們是有備而來，本也避無可避。」

新露知道她向來不輕看手下，心中愈發有愧，轉頭與旁邊的秋霜對視一眼，彼此都心有餘悸，倘若家主出什麼事，那真是天要塌下來了。

棲遲將秋霜喚到跟前，細細囑咐了幾句。她來雖時從光州帶了些人手過來，但如今看來遠遠不夠，吩咐秋霜安排下去，再讓名下鋪子都招攬一些護院。

自成婚之後，她忙於操持光王府，便再沒親自外出經商過，只在幕後擺布，如今又親自料理起北地生意，竟然開頭就遇上了突厥這棘手的麻煩。

伏廷一夜未歸。

棲遲早上醒來時才發現。

昨日他送她回府後離去，便一直沒回來。大概是為了讓她好好休息，到現在也沒見新露和秋霜進來喚她起身。

她翻了個身，趴在枕上，手指繞著髮絲，理著頭緒，想著先前對買賣上的事，是否還有哪裡沒有安排到，忽然瞥見一雙男人的腿，眼看過去，發現伏廷已回來了，剛走到床前。

「去見昨日那個老者了？」她問。

「嗯。」他眼在她身上掃了過去，轉身自架上取了自己的軍服來換。

「就他一個？」

伏廷看了她一眼：「那是僕固部的首領。」

她有些想笑，男人與女人有時說話的點根本不在一處，她問是不是只見了一人，他卻在說那老者很重要。

僕固部她有所耳聞，據說是北地鐵勒九姓之一，擅長騎射，曾歸屬於突厥的一支，後來歸降天家，成了安北都護府轄下的一部。難怪昨日見那老者有些身分，原來是一位首領。

伏廷動手換著身上的軍服，繫上腰帶時說：「隨我出去一趟。」

棲遲知道肯定是要見一見他們了，赤腳下床，走到妝奩前跪坐下來，手指拉出一層抽屜，回頭看他：「幫我選一支？」

伏廷看著她素薄中衣裹著的身體，雙臂柔伸，半露後頸，對著他，帶著剛醒來的一身慵懶。他沒看那抽屜，只看著她：「隨意。」

棲遲聞聲轉頭，沒看見人影，他已先一步出門去了。

新露和秋霜早等在門口，一見大都護出門，連忙進來伺候家主梳洗理妝。

伏廷也沒走遠，就在廊下等著，手裡拿著酒袋。

喝了兩口提了個神，見到棲遲過來，便擰上了塞，眼看到她髮上，她綰好的頭髮烏黑地盤著，竟然什麼也沒簪。他心想：難道是因為自己沒替她選？

棲遲走到他跟前，忽然聽見一陣笑聲，循聲看去，後面園中，羅小義和昨日見過的老者、姑娘在一處，手裡都拿著弓。

「他們在做什麼？」她問。

「射雪。」伏廷指了下樹頂，「要把枝頭殘雪射下來，僕固部的玩法。」

她看了他一眼，道：「還是頭一次見你開府迎客。」

伏廷說：「僕固部不同，自突厥中歸順，對都護府多有功勳，在八府十四州的胡民中地位很高。」言下之意是他很重視。

說話間，那姑娘已拿著弓走了過來，一手按懷，向伏廷見了胡禮：「大都護可要來一場？」

「不了。」伏廷直接拒絕了。

姑娘似沒話說了，拎著弓站著，正好羅小義領著那老者過來了。

伏廷讓開一步，介紹道：「這是夫人。」

「僕固京見過夫人。」老者立即見禮，隨後便拉過旁邊的姑娘，「這是我孫女僕固辛雲。」

姑娘跟著見了個禮，抬眼看了看棲遲。

羅小義怕棲遲不知道，笑著道：「嫂嫂，每年三月都有各胡部推舉首領來瀚海府議事，今年來的是僕固部，這位正是首領。」

棲遲點頭，難怪昨日聽他說「三月已到了」。

正說著，李硯過來了，羅小義一眼看見，笑著朝他招手：「世子來得正好，正要教你習武，來一起耍上一回。」

李硯不明所以地被他拉進園中。

幾人又新開局，羅小義先教李硯玩這個的訣竅。為了防止傷人，玩這個用的是木箭，因而不太好射。

僕固京卻不玩了，請伏廷去一旁說話。

棲遲緩步進了園中，站在樹下看著。

三月在中原已經是盛春，四月便芳菲盡了，在北地卻只能看到個春日的影子。園中開闊，種著北地的樹，都是堅實糙厚的，不過剛綠了一寸，枝頭還有未化盡的一點殘雪，竟成了他們眼下最後一點樂趣。

伏廷和僕固京說著話走遠了，僕固辛雲找了個地方坐下，看似在休息，臉卻朝著他們的方向，遠遠看著，手裡的弓再沒拉開過。

女人似有天生的直覺，第一眼見到這姑娘時，棲遲便覺得她對伏廷不一般。與箜篌女杜心奴不同，這感覺，不是攀附。

她默默看了片刻，移開眼去看李硯。

李硯終於拉開弓射出一次，木箭打在她身旁的樹梢上，梢頭殘雪一顫，落到她身上。

她臉上遇涼，思緒一頓，笑著抬手拂去。

李硯見她笑了，也跟著高興起來，對羅小義道：「小義叔再教我射一箭。」

羅小義驚訝地道：「怎麼忽然來興致了？」

李硯說：「姑姑此番受驚而歸，可算展了眉，我想叫她高興。」

羅小義「嘖」了一聲，想不到這小子竟比閨女還貼心：「成，你去把木箭撿回來，我去給你找把好弓。」說完他匆匆走上迴廊，卻見他三哥已談話回來了，正在柱旁站著，眼看著園中。

羅小義順著伏廷看的方向看了一眼，看到了嫂嫂的笑臉，湊近打趣道：「三哥看什麼呢，讓你玩又不玩？」

伏廷忽然伸手：「弓給我。」

棲遲幫李硯將那支木箭撿了，忽然頭頂落下一陣雪屑。

她一邊用手撫一邊躲開，抬頭去看那樹，枝頭猶自震顫不止，接著又是一顫，雪屑落在她臉上，又癢又涼。

她笑起來，還以為又是李硯，卻見他已到了身旁，也在拍著身上的雪屑。

「姑姑，好多日不下雪了，就又像下雪了一樣。」他跟著笑道。

棲遲沒來得及說話，左右頭頂枝頭皆顫，雪屑紛揚而落，她走開幾步，以手遮了眼回望，簌簌揚揚的一陣雪落如雨。

她覺得不可思議，臉上的笑還沒退去，就看到地上擊枝而落的幾支木箭，手拉著領口轉過頭，除了僕固辛雲朝這裡張望著，便是廊上站著的羅小義。

還以為是他故意弄的，她才收斂了笑。

羅小義看著那頭嫂嫂的笑，也跟著笑了一陣，轉過頭，就見他三哥自樹後走了回來，將弓拋給了他。

「三哥已多少年不耍這些小把戲了，今日難得好興致。」

伏廷回望一眼，笑了下，什麼也沒說。

李硯去廊上問羅小義要弓了。

棲遲走離樹下，想起像這樣對著雪玩鬧，似乎都是小時候幹的事了。

光州很少下雪，即使是下了也很小，記憶裡她跟著哥哥一起玩過幾次雪。每一次都是哥哥動手，她在旁站著，只因哥哥不讓，怕她凍傷手。

她攤開手心，裡面還殘留著幾點雪屑，以手指拂去，暗暗想：多少年了，她早已不是當初那個還有哥哥寵著的小姑娘了。

不知不覺站定，才發現園中只剩下了她和坐在一邊的僕固辛雲。兩人離著只有幾步遠，僕固辛雲拿著弓站起身，不能再在她面前坐著，否則便是失禮了。

棲遲朝她笑了一下。

她站在那裡，如初見時一樣，也回以一笑。

好一會兒，她看了方才那陣落雪的樹一眼，開口說：「看夫人方才見落雪高興，我也願為夫人射上幾回，不知夫人高興後，可願與我說上幾句話。」

棲遲聞言好笑：「何出此言？」

僕固辛雲拉扯著手裡的弓弦：「聽祖父說夫人是皇族出身，尊貴的縣主，不敢冒犯。」

她這才知道這姑娘為何方才一直坐著，卻不接近，淡笑說：「即使出身皇族，我也是常人，不需如此拘禮，妳想說什麼便說吧。」

僕固辛雲掀起眼簾看她，又斂下，這樣了好幾次，才開口問：「夫人為何到如今才來？」

棲遲沒想到她會問這個，看著她泛圓的雙頰，還沒長開的模樣，如同看一個孩子：「有些緣由，倒是妳，為何會問這個？」

「只因……」她似是思索了一下，才說，「我想不出有誰嫁了大都護，還會捨得遠離他。」

棲遲心中動了動：「妳是這麼想的？」

僕固辛雲愣住，才趕緊回：「大都護是北地的英雄，是北地女子心中的情郎，我才會如此推斷的。」語氣急切，如同解釋。

「是嗎？」棲遲輕笑著挑起眉，「我竟不知，他還是北地女子心中的情郎。」

僕固辛雲以為她不信，還解釋了一番：「北地不似中原，中原女子喜愛的是文人墨客，北地女子只愛那等英武善戰的勇士，便是如大都護這般的。」

棲遲點頭，眼看向她：「那妳呢？」

僕固辛雲一愣：「我什麼？」隨即才反應過來，低聲說：「大都護無人可配得上，我想都不敢想。」

棲遲忽然就想起曹玉林當初說過的話，也是說想不出誰能配得上伏廷。她當時沒在意，如今再聽到一個人說起，才算真正聽進耳裡。

她一張臉上似笑非笑：「我敢想，而且，這無人能配的北地情郎，如今已是我夫君了。」

僕固辛雲被她一句話說住，手上越發不自覺地拉扯著弓弦，繃著臉不說話。到底年紀小，她現在才回味過來自己話說得不周全。說無人能配得上大都護，豈不是把眼前這個夫人也說進去了？但這夫人一句話便讓她啞口無言了。

「妳還有別的要與我說嗎？」棲遲看著她。

僕固辛雲搖搖頭，因為已瞧見有人過來，退開一步，裝作先前什麼都沒說過的模樣。

李硯已走回來了，手裡拿著張新弓：「姑姑可還要玩下去？」

棲遲搖頭：「不了，我先回去了。」

李硯還有些可惜：「我剛從小義叔那找到訣竅呢。」

棲遲笑道：「你們玩就好。」

她走上迴廊，停在柱旁時，手指撩起耳邊鬢髮，想著自己方才的所言，竟覺得有些好笑，沒想到自己會和一個孩子說這些話。

那不過就是個小姑娘罷了，卻不是個隨意用錢就能打發了的杜心奴。她看得出來，那小姑娘的謙卑只有對著伏廷，對她卻沒有。

或許，她只是一個有身分的、搶了北地情郎的中原女人。

臨晚，府中設宴招待來客。

新露進到房中，棲遲正坐著，在核對一本新帳。

她知道家主是趁大都護不在才有機會看一看帳本，等了片刻才問：「家主可要赴宴？大都護正要於前廳宴請僕固部首領。」

棲遲合上帳本，點頭：「去。」大都護府還有夫人在主事，豈能不去。

新露正要為她更衣，她想起園中那稚嫩的小姑娘，笑了笑，又說：「妝也再描一遍吧。」

伏廷走入廳中時，僕從們已經將宴席備好。

各人分坐，僕固京跟在他後面進來，在下方左首坐了。

菜一道道送至各人案前，僕固京看見那些精緻菜品，驚訝地撫了把鬍鬚，口中感慨：「上一次來已是幾年前，記得府上還很簡樸，大都護為北地苦了多年，如今府上卻是好轉多了。」

僕固辛雲在祖父身旁落座，小聲說：「謝大都護慷慨。」她以為是大都護看重他們，因而才如此破費。

伏廷走到上首坐下，拿了塊布巾擦著手，說：「要謝便謝夫人，府上皆是她料理的。」

羅小義在對面作陪，笑道：「那是，嫂嫂可是三哥身後的大功臣。」

僕固辛雲悄悄看了伏廷一眼，他臉上神情如常，似是默認了這話。

僕固京愈發感慨了：「想不到大都護夫人如此會當家，困境未過，竟然能將府上操持成這般。」

伏廷聞言嘴一動，險些要笑，僕固京怕是誤會了，這可不是李棲遲省出來的。

僕固京忽然想到什麼，轉頭看了自己的孫女一眼，眼都笑彎了，額上擠出好幾道皺紋來：「還好當初不是這傻丫頭入了府，否則可真沒這本事。」

羅小義跟著笑起來，甚至一手拍了下桌子：「是了，我記起來了，當初你還說要將小辛雲許給三哥呢，那時候她才多大呀，這麼高？」他伸手在旁邊比畫了一下。

僕固辛雲垂著頭，臉上泛著紅，一聲不吭。

羅小義看她這模樣，故意逗她：「小辛雲還害羞了，妳那時候只是個孩子，大家都沒當真的，三哥還能真娶個娃娃不成？」

她皺著眉抬起頭，囁嚅一句：「誰小孩子了！」

羅小義忙擺手：「好好好，妳長大了。」話雖如此，他卻笑得更厲害了，邊笑邊看了看他三哥。

伏廷兩手鬆解著袖口，聽著他們笑，彷彿在聽別人的事。

羅小義也不意外，那畢竟都是好幾年前的事了，料想他三哥已忘了。

當初他們殺突厥時，在僕固部中停留過一陣子，僕固京見伏廷作戰驍勇，便想將寶貝孫女許給他。

不過僕固辛雲當時還小，大家只當個玩笑聽聽，伏廷心裡也只有戰事，根本沒放在心上。之後戰事平定，沒過兩年，聖人便指了婚。這事自然就無人再提了，若非僕固京今日說起，誰也記不起來了。

僕固京不過說笑幾句，見孫女有些氣惱的模樣，趕緊慈愛地撫了撫她的頭，才想起來問：「對了，說到此時，怎還未見到夫人？」

話音未畢，門口立了兩名侍女，畢恭畢敬，謹守儀態，是他們胡部中少見的中原貴族儀范。隨之便見那位拜見過的夫人自門外走入，落落一身清貴，頷首輕輕說了句：「各位久等了。」

伏廷抬眼看去，棲遲已朝他走來。

她身上衣裙曳地，輕束高腰，鬢髮高綰，在他身旁落座後，掀起長長的眼睫，才抬起那雙黑白分明的眼眸。

他看了兩眼，才說：「開席。」

棲遲其實早已到了，到門口時，剛好聽到那句玩笑，於是便讓左右不要出聲，聽了個完整。她沒看僕固辛雲，心裡卻在想：難怪會對伏廷不一般了，原來有這層淵源。

僕固辛雲卻正在看她。

少女年紀，正是在意外表的時候。棲遲白面無瑕，飛眉妙目，身骨勻停地走進來，身上是她這般年紀所沒有的風情。僕固辛雲不得不承認，這位夫人生了副好皮囊。

大都護一身英偉，如今終於多了這麼個嬌柔的女人在側。她垂了眼，不再看了。

僕固京卻是沒有吝嗇讚美，先誇了夫人貌比天仙，又誇了一通夫人持家的能力，才動了筷。

棲遲笑笑說：「夫君放心將家交給我，我才敢隨意擺弄的。」

僕固京笑道：「大都護與夫人恩愛非常，是好事。」

棲遲看了身旁一眼，伏廷黑沉的眼也看了過來，視線對觸，又移開。

席至中途，說起了正事。

棲遲拿著筷子，礙於場合，不好與伏廷說什麼，便只能聽著他們說。

僕固京此番入府，是帶了要事來的。

北地各胡部都是遊牧民族，牛羊便是牧民的民生大計。

今年冬日大雪冰封，卻未必是壞事，春後草場必然茂盛，各部首領看准了時機，想入手一批好的牲畜幼崽擴充各部牧場，便推舉了僕固京入瀚海府來向大都護稟明。

但胡部眾多，需要的不是小數目，一時間很難尋到合適的管道買入，何況北地遭災數年，至今才有回轉跡象，他們也要考慮價錢。

她這才知道伏廷先前一夜未歸是在忙什麼。

羅小義在中間打趣道：「已經議了一整日了，三哥自有計較，先安心用飯吧，可還有女眷在呢。」

僕固京便不提了，笑著舉起酒盞，敬向棲遲：「是我無趣了，夫人隆冬剛至，應當敬一杯，這是僕固部的敬意。」

棲遲本是想婉拒的，聽到最後一句，便不得不舉起杯了。

伏廷看她小口抿了一口，低低說：「妳會後悔的。」

她一怔，輕聲問：「為何？」

話音剛落，就聽僕固京道：「夫人，既然飲了便是接了我部祝福，需一杯飲完才算得了全部祝福，如此不吉。」

她蹙眉，才知伏廷為何會這麼說，心想早知還不如直言不會飲酒了。

羅小義在下方笑道：「嫂嫂只能喝了，三哥也不能代的。」

伏廷一隻手搭在案上，看著她，嘴角抿了抿。知道她是不會飲酒的，早知便提醒一句僕固京了，不是所有女子都如胡女般善飲。

棲遲只好承了：「那好，我便受了僕固部的盛情了。」說罷她低頭，就著酒盞將酒飲盡。

僕固京頓時笑出聲來：「夫人原來如此豪爽。」他甚至還想再敬一盞，手已拿到酒壺，忽然瞄見上方大都護的眼神，還是笑著作罷了。

北地的酒都是烈的，棲遲一次飲下這麼多，很快便有些醉意。但她還要端著儀態，坐得很端正，即使如此，也漸漸酒勁上湧。

伏廷再看過去時，就見她臉頰微紅，已是微醺之態，眼都垂了下來，竟想笑了。眼見她身體歪了一下，他手自案下一伸，撐住她的腰。

棲遲腰上一沉，回了神，看他一眼。

他低低說：「回吧。」

她點頭，知道不能再撐下去了，否則便要失態了，隨即喚了一聲：「新露。」

新露和秋霜進來，扶她起身。

僕固辛雲看著棲遲自案下走去，仍是端莊儀態，再看伏廷，卻見他的眼神一直盯在她身上。不知是不是看錯了，那如狼如鷹的男人眼裡，竟有了一絲柔情。

——《衡門之下》未完待續——

高寶書版集團
gobooks.com.tw

YE 060
衡門之下【上卷】

作　　者　天如玉
責任編輯　吳培禎
封面設計　張新御
內頁排版　賴姵均
企　　劃　何嘉雯

發 行 人　朱凱蕾
出　　版　英屬維京群島商高寶國際有限公司台灣分公司
　　　　　Global Group Holdings, Ltd.
地　　址　台北市內湖區洲子街88號3樓
網　　址　gobooks.com.tw
電　　話　(02) 27992788
電　　郵　readers@gobooks.com.tw（讀者服務部）
傳　　真　出版部(02) 27990909　行銷部 (02) 27993088
郵政劃撥　19394552
戶　　名　英屬維京群島商高寶國際有限公司台灣分公司
發　　行　英屬維京群島商高寶國際有限公司台灣分公司
初　　版　2023年12月

本著作物《衡門之下》，作者：天如玉，由北京晉江原創網絡科技有限公司授權出版。

國家圖書館出版品預行編目(CIP)資料

衡門之下/天如玉著. -- 初版. -- 臺北市：英屬維京群島商高寶國際有限公司臺灣分公司, 2023.12
冊；　公分. --

ISBN 978-986-506-873-8(上卷：平裝). --
ISBN 978-986-506-874-5(中卷：平裝). --
ISBN 978-986-506-875-2(下卷：平裝). --
ISBN 978-986-506-876-9(全套：平裝)

857.7　　112020663